Klaus Rimpel
Ein Quantum Tod

W0272460

Klaus Rimpel

Ein Quantum Tod

KnechtVerlag

Der Autor:

Klaus Rimpel, Jahrgang 1953, lebt seit mehr als 50 Jahren in unmittelbarer Nähe zur Pfälzer Weinstraße und nur wenige Kilometer vom französischen Elsass entfernt. Schon immer zog das idyllische Jockgrim Künstler an, manche für eine Weile, andere für immer. Auch Klaus Rimpel ist auf vielen Feldern kreativ unterwegs. So war er jahrelang einer der erfolgreichsten Amateur-Filmemacher in Rheinland-Pfalz, er komponiert und textet eigene Songs.
Mit *TEQUILA* hat er ein bemerkenswertes Fachbuch über mehr Transparenz und Wertschöpfung in der Logistik veröffentlicht.
Sein aktueller Thriller *Ein Quantum Tod* zeigt die Vielseitigkeit seines Wirkens und die Verbundenheit mit seinem Heimatort.

© 2017 Verlag Markus Knecht, Landau

Umschlaggestaltung: Anette Marquardt, Andreas Kuppetz
Alle Rechte an dieser Ausgabe vorbehalten.
1. Auflage 2017
ISBN 978-3-939427-42-1

Menschen mit Phantasie langweilen sich nie.

Jakob Boßhart
Schweizer Schriftsteller und Philologe
(1862-1924)

Für Angelika und Günther Fuhr

Die Geschichte spielt in Jockgrim. Viele der beschrieben Handlungsorte (Zum Elefanten, Art-Cafè, Zehnthaus, Bürgerhaus etc.) existieren wirklich und sind beim richtigen Namen genannt. Die handelnden Personen wie auch die ganze Geschichte dieses Romans sind frei erfunden.

Prolog

Das schummrige Licht und der merkwürdig muffige Geruch waren das Erste, was er wahrnahm. Harry stand in einer dunklen Ecke des Raumes und betrachtete den alten Mann, der damit beschäftigt war, Unterlagen in seiner abgegriffenen Aktentasche zu verstauen. Harry rümpfte die Nase. Natürlich hatte noch niemand gelüftet. Nicht heute und wahrscheinlich auch nicht die letzten Wochen. Die Jalousien waren bis auf ein paar schmale Ritzen herabgelassen und verwehrten dem Sonnenlicht den uneingeschränkten Zugang. Der dreiflügelige Kleiderschrank stand offen. Die letzten vierzig Jahre eines Lebens hingen zusammengepfercht auf den Stangen oder quollen ungeordnet aus den Regalfächern heraus. Harry wusste, dass ihn der Alte nicht sehen konnte. Nicht in diesem nur mäßig ausgeleuchteten Zimmer, solange er sich still verhielt.

Der Alte verließ den Raum und blieb unvermittelt stehen. Vielleicht hatte er einfach vergessen, den Kalender im Flur abzuhängen. Möglicherweise hing er aus rein dekorativen Gründen immer noch an der Wand. Jedenfalls hatte er in den letzten Monaten keinerlei Bedeutung mehr für ihn. Er war einfach da, ohne dass es ihm so richtig bewusst war. Genau genommen interessierte es ihn auch nicht, welches Datum gerade war. Nur heute blieb er beim Verlasen der Wohnung vor dem Kalender stehen. Zweifellos war es auch ein besonderer Tag. Er zog einen Stift aus der Tasche und kreiste das Datum ein: Sonntag, der 18. September. Dann zog er die Wohnungstür ohne abzuschließen hinter sich zu und ging die beiden Stockwerke hinunter in den Keller.

Harry folgte ihm unauffällig. Das Treppensteigen fiel dem Alten sichtlich schwer und er legte zweimal eine kurze Pause ein. Unten angekommen hielt er vor einer grauen Stahltür und kramte umständlich in seiner Hosentasche nach dem Schlüsselbund. Beim Bemühen den richtigen Schlüssel zu finden, fiel dieser zu Boden. Das Klirren hallte durch den kahlen Kellergang. Dann war es wieder still. Als er ihn aufhob, schüttelte er den Kopf, weil er immer noch Schlüssel an seinem Bund hatte, die eigentlich längst keine Funktion mehr erfüllten. Der alte Mann ging in den Kellerraum und schloss die Tür hinter sich. Harry überlegte einen Moment, ob er ihm in den Raum folgen sollte, entschied sich dann jedoch dagegen. Er hörte deutlich, wie sich der Schlüssel im Schloss zweimal drehte, er lehnte sich an die Wand und wartete. Er hatte es nicht eilig. Es würde ein guter Tag werden.

Der Alte vom ersten Stock wusste nicht wie viel Zeit verstrichen war, seit er den Kellerraum betreten hatte. Er hatte das Gefühl für Zeit längst abgelegt wie seine seit Jahren nicht mehr benötigten Anzüge. Wiederholt nickte der Alte seinem Gegenüber zu. Die beiden waren die Letzten in diesem Keller. Der untersetzte Grauhaarige, der mit angewinkelten Beinen auf dem Boden saß und sich mit seinem Rücken an der weißen Wand abstützte und der Alte aus der Wohnung im ersten Stock. Gemeinsam hatten sie das Vaterunser gebetet. Von da an lag ein seltsames Schweigen im Raum. Der Alte schaute zu dem

Grauhaarigen hinüber. Die letzten Minuten hatte dieser nicht mehr auf seine Gesten reagiert. An und für sich sollte der Alte zufrieden sein, denn genau genommen lief es besser als er geplant hatte. Außer dem Jüngsten ihrer Gruppe hatten alle mitgemacht. Offensichtlich hatte ihn der Mut verlassen. Jedenfalls war er kurzfristig ausgestiegen. Der Grauhaarige hob seinen Kopf und lächelte dem Alten zu. Es war kein ängstliches verziehen seiner Mundwinkel, sondern eher ein dankbares und zufriedenes Strahlen. Als ob er ihm mit seinem Lächeln nochmals sein Wohlwollen signalisieren wollte. Eigentlich passte diese versöhnliche Mimik seiner faltigen Mundwinkel nicht zu den Augen. Die Pupillen wirkten klein, starr, fast leblos. Vielleicht war dies der Blick, mit dem er auf sein Leben zurückblickte? In wenigen Minuten würde der Grauhaarige die Kontrolle über seinen Körper verlieren. Der Alte sah es an dem leichten Zucken seiner Beinmuskeln. Seine Muskulatur wird sich entspannen, er wird langsam zu Boden sinken und flach auf der Matte liegen. Wie all die anderen in diesem Kellerraum.

Harry lehnte noch immer außen an der glatten Wand. Er blickte auf sein Smartphone, nickte zufrieden, verließ das Kellergeschoss und das Haus so unerkannt, wie er gekommen war. Er hatte seinen Job ein weiteres Mal erfüllt.

1
Bundesstraße 9, kurz nach 19:00 Uhr

Im Radio spielten sie gerade *Wonderful Tonight* von Eric Clapton. Was für eine Ironie, dachte sich Jacek Tulinski und blickte auf die Uhr: 19:10 Uhr. Er war mit seinem Sattelzug bereits zwei Stunden in Verzug. Der dichte Nebel verhinderte jedoch ein schnelleres Vorankommen. Zudem war es an der Zeit eine Pause einzulegen. Die Entladung würde heute sowieso nicht mehr stattfinden können. Also beschloss der 42-jährige polnische Fahrer sich keinen zusätzlichen Stress zu machen und suchte im Navigationssystem nach einem Rastplatz.

Das linke rote Rücklicht auf dem Seitenstreifen und der dumpfe Schlag kamen völlig ohne Vorwarnung und fast gleichzeitig. Es dauerte nur einige Augenblicke, in denen das Fahrerhaus einknickte, das auf dem Seitenstreifen stehende Fahrzeug um die eigene Achse gedreht und unter den Sattelauflieger geschoben wurde. Es dauerte jedoch endlos lange Sekunden in denen das markerschütternde Schleifgeräusch, wie das Kratzen eines Messers auf Glas, gepaart mit quietschenden Reifen und metallischen Scherben, den Lärm an die Schmerzgrenze steigen ließ. Der Aufprall war derart heftig und unerwartet, dass der LKW erst nach 50 Metern zum Stehen kam. Der mitgeschleifte Mercedes war fast komplett unter dem Trailer verschwunden, der nun beide Fahrspuren blockierte.

Jockgrim war ein idyllischer Ort im Süden der Pfalz, in unmittelbarer Nähe zur Weinstraße und nur wenige Kilometer vom französischen Elsass entfernt. Das Gasthaus *Zum Elefanten* lag im alten, eng bebauten Ortsteil, dort wo die Hauptstraße sich in einer scharfen S-Kurve wieder Luft verschaffte. Der Wirt hatte neben der Gaststätte auch einige Fremdenzimmer, die vornehmlich unter der Woche belegt waren. Werner Trauth führte das traditionelle Lokal bereits in der dritten Generation. Ein kontaktfreudiger Pfälzer, der für seine Gäste immer einen lockeren Spruch parat hatte.

Es war keines dieser durchgestylten Lokale, bei denen vom Bodenbelag, über das Interieur, bis hin zu den Leuchten und Vorhängen alles aufeinander abgestimmt war. Es vermittelte nicht dieses gewisse Wohlbefinden und die Art innerer Aufmerksamkeit, die einem sofort in angenehmer Atmosphäre willkommen hieß. Keine Gaststätte, bei der der Gastroguide ein stimmiges Ambiente herausgehoben hätte. Und dennoch, das Lokal hatte durchaus Ausstrahlung und vermittelte einen grundehrlichen, gemütlichen Eindruck. Der Einfluss des Besitzers war allgegenwärtig. Fast jede freie Stelle war mit persönlichen Lieblingsstücken dekoriert. An den Wänden, den Fensterbänken, dem Tresen, ja selbst der Spiegel war als solcher kaum noch zu erkennen. Es war fürwahr keine 08/15-Gastwirtschaft. Keine anonyme Lokalität, mit Bildern bekannter oder weniger bekannter Künstler an den Wänden. Jeder Quadratzentimeter war Werner Trauth. Vom Kitsch bis zur Kunst.

Die Frohnatur von Werner wirkte auf manche vordergründig, hatte aber tiefe Wurzeln. Als Jugendlicher hatte er begonnen, mit seinen Possen und der schon damals vorhandenen Portion Charme, von seinen Entbehrungen abzulenken. Als Selbstschutz, weil er es sonst nicht mehr ertragen hätte. Aus Scham, weil er sein beschissenes Leben nicht offenlegen wollte. Er ließ es sich nicht anmerken, wenn sein Vater ihn schlecht behandelte und seine Hand links und rechts einen roten Abdruck hinterließ, weil ein Teller in Scherben ging. Keiner in der Schule sollte merken, wenn er wieder bis weit in die Nacht hinein den Wirtshausboden hatte schrubben müssen. Werner hatte sich durchgebissen. All die Jahre.

Später war er sich sicher, dass seine Clowns-Maske ihn davor bewahrte, dass Verbitterung und Hass die Oberhand gewannen. Es fiel den meisten Gästen nicht auf, aber bis heute genoss eine Gruppe Clownfiguren einen Logenplatz am Fenster und nur Wenige wussten, dass die beiden Varieté-Poster ihn immer daran erinnern sollten, welch hohe Güter Harmonie, Herzlichkeit und Lebensfreude waren.

Vor 30 Jahren übernahm er die Gaststätte von seinem Vater. Dieser war früh an einem Hirntumor gestorben. Werners Trauer als herzergreifend zu bezeichnen, hätte die Wahrheit verdreht, zumal er den Kontakt bereits zwei Jahre zuvor abgebrochen hatte. Nur gelegentlich kam er noch in den *Elefanten*. Seiner Mutter wegen, die ihm als Kind nur mit Kuttenschurz, in der Küche brutzelnd, in Erinnerung war.

Damals gab es in Jockgrim noch zwölf Wirtschaften. Heute keine Hand voll mehr, abgesehen von Pizzarien und Döner-Buden. Irgendwie kamen die Wirte über die Runden. Werner hatte schwere Zeiten durchlebt und die

Gaststätte zeitweise nur nebenberuflich betrieben. Lange Jahre war er jeden Morgen ins nahegelegene Automobilwerk gependelt.

Gerhard Weiß saß am rechtwinkligen Tresen der kleinen Gaststube im *Elefanten* vor seinem fast vollen Pils und betrachtete den Gläserschrank und die angrenzenden Wandteile. Er wusste nicht, wie oft er diese schon bewusst oder unbewusst gemustert hatte. Ein Deutschlandschal, eine alte Kaffeemühle, ein grünes Trabbi-Modell, ein Plüschhamster, ein paar alte Schwarzweiß-Fotos mit Motorboot, diverse Fußball Wimpel, Ansichtskarten, Urkunden, ein alter Uhrenkasten und vieles mehr. Doch immer wieder entdeckte er neue groteske Einzelheiten. Angeblich waren dies Reiseandenken und Mitbringsel von der Familie oder von Gästen. Manche Besucher fühlten sich offensichtlich aufgefordert, die skurrile Sammlung, um das eine oder andere Stück zu ergänzen. Für Gerhard Weiß war es wie eine Parade für die jährlich stattfindenden vorweihnachtlichen Wichtel „des Grauens".

Eigentlich hatten sie heute ihren Kartenabend. Er und drei Kollegen trafen sich vierzehntägig hier im Gasthof, um Schafkopf zu spielen, zwei, drei Bier zu trinken und gelegentlich auch mal eine zu rauchen, was in dieser Wirtshausstube noch erlaubt war. Die vier rötlich hölzernen Barhocker mit Lehne und blau gestreiftem Sitzbezug neben ihm waren leer. Auch an den fünf rustikalen Tischen saßen keine weiteren Gäste. Einzig der Flachbildschirm, dicht unter der Decke über der Eingangstür, spulte unbeeindruckt der fehlenden Zuschauer sein Programm ab. Aufgrund des extrem dichten Nebels hatten seine drei

Mitspieler kurzfristig abgesagt. Diese Information erreichte Gerhard jedoch nicht mehr rechtzeitig. Außer ihm und dem Wirt war niemand im Lokal und wie es aussah, würde es heute auch kein Gedränge mehr geben.

Werner Trauth musste sich etwas strecken, um sich zu Gerhard Weiß über die Theke zu beugen. Der Wirt war von eher schlanker Statur, mit grau meliertem halblangen Haar und Nickelbrille, die immer ein wenig vor der Nasenwurzel aufsaß. Sein Gesicht hatte eine leicht rötliche Tönung und wenn er einen anblickte, sah man unwillkürlich seinen Schalk hervorblitzen. Besonders wenn er vor dem Sprechen ein-, zweimal seinen Mund leicht öffnete und zu einem Lächeln verzog, hatte er jeden mit seinem liebenswerten Charme fest im Griff. Er wusste viel zu erzählen und man hörte ihm gerne zu.

Werner wollte sich soeben seinem einzigen Gast zuwenden, und eine seiner erlebten oder erfundenen Geschichten über die Christliche Seefahrt zum Besten geben, als dieser ihm mit einer Handbewegung andeutete, inne zu halten. Umständlich fummelte Gerhard Weiß den Meldeempfänger der Freiwilligen Feuerwehr aus seiner Tasche und blickte auf das Display. Bereits im Gehen begriffen nickte er dem Wirt zu: „Sorry Werner, ich muss los, wir haben einen Notfall.“

Trotz des ungewöhnlich dichten Nebels legte Gerhard Weiß die wenigen hundert Meter zum Feuerwehrhaus im Dauerlauf zurück. Er war gut zehn Zentimeter größer als der Wirt, knapp zehn Jahre jünger und hatte einen durchtrainierten Körper. Er kannte den Weg und hätte ihn wohl auch mit verbundenen Augen gefunden.

Der Notruf ging über die 112 in der Integrierten Leitstelle Landau ein. Von dort aus wurden die lokal zuständigen Feuerwehren Jockgrim und Rheinzabern informiert und mit den ersten verfügbaren Informationen über den Unfall auf der zweispurigen B9 versorgt. Die Feuerwehr der Nachbargemeinde Hatzenbühl wurde ebenfalls in Bereitschaft versetzt, um bei Bedarf zu unterstützen. Rettungswagen und Notarzt waren auf dem Weg zum Unfallort.

Es dauerte nur kurze Zeit, bis Wehrleiter Gerhard Weiß klar war, welche Fahrzeuge mit welchen Mannschaften ausrücken mussten. Der Einsatzleitwagen und das Mehrzweckfahrzeug fuhren mit Sirene und Blaulicht mit je drei Mann Besatzung gleichzeitig vom Hof, unmittelbar gefolgt vom Hilfslöschfahrzeug mit neun Feuerwehrkräften. Parallel setzten sich aus Rheinzabern ein Gruppenlöschfahrzeug mit neun Mann und ein Tanklöschfahrzeug mit drei Mann in Bewegung. Aufgrund der kürzeren Fahrtstrecke waren diese zuerst am Unfallort und übernahmen die Absperrung zum Eigenschutz.

Es war eine gespenstige, fast surreale Kulisse: Der extreme Nebel, der den rotierenden Blaulichtern der Einsatzfahrzeuge den Kontrast entzog. Zwei aufgestellte Bergungsscheinwerfer welche die Nebelschwaden wie Motten anlockten. Die Helmleuchten und die Reflexionsstreifen auf der Kleidung der Hilfskräfte, ohne die eine Orientierung schlicht unmöglich wäre.

Obwohl das Führerhaus des LKW stark eingedrückt wurde, war der Fahrer nur leicht verletzt und ansprechbar. Er hatte eine stark blutende Platzwunde am Kopf, klagte über Rippenschmerzen und hatte offensichtlich einen Schock. Jacek Tulinski konnte nach der Erstversorgung mit dem Rettungswagen ins nahegelegene Krankenhaus nach Kandel verbracht werden. Ein Einsatz mit Hubschrauber schied aufgrund des dichten Nebels aus.

Problematisch war die Bergung des völlig zerquetschten PKW samt seinen Insassen. So wie sich die Situation den Rettungskräften darbot, bestand allerdings wenig Hoffnung, dass Personen diesen Unfall überlebt hatten. Die Feuerwehren Jockgrim und Rheinzabern versuchten mit ihren Mitteln, den Sattelauflieger so weit anzuheben, dass das Wrack geborgen werden konnte. Durch den Einsatz von Hydraulikhebern und ständiges Unterbauen mit Rüstholz gelang es schließlich, den Mercedes mit einer Seilwinde herauszuziehen. Ein Trupp der Feuerwehr stand bereits mit Rettungsschere und Spreize bereit, um den Zugang zu dem Fahrgastraum soweit freizulegen, dass der Notarzt sich ein erstes Bild machen konnte, um die nächsten Schritte zu entscheiden. Eventuell musste ein weiterer Zugang für einen Retter der Feuerwehr geschaffen werden, der mithalf, aus dem Fahrzeug heraus die Verletzten zu bergen.

Ein Aufschrei ließ die zahlreichen Helfer innehalten und zum PKW eilen. Ein Feuerwehrmann leuchtete mit einer starken Handlampe den Innenraum aus. Im Fahrzeug befanden sich keine Personen. Es gab auch keine Anhaltspunkte wie Blut oder zerrissene Kleidungsstücke.

Gerhard Weiß übernahm die Initiative: „Team drei und vier sofort die unmittelbare Umgebung absuchen.

Vielleicht wurden die Insassen beim Aufprall aus dem Wagen geschleudert!"

Das angrenzende offene Gelände war an dieser Stelle ein ebenes, entlang der Straße vereinzelt von Buschwerk gesäumtes, brachliegendes Ackerland. Die größere Herausforderung war deshalb der Nebel, so dass der Suchtrupp sehr engmaschig operieren musste, um das Gelände systematisch zu durchforsten.

Nach einer halben Stunde wurde die Suche durch die Polizei abgebrochen. Die Hilfskräfte hatten weder verletzte Personen gesichtet, noch Spuren auf dem Boden oder abgebrochene Äste gefunden. Nichts, was die These untermauerte, dass die Insassen aus dem Wagen geschleudert wurden. Gerhard Weiß stand etwas abseits und sah die drei Männer der Polizeiinspektion Wörth nur schemenhaft neben dem PKW gestikulieren, konnte deren Dialog dennoch deutlich folgen: „Vielleicht hatte der Fahrer eine Panne und hat sein Fahrzeug auf dem Seitenstreifen abgestellt, um Hilfe zu holen?"

„Der Motorblock ist noch warm. Es kann höchstens ein paar Minuten her sein."

„Das Fahrzeug ist nicht von hier, es hat eine Ludwigshafener Nummer."

„Verdammter Mist! Dann irrt er noch orientierungslos im Nebel herum. Wahrscheinlich hat er sogar die Straßenseite gewechselt, denn hier haben wir nichts gefunden. Wir müssen die Suche ausdehnen."

Ein Einsatzwagen der Polizei fuhr langsam die drei Kilometer auf der B9 bis zur Ausfahrt Jockgrim ab. Wenn jemand zu Fuß unterwegs war, würde es am meisten Sinn machen, sich an der Straße zu orientieren. Im Gelände rechts, stellte ein Baggersee eine gefährliche und bei dem Nebel unüberschaubare Behinderung dar. Die andere Seite war durch Felder, Äcker und Wiesen gekennzeichnet und bis zum nahen Rheinufer würde eine Person auf niemanden treffen, um Hilfe zu erhalten. Es dauerte nicht allzu lange, bis die Suchtrupps auch dort ihre Suche ergebnislos abbrachen. Es gab keine Anzeichen auf umherirrende Personen.

Inzwischen hatten die Einsatzkräfte der Polizeiinspektion Wörth die Unfallaufnahme nahezu abgeschlossen. Seit einer halben Stunde war auch ein Sachverständiger vor Ort, der mit der Erstellung eines unfallanalytischen Gutachtens beauftragt war. Nach erster Auswertung des Fahrtenschreibers fuhr der polnische Lkw mit etwa 60 km/h auf. In Anbetracht der geringen Sichtweite viel zu schnell, um rechtzeitig reagieren zu können. Ansonsten konnte der Unfallhergang noch nicht abschließend geklärt werden. Vermutlich würde der Sachverständige einige Zeit für die Erstellung eines Gutachtens benötigen. Wie hoch der Sachschaden war, konnte noch nicht beziffert werden, dürfte sich jedoch im oberen fünfstelligen Bereich bewegen. Beide Fahrzeuge wurden sichergestellt. Während der Rettungsarbeiten musste die zweispurige B9 in Richtung Süden für mehrere Stunden gesperrt werden. Der Rückstau hielt sich in Grenzen, da durch den Extremnebel nur wenige Fahrzeuge auf dieser sonst stark befahrenen Trasse unterwegs waren. Der verbleibende Verkehr wurde über die vier Kilometer nördlich vom Unfallort vorhandene Anschlussstelle ausgeleitet.

2
Bundesstraße 9, kurz vor 19:00 Uhr

Harry Sander hätte es wissen müssen. Der Sprecher im Radio hatte es bereits in den Zwölf-Uhr-Nachrichten erwähnt. Danach wurde die Meldung den ganzen Nachmittag wiederholt. Erst stündlich, dann alle halbe Stunde. Seit sechzehn Uhr zusätzlich mit der Einblendung eines eindringlichen Aufrufes der Polizei, im Kreis Germersheim, dem südlichsten Teil von Rheinland-Pfalz, die Häuser nicht zu verlassen. Er hätte auf seine Geschäftskollegen hören sollen. Ihren Ratschlag annehmen, die Nacht im Hotel zu verbringen, bis sich die Lage am nächsten Morgen wieder entspannt hätte.

Er fuhr auf dem letzten Stück der zweispurigen B9 zwischen Germersheim und Wörth. Eine Strecke, die parallel zum Rhein und fast gradlinig verlief. Eine Strecke, die er beruflich auf seinem Weg, von Ludwigshafen nach Freiburg, schon unzählige Male zurückgelegt hatte. Er kannte jeden Ort der sich links und rechts in die Niederungen duckte. Hätte man ihn gefragt, er hätte gewettet, jede Ausfahrt mit verbundenen Augen zu finden.

Auf der Strecke von Ludwigshafen bis in die zwanzig Kilometer südlich gelegene Kleinstadt Speyer war die Sicht bereits unter fünfzig Meter und er war nur langsam vorangekommen. Als er nach weiteren fünfzehn Kilometern die Kreisstadt Germersheim passierte, nahmen die Sichtverhältnisse dramatisch ab. Diffuse Lichtkränze vom Schein der Rücklichter eines vorausfahrenden Fahrzeuges konnte Harry Sander seit geraumer Zeit nicht mehr ausmachen. Auch der gelegentliche Blick in den Rückspiegel ließ seine steigende Anspannung nicht abflachen. Kein Lichtkegel deutete darauf hin, dass jemand direkt hinter ihm fuhr. Wahrscheinlich hatten viele die Warnung der Polizei beherzigt und waren nicht mehr in ihr Auto gestiegen.

Er wusste nicht, wann er sich zum letzten Mal bewusst selbst betrachtet hatte. Sein Blick blieb im Rückspiegel hängen. Seine müde wirkenden Augen und das Gesicht mit den ersten Kerben, die sich bald als Falten abzeichnen würden. Er war gealtert. Die Zeiten, als er noch dichtes lockiges Haar hatte, waren längst vorbei. Geblieben war ein dünner borstiger Schopf mit deutlich kahlen Stellen über seinen dunklen Augenbrauen.

Die Nebelscheinwerfer seiner silbernen, längst in die Jahre gekommenen C-Klasse ließen ihn vielleicht noch zwanzig Meter der Straße erkennen. Schritttempo. Das Schlimmste war jedoch die völlige Orientierungslosigkeit. Es gab keinen Anhaltspunkt links oder rechts der Fahrbahn. Manche Menschen behaupten, ein gutes Gespür für die Orientierung zu haben. Harry gehörte zweifellos nicht dazu.

Genau genommen schien ihm im Moment jegliches Gespür abhandengekommen zu sein. Ein Blick auf die digitale Uhr unterhalb des Tachometers zeigte ihm, dass es kurz vor 19:00 Uhr war. Gegen 16:00 Uhr war er aufgebrochen. Oder war es eine halbe Stunde später? Er hatte die Zeit verloren. Jegliches Gefühl hierfür hatte er einfach irgendwo auf der Strecke liegen gelassen, ohne es zu bemerken. An Germersheim war er vorbei. Er hatte jedoch weder auf die Uhr noch auf die Kilometeranzeige geachtet. Von Germersheim bis zur Rheinbrücke bei Karlsruhe waren es knapp 30 Kilometer. Wieviele davon hatte er zurückgelegt? Fünf Kilometer? Zehn Kilometer? War er kurz vor dem Abzweig? Ein Navi wäre jetzt ein Segen. Oder zumindest eines dieser modernen Smartphones.

Einzige Anhaltspunkte waren die Begrenzungspfosten am Straßenrand. Er hielt sich so weit rechts wie es der Randstreifen erlaubte. Was am Anfang eine willkommene Orientierungshilfe war, sorgte nun zunehmend für eine seltsame Beklemmung. Nicht direkt Angst, eher ein unbehagliches Gefühl, welches Harry unruhig und nervös auf dem Sitz hin und her rutschten ließ.

Die nicht enden wollende Karawane aus Pfosten wirkte stumpfsinnig. Der weiße Leitpfosten mit der schwarzen Binde und dem länglichen Auge. Zeitlupenartig schwebte er am rechten Straßenrand aus dem Nichts heraus auf ihn zu. Nicht warnend und stabil. Eher verletzlich, schemenhaft und flach wie ein Scherenschnitt. Nur wenige zähe Sekunden, um dann neben dem Seitenfenster wieder im Nebel zu verblassen. Selbst die Scheinwerfer konnten dem rechteckigen Auge kein Leben einhauchen. Irrlichter.

Orientierungslos. Seine schwarzen Schuhe touchierten das Gaspedal nur noch zart, was die Tachonadel nahezu inaktiv widerspiegelte. Beide Hände waren verkrampft mit dem Lenkrad verbunden. Der Blick starr nach rechts vor seinem Wagen. Hätte er in den letzten Minuten doch besser ab und zu in den Rückspiegel geschaut.

Endlich inszenierte der nächste Leitpfosten eine Autolänge vor ihm seinen Auftritt. Harry blickte kurz auf die völlig überbelichtet erscheinenden Anzeigen im Armaturenbrett und das im Gegensatz hierzu gedimmte Licht der Scheinwerfer. Wie Geschwüre setzten sich die Nebelschwaden um den Pfosten. Langsam tauchte hinter dieser Wirklichkeit eine zweite Szene vor seinen Augen auf. Nur schwach im Hintergrund, wie ein Phantombild. Harry kniff die Augen ein paarmal fest zusammen, doch die Wahrnehmung blieb für ihn sichtbar.

Es war nicht das erste Mal. In den letzten Wochen hatte er manchmal das Gefühl, wie bei einer Doppelbelichtung ein transparentes, weiteres Bild zu sehen. Ungefähr so, als ob man durch ein Fenster auf das Treiben der Straße blickte und der eigene Körper sich dabei noch schwach in der Scheibe spiegelte. Ein Besuch beim Augenarzt blieb ohne konkrete Erkenntnisse. Die Bilder, die er sah, waren allesamt unbekannter Natur. Er kannte weder die Landschaften, noch die Personen oder Symbole. Vielleicht sollte er doch lieber einen Psychologen aufsuchen. Nun war es wieder da, sein Phantombild: Die schwarze Binde mit dem ausdruckslosen Reflektor erschien wie der weit geöffnete Mund einer Person. Eine Person mit an den Kopf gelegten Armen und leeren Augen: *Der Schrei* von Edvard Munch!

Nur Kopfsache. ‚Es entsteht nur im Kopf, es ist nicht real'. Harry versuchte durchzuatmen. Tatsächlich verschwand das Bild so unvermittelt wie es gekommen war.

Ein kurzer Blick auf die Uhr signalisierte ihm, dass erst weitere fünf Minuten verstrichen waren. Fünf lang gezogene Minuten, die sich wie ein gespanntes Gummiband anfühlten, welches immer mehr Zugkraft abverlangte, um sich zu dehnen. Geduld zählte nicht zu seinen starken Seiten. Wie weit war er gekommen? Harry versuchte sich an die Anzahl der Leitpfosten zu erinnern. Waren es fünf oder sechs? Also höchstens 300 Meter.

Ein schüchternes kurzes Aufblitzen.

Er kniff seine Augen zusammen und reckte seinen Kopf näher an den Rückspiegel. War da ein Licht hinter seinem Wagen? Sein unsicherer Blick über die Schulter versank ergebnislos in der Nebelmasse. Nichts war zu sehen. In diesem Augenblick wünschte er sich, nicht allein zu sein. Er glaubte schmerzhaft zu spüren wie sein Körper sich aufheizte und kleine Schweißperlen auf der Stirn hinterließ. Harry wischte sich mit einem Taschentuch über das Gesicht. Nicht einmal eine Wasserflasche hatte er im Auto. Jetzt nur keine Panik.

Dann war es wieder da: Das Leuchten im Rückspiegel. Diesmal etwas länger, um dann wieder bis zur Unkenntlichkeit zu verblassen und erneut einen Anlauf zu nehmen. Aus dem anfangs diffusen Licht schälten sich langsam zwei zerfranste Lichtkegel heraus. Das Fahrzeug musste bereits dicht hinter ihm sein. Erneut das zweimalige Aufblinken der Lichthupe.

Das galt ganz offensichtlich ihm.

Vielleicht eine Polizeistreife? Vielleicht ein privat-PKW, der trotz des Nebels ein paar Stundenkilometer schneller unterwegs war? Möglicherweise wollte der Fahrer nur seinen bevorstehenden Überholvorgang anzeigen. Bei seiner Fahrweise kein Wunder.

Er entschloss sich, die Warnblinkanlage anzuschalten und sein Fahrzeug auf dem Seitenstreifen ausrollen zu lassen. Der PKW hinter ihm stoppte ebenfalls. Harry blieb angespannt im Wagen sitzen und wartete. Er versuchte etwas im Rückspiegel zu erkennen. Scheinbar stieg niemand aus, soweit er es bei diesen Sichtverhältnissen beurteilen konnte. Er wollte wieder den Motor starten als er eine Gestalt neben seinem Auto sah. Sollte er einfach losfahren? ‚Sei nicht albern und halte deine Hirngespinste im Zaum', gab er sich selbst die Antwort.

Bevor er einen weiteren Gedanken fassen konnte, wurde er durch einen dumpfen Schlag auf die Seitenscheibe aufgeschreckt. Für einen Augenblick erstarrte Harry und zuckte erneut zusammen, als drei weitere Schläge auf das Fenster prasselten.

„Machen sie die Tür auf, Harry", vernahm er eine männliche Stimme.

Harry versuchte durch das angelaufene Glas etwas zu erkennen. Nur schemenhaft erahnte er ein Gesicht, welches zu ihm hereinblickte. Wieso hatte er ihn beim Namen genannt? Es war keine ihm vertraute Stimme.

„Machen sie die Tür auf, ehe es zu spät ist", dröhnte es von draußen, diesmal einen Tick aggressiver.

Harry blickte kurz zur Seite und vergewisserte sich, dass das Fahrzeug verriegelt war. Erneut spielte er mit dem Gedanken den Zündschlüssel herumzudrehen und durchzustarten. Als ob der Fremde Harrys Gedanken lesen könnte, tauchte er nun direkt vor der Motorhaube auf. Regungslos stand er dort und hielt den hochaufgestellten Kragen seines Trenchcoats mit beiden Händen unter seinem Kinn zusammen. Sein Gesicht blieb in den dichten Nebelschwaden verborgen.

Harry konnte diesen Fremden doch nicht einfach überfahren. Er öffnete langsam die Fahrertür, ohne dabei sein Gegenüber aus den Augen zu lassen, der sich nicht von der Stelle rührte. Inzwischen ärgerlich und gereizt ging Harry zwei Schritte auf ihn zu: „Sind sie verrückt? Wer sind sie und was wollen sie von mir?"

Statt einer Antwort stellte der Fremde ruhig fest: „Sie sind Harry Sander, 49 Jahre alt, geboren in Ludwigshafen."

„Woher wissen sie, wie ich heiße?", reagierte Harry aufbrausend. „Dieses Katz und Maus Spiel geht mir auf den Sack!"

Der Fremde bemerkte, dass Harry ihn abschätzend anstarrte und fast sanft sagte: „Geben sie sich keine Mühe. Sie kennen mich nicht."

„Und ich bin froh, keinen solchen Vollidioten zu kennen!"

Harrys Nerven waren zum Zerreißen angespannt und als der Fremde seinen nächsten Satz formulierte, spürte er den Druck wie Raureif auf seiner Brust: „Ich bin ihr persönlicher Todesbote. In vier Minuten ist ihr irdisches Leben zu Ende."

Harry drehte sich zur Seite und fasste sich kopfschüttelnd an der Stirn: „Das ist ja wohl total bescheuert. Stehen sie unter Drogen oder sowas? Wer sind sie und woher haben sie meine persönlichen Daten?"

„Wie ich schon sagte, ich bin ihr persönlicher Todesbote. Sie haben noch drei Minuten Zeit. Aber ich kann etwas für sie tun."

„Sie Dummschwätzer, gehen sie mir aus dem Weg, damit ich meine Fahrt fortsetzen kann“, erwiderte Harry während er sich abwendete, um wieder in sein Fahrzeug zu steigen. Dabei bemerkte er, dass der PKW hinter seiner C-Klasse verschwunden war.

Jetzt stand der Fremde bei ihm. Er konnte seinen Atem im Nacken spüren: „Das mit dem Einsteigen ist keine gute Idee. Wir können beide warten, bis die Uhr in zwei Minuten abgelaufen ist. Wie gesagt, ich kann etwas für sie tun. Sie müssen nur ja sagen.“

„‚Ja‘ zu was?“

„Ja zu einer neuen Aufgabe. Wir suchen Nachwuchs.“

Harry schüttelte verständnislos den Kopf: „Aus welcher Irrenanstalt sind sie denn ausgebrochen?“

„Wir haben leider nicht viel Zeit. Es ist ihre Entscheidung.“

Der Raureif auf Harrys Brust schien sich inzwischen über den ganzen Körper auszubreiten. Die Temperatur sank rapide und lies ihn frösteln. Oder spielte sich das Ganze wieder nur in seinem Kopf ab?

„Noch 30 Sekunden.“

Zu den sinkenden Temperaturen gesellte sich ein langsam anschwellendes Geräusch. Zu dem Geräusch tauchten hinter ihnen vier Lichter aus dem Nebel auf und ein leichtes vibrieren der Straße war zu spüren.

„Noch 10 Sekunden. Sagen sie ja!“

Jetzt erkannte Harry die Situation. Sein herausgebrülltes „JAAAH!“ wurde jäh abgeschnitten, als fast zeitgleich der riesige Truck durch die Nebelwand brach und seinen parkenden Mercedes zusammenquetschte.

3
Das Weiß, die Stille, die Leere

Harry folgte dem Fremden mit zwei, drei Schritten Abstand. Um ihn herum sah er nur weiß. Er konnte nicht erkennen, was sich vor, neben oder unter seinen Füßen befand. Soweit seine Blicke auch schweiften, nur eintöniges Weiß, wie in einer Schneewüste, nur viel gleichmäßiger und ohne jegliche Konturen oder erkennbaren Horizont.

„Wohin gehen wir? Was ist geschehen?", rief Harry dem vorauseilenden Fremden zu, der allerdings keine Anstalten machte, seinen Blick zu wenden, geschweige denn auf seine Fragen zu antworten. Harrys Beine verspürten keinen Widerstand. Wie eine farbige Comicfigur auf neutral weißem Papierhintergrund setzte er Fuß vor Fuß. Man hatte die Szenerie vergessen. Alles war weiß.

Er fragte sich, ob es sich in etwa so anfühlt, wenn man blind ist? Nur statt Weiß alles Schwarz? Warum hatte er eigentlich die Vorstellung, dass ein Blinder nur pechschwarze Nacht um sich herum erkennt? Harry glaubte sich zu erinnern, geburtsblinde Menschen kennen keine Farben. Geburtsblinde Menschen sehen nichts, also auch kein Schwarz. Sie wissen nicht, wie Schwarz aussieht. Es gibt auch Blinde, die noch einen kleinen Sehrest haben und damit Hell und Dunkel sowie Umrisse von Gebäuden oder Personen erkennen. Das Weiß um ihn herum gab jedoch nicht den kleinsten Anhaltspunkt, für eine irgendwie geartete Schattierung. Harry schloss für einige Sekunden die Augen. Es wurde stockdunkel, was ihn überraschte, ja fast erschreckte, obwohl es eigentlich ein ganz elementarer Vorgang war. Noch nie hatte er das Schließen der

Lider so bewusst wahrgenommen, noch nie genoss er diese wenigen Augenblicke wie in diesem Moment.

Alles war weiß. Wieder weiß als er aufblickte.

Zumindest war er nicht blind.

Doch etwas beunruhigte ihn. Er nahm keinerlei Geräusche war. Kein Vogelgezwitscher, keinen Wind, nicht einmal die eigenen Schritte. Normalerweise konnte sich Harry an Geräuschen orientieren. Diese völlige Stille ohne jegliche Reflexion hatte jedoch eine äußerst verstörende Wirkung auf ihn, verstärkte seine Orientierungslosigkeit und erzeugte in Harry ein unbehagliches, beklemmendes, ja, gar ängstliches Gefühl. Harry hatte vorhin zwei kurze Fragen an den Fremden gerichtet, aber hatten diese Sätze überhaupt seinen Mund verlassen? Er hörte den eigenen Herzschlag, die eigene Lunge und nahm sogar seinen Magen wahr. Das einzige Geräusch in dieser sterilen weißen Umgebung war Harry selbst.

Das Weiß, die Stille, die Leere.

Mit einher ging die Erkenntnis, jegliches Gefühl für Entfernung oder Zeit verloren zu haben. Waren es nur Sekunden, Stunden oder bereits Tage, seit denen er dem Fremden in dieser weißen Leere hinterher trottete? Seine innere Uhr tickte nicht mehr, war abgelaufen oder stand sie nur still? Er sah lediglich das konturenlose Weiß in Reinform, ohne greifbaren Anhaltspunkt. Er wusste, Zeit konnte er nur erleben, erfühlen und begreifen, wenn um ihn herum irgendetwas passierte. Zeit ohne Bewegung existierte nicht. Der Sinn für Bewegung und das Gefühl für die Zeit waren nicht zu entkoppeln. Er und der Fremde waren ohne jeglichen Bezugspunkt unterwegs. Das Weiß hatte die Zeit aufgesaugt.

Das Weiß, die Unendlichkeit, die Unsterblichkeit.

‚Ist dies der Himmel'? wollte Harry eine weitere Frage an den Fremden richten. Doch noch bevor er diesen Gedanken artikulieren konnte, ließ er ihn wieder fallen. Vielleicht spielte sich die Szene nur im Kopf ab und alles war nur ein schlechter Traum.

Der einzige Fixpunkt an dem sich Harry orientieren konnte war der Fremde. Irgendwann blieb er einfach stehen, um zu sehen wie der Fremde reagierte. Vielleicht könnte er seinen Unmut auf diese Weise demonstrieren. Der Fremde lief jedoch unbeirrt weiter, ohne sich um den Verbleib von Harry zu kümmern. Als der Fremde so weit enteilt war, dass er ihn nur noch als grobes Sandkorn wahrnahm, bekam er es mit der Angst zu tun. Wo war er abgeblieben? Langsam drehte sich Harry um seine eigene Achse und kniff die Augen zusammen. Panik begann ihn zu umkreisen, immer schneller. Ein Kettenkarussell, dessen ständig zunehmende Fliehkraft an den Sitzen zerrte und man jeden Moment damit rechnen musste, dass die Nieten wie Geschosse aus der Verankerung schossen und die Sitze ins Nirgendwo katapultierten.

Schließlich erblickte er in der Ferne den Hauch eines Pinselstriches. War das der Fremde? Das musste er sein. Es gab nichts Anderes um ihn herum. Harry begann zu spurten und war erstaunt, dass es keinerlei körperliche Anstrengung bedurfte. Als sich die Silhouette des Fremden deutlich vor ihm abzeichnete, passte er sich im Tempo wieder dem Vorauseilenden an.

Er versuchte die Ereignisse zu ordnen. Was war genau passiert? Dunkel erinnerte er sich an die Autofahrt, den Nebel und den Unfall. War er tot? Wenn ja, dann war es bisher ein Irrglaube, dass Tote über der Szenerie schweben und sich selbst von oben sehen. Harry sah weder seinen leblosen Körper im demolierten Mercedes noch die Umgebung unter sich. Er sah absolut nichts - außer sich selbst und die fremde Gestalt. Sie war ihm schon kurz vor dem Unfall erschienen. Zunehmend setzte sich bei Harry das Gefühl durch: Der Fremde war nicht sein Retter, er war wahrscheinlich überhaupt niemand, der ihm wohlgesonnen war.

Irgendwann würde Harry aufwachen und erkennen, dass alles nur ein böser Albtraum war. Er würde aufstehen, sich duschen, einen kleinen Kaffee aus der Maschine lassen und danach wie jeden Werktag zur Arbeit fahren. Doch schon die Erinnerungen daran blieben mehrfach hängen. Er wohnte in Ludwigshafen, eine schicke Zweizimmerwohnung unweit des Rheinufers. Harry versuchte seine Gedanken zu fokussieren. Auf die Farbe seines Bettbezuges, die Marke seines Aftershaves, die Anzahl der Bedienungsknöpfe am Kaffeeautomat. Er musste sich anstrengen, zahlreiche Details zu seinem Auto aus der Erinnerung abzurufen. Der Lack, die Ausstattung, die Kilometerleistung. Wohin wollte er an jenem nebligen Tag?

Harry beeilte sich und ging nun neben dem Fremden einher. Dieser hatte den Kragen seines braunen Trenchcoats noch immer hochgeklappt, so dass die Sicht auf sein Gesicht teilweise verborgen blieb. Harry erkannte dennoch ein schmales Antlitz, mit hoher Stirn und einem länglichen Kinn, mit ausgeprägten Wangenknochen. Dieses eckige knochige Gesicht zeigte kaum Regungen und wirkte auf Harry keineswegs unsympathisch. Sicher auch, weil es im Moment die einzige Person war, an der er sich orientieren konnte. Dabei war sich Harry nicht einmal sicher, ob es überhaupt ein menschliches Lebewesen war. Trotzdem musste er versuchen mit dem Frem-

den in Kontakt zu treten, wollte Harry sich nicht sinnlos seinem Schicksal fügen: „Bin ich nur ein Geist, eine Seele und mein leiblicher Körper liegt noch unten am Straßenrand oder ist längst beerdigt?", begann Harry den Dialog.

Der Fremde hatte seinen Blick weiterhin starr nach vorne gerichtet und seine Mimik sendete keine Signale, an dieser Situation etwas zu ändern. Schweigend gingen die Beiden nebeneinander her. Harry wollte schon wieder einen neuen Versuch starten, als der Fremde seinen Kopf drehte und mit einer tiefen, fast fürsorglich klingenden Stimme langsam zu erzählen begann: „Weißt du, Harry, in Deutschland gibt es eine zentrale Datei für vermisste und unbekannte Tote. Diese enthält ungefähr 10.000 als vermisst gemeldete Personen. Einerseits sind Fälle erfasst, die sich nach wenigen Tagen aufklären, andererseits auch Vermisste, die bereits seit langer Zeit nirgends mehr aufgetaucht sind. Trotzdem werden in dieser Datenbank täglich ungefähr 300 Fälle neu dokumentiert oder gelöscht. Das liegt daran, dass sich gut die Hälfte der Vorgänge innerhalb weniger Tage erledigen. Innerhalb eines Monats mögen es bereits 80 Prozent sein. Betrachten wir den Zeitraum eines Jahres, sprechen wir noch von drei Prozent vermisster Personen. Zwei Drittel davon sind männlich. Ein kleiner Teil der Personen, die nie mehr auftauchen, sind bei uns. Ein hartes Geschäft. In manchen Ländern ist die Auswahl wesentlich größer. Und ja, Harry, du gehörst dazu. Dein Leichnam bleibt verschwunden. Du gehörst zu jener Elite, die nach 30 Jahren aus der Datei als nicht aufgeklärte Fälle gelöscht werden."

„Also bin ich faktisch tot?"

„Nun ja, bleiben wir lieber bei der Terminologie, vermisst oder verschollen."

„Es gibt also kein zurück?"

„Wozu auch, eine neue Herausforderung wartet auf dich."

„Welche Herausforderung? Wie lange gehen wir noch?"

„Warte es ab, du wirst es nicht bereuen, noch niemand hat es je bereut."

Damit war die Unterredung fürs erste beendet. Je mehr Harry auch versuchte seine Gedanken zu ordnen, desto weniger breiteten sich Zutrauen und Hoffnung bei ihm aus. Zu viele Puzzleteile fehlten ihm noch, um auch nur annähernd zu erahnen, was sich hier abspielte. Ein zielloses Umherirren in einem Labyrinth, in dem seine Erinnerungen immer wieder in einer Sackgasse endeten, gleich welchen Weg er auch einschlug.

Die Stimme des Fremden beendete seine Überlegungen: „Wir sind am Ziel. Wir stehen unmittelbar vor der Zentrale."

Ungläubig blickte Harry sich um: „Ich kann beim besten Willen nichts erkennen."

„Sei nicht ungeduldig", besänftigte ihn der Fremde.

Er hatte sich inzwischen dicht hinter Harry gestellt und presste ihm beide Handflächen mit leichtem Druck auf die Schultern. Als ob ein warmer Luftstrom den Blick durch eine zugeeiste Scheibe langsam und zunächst undeutlich freigab, zeichneten sich erste zarte Konturen vor Harrys Augen ab. Linien zerrissen das blanke Weiß, Lichtpunkte drängten an sein Auge und farbige Flächen breiteten sich zunehmend aus.

Sie standen auf einer kleinen Anhöhe und blickten hinunter in ein sandiges Tal auf dessen Gegenseite sich hohe Dünen bis zum Horizont erstreckten. In der Ebene erkannte Harry eine große Halbkugel, die aus dem Boden ragte. Um diese herum verteilten sich zahlreiche kleinere Halbkugeln in unter-

schiedlichem Abstand. Was Harry dabei am meisten verblüffte: Die Gebilde waren völlig transparent und durchsichtig. Fast wie Seifenblasen, die der Wind, ohne erkennbare Symmetrie, dorthin geweht hatte. Er konnte die sanft ansteigenden Sandhügel auf der anderen Seite durch die Kuppeln hindurch deutlich erkennen.

„Lass uns gehen, wir werden bereits erwartet."

Dieser wirklichkeitsferne Anblick faszinierte Harry so sehr, dass er nicht auf die Aufforderung reagierte, sondern regungslos stehen blieb. „Ist dies der Himmel?", flüsterte er ehrfurchtsvoll.

Zum ersten Mal glaubte Harry ein Lächeln im Gesicht des Fremden zu erkennen, als er erläuterte: „Wir sind weder in der Hölle noch im Himmel, wir sind lediglich die Institution Tod. Natürlich hat die landläufige Vorstellung, dass der Sensenmann ein mit Kutte und Kapuze oder breitkrempigem Hut bekleidetes Skelett ist, nichts mit der Realität zu tun. Auch die sonstigen subtileren Darstellungen entspringen nur den menschlichen Wunschvorstellungen oder Albträumen. Lass uns mit diesem Mythos ein für alle Mal aufräumen. Der Tod ist keiner dieser mystischen Einzelpersonen, sondern eine komplexe, hoch technologische Organisation, dessen Mitarbeiter ohne Ansehen der Person zu jedem kommen, für den die irdische Zeit abgelaufen ist. Ob jemand in den Himmel, ins Paradies oder den Olymp kommt, beziehungsweise in der ewigen Finsternis schmoren muss, ist nicht unsere Entscheidung. Es liegt im Ermessen der jeweiligen Gottheit, an welche die Menschen glauben. Wir sind lediglich für die Logistik zuständig und bald bist du einer von uns."

Sie beschleunigten ihre Schritte und als sie unmittelbar vor der Kuppel standen, fühlte sich Harry wie eine Ameise, die durch ein Iglu-Zelt auf ihrem Weg durch die Wiese blockiert wurde. So sehr war er von den Ausmaßen beeindruckt.

Durch ein großes Tor traten sie ins Innere der Halbkugel in eine riesige Eingangshalle. Was Harry jetzt sah, verschlug ihm wirklich die Sprache.

4
Der nächste Tag

Im Gasthaus *Zum Elefanten* gab es einen weiteren Wirtsraum, der, zur Straße gelegen, mit seinen großen Fensterflächen vom Tageslicht verwöhnt wurde. Nicht so an diesem Morgen. Es war trübe und wolkenverhangen und die letzten Schleier des gestrigen Nebels hingen noch unentschlossen zwischen den Häusern diesseits und jenseits der Straße. Alle Lampen leuchteten. Die silbernen Spots über der Theke, die goldfarbenen Wandleuchten und die ausladenden Lampenschirme aus blassem gelblichem Glas über den Tischen.

Sabine, die Frau von Werner Trauth stand allein zwischen den leeren, rustikalen Tischen. Nur auf wenigen zeigte das benutzte Geschirr, Essensreste und Abfall, dass die Gäste ihr Frühstück eingenommen hatten. Die meisten der Übernachtungsgäste waren Monteure und normalerweise früh auf den Beinen. An Sonn- und Feiertagen oder am Abend wurde dieser größere Raum überwiegend für Familienfeiern und Vereinstreffen genutzt. Wie jeden Morgen begann Sabine das benutzte Kaffeegeschirr von den Tischen zu räumen und auf einem Tablett zu stapeln. Während sie mit dem feuchten Tuch über die rötlich marmorierte Holztischplatte fuhr, fiel ihr Blick auf eine Gruppe Musiker auf der Fensterbank. Drei schwarze Porzellanfiguren im Anzug mit Fliege. Kontrabass, Saxophon und Klavier. Sie wischte die restlichen Krümel vom Tisch in einen Eimer und hielt inne. ‚War der Saxophonist schon immer dabei'? Sie wusste es nicht.

Vor allem den gelegentlichen Gästen fielen die kuriosen Details auf. Auch dieser Gastraum war voll ungewöhnlicher Accessoires, allerdings wesentlich geordneter als in der kleinen Raucherstube. Ganz offensichtlich fanden hier diejenigen Schmuckstücke ihren Ehrenplatz, die es Werner besonders angetan hatten. Deutlich war das maritime Interesse der Familie zu spüren. Unübersehbar bot der Tresen die perfekte Bühne für mehrere Segelschiff-Modelle und einer übergroßen alten Kapitänsfigur mit achtspeichigem Steuerrad.

Mit einem vollen Tablett kam Sabine in die Küche und stellte es mit etwas zu viel Kraft hart auf der Anrichte ab. Ihr Mann erschrak und drehte sich nach ihr um. Als er sah, dass keine Hilfe seinerseits erforderlich war, nahm er die nächsten Gläser aus der Spülmaschine und stellte sie in die Vitrine. Sabine trat dicht hinter ihren Mann: „Muss der Gast aus Nummer vier heute nicht zur Baustelle? Er war nicht beim Frühstück."

Ohne seine Arbeit an der Spülmaschine zu unterbrechen antwortete Werner sichtlich desinteressiert: „Vielleicht fängt er heute später an oder hat etwas Anderes vor. Hast du schon in seinem Zimmer nachgesehen?"

„Nein, natürlich noch nicht, du weißt doch, dass ich die Zimmer immer erst im Laufe des Vormittags reinige."

Die Gästezimmer waren in einem separaten Gebäude und durch einen Parkplatz von dem Gasthaus getrennt. Nachdem das schmutzige Geschirr versorgt und die Tische und Stühle wieder für den Tag hergerichtet waren, ging Sabine hinüber ins Gästehaus. Kurz darauf kam sie zu ihrem Mann zurück in die Küche: „Werner, ich habe bei Nummer vier geklopft und als niemand antwortete, bin ich hineingegangen. Das Bett ist ungenutzt, seine Kleider hängen wie immer über dem Stuhl und Rasierzeug und Kosmetik Artikel sind noch alle im Bad. Abgereist ist er definitiv nicht."

„Warum auch, er hat ja bis Freitag gebucht."

„Ich mach mir Sorgen. Hast du seine Telefonnummer?"

„Sei nicht albern, vielleicht hat er aufgrund des extremen Nebels gestern bei einem Kollegen übernachtet", Werner setzte wieder sein verschmitztes Lächeln auf, „oder bei einer Kollegin?"

„Dann hätte er doch bestimmt angerufen."

„Vielleicht hatte er auf der Baustelle noch keine Gelegenheit oder er hält es einfach für nicht so wichtig. Schließlich ist er uns keine Rechenschaft schuldig. Wir sind ja keine Reha-Klinik, in der er sich abmelden muss, wenn er über Nacht wegbleibt."

„Du hast doch von dem schweren Unfall gestern Abend gehört. Eine Person wird vermisst. Ich mach mir einfach Sorgen. Ruf bitte an."

„Also gut. Sonst lässt du mir doch keine Ruhe."

Werner Trauth wühlte in einer Schublade hinter dem Tresen nach dem Gästebuch. Schnell hatte er den gesuchten Eintrag gefunden.

„Ich habe lediglich seine Handy Nummer. Ich ruf mal durch."

Sabine sah ungeduldig auf ihren Mann, der sich mit dem rechten Ellbogen auf dem Tresen abstützte, während er das Smartphone fest an sein Ohr presste.

„Es geht niemand dran, nur die Mailbox springt an."

„Dann hinterlass' wenigstens eine Nachricht."

Zwei weitere Stunden vergingen, ohne dass der erwartete Rückruf erfolgte.

„Ich mach mir Gedanken, kennst du sein Auto oder Kennzeichen?" brachte Sabine das Thema wieder zur Sprache.

„Weder das eine noch das andere. Er parkt immer beim Kindergarten um die Ecke. Keine Ahnung, was für ein Auto er fährt."

„Dann ruf doch mal bei der Polizei an, mein Gefühl sagt mir nichts Gutes."

Werner kannte seine Frau lange genug, um zu wissen, dass sie nicht lockerlassen würde.

Mit Sabine hatte er eine Frau gefunden, mit der er sich sofort verstand. Sie stammte aus dem Weinland. Beide trafen sich auf dem Fischerfest am Baggersee. Ein halbes Jahr später heirateten sie. Wie die Jahre seither verflogen waren. In zwei Jahren sollte die Silberhochzeit groß gefeiert werden. Die Leidenschaft für die Gastronomie teilten sie von Anfang an. Die Leidenschaft für den Wassersport erst Jahre später. Es begann mit einem kleinen Boot mit Außenborder auf dem Rhein. Als sie vor zehn Jahren unverhofft einen größeren Betrag von einem Onkel aus Hamburg erbten, erfüllten sie sich den lang gehegten Traum einer kleinen Motorjacht. Seitdem fuhren sie mit ihrem Trailer jedes Jahr an die Küste Kroatiens.

Von Sabine stammte auch die Idee, sich mit den Fremdenzimmern, neben der Wirtschaft, ein zweites Standbein zu schaffen. Mit 52 Jahren war sie drei Jahre jünger als er. Eher klein und schlank, mit kurzen braunen Haaren, rundlichem Gesicht, einer Stupsnase und herrlichen Grübchen, wenn sie lachte. Immer in Jeans und meist mit einer knallig farbigen Bluse. Eine Frau voller Power. Seine Frau. Während er sich mit seinem spitzbübischen Wesen um die Gäste kümmerte, sorgte sie dafür, dass die Dinge liefen, wie sie zu laufen hatten. Immer wieder hörte man Gäste sagen: „die beiden passen zusammen wie der Wind und das Meer."

Der Wirt schilderte der Polizeidienststelle kurz seine Unsicherheit in Bezug auf ihren Gast und fragte dann gezielt nach dem gestrigen Unfall. Der Polizeibeamte war sichtlich kurz angebunden und meinte, dass die Identität des Fahrzeughalters inzwischen ermittelt sei, er aber weiterhin als vermisst galt.

„Können sie mir den Namen nennen?"

Werner merkte an der Gesprächspause, dass sein Gegenüber mit der Antwort zögerte, bevor er entgegnete: „Wir werden den Mann ohnehin zur Fahndung ausschreiben und die umliegenden Ortschaften hinsichtlich des gestrigen Abends befragen. Also kann ich ihnen den Namen auch nennen. Einen Moment, ich hole nur kurz die Akte."

Etwa zur gleichen Zeit betrat Gerhard Weiß die Küche in seinem kleinen Einfamilienhaus am nördlichen Ortsrand von Jockgrim.

Er hatte für diesen Morgen den Wecker eigentlich auf neun Uhr gestellt, denn er hatte sich heute wegen eines Termins auf der Kreisverwaltung frei genommen. Es war gestern spät geworden und nach den Ereignissen war er schlecht eingeschlafen und wurde immer wieder wach. Trotzdem war er bereits seit einer Stunde auf den Beinen, duschte sich ausgiebig und war nun damit beschäftigt, der Espressomaschine einen starken Kaffee zu entlocken. Mit der Tasse in der Hand trat er an das Küchenfenster und schob den Vorhang beiseite. Der Himmel zeigte zwar ein leidenschaftsloses Grau, aber von dem extremen Nebel waren nur noch zarte Schwaden übriggeblieben. Eigentlich ein normaler schmutziger Spätherbstmorgen. In zwei, drei Stunden würde die Sonne auch die letzten Nebelschleier entsorgt haben.

Nach dem plötzlichen Unfalltod seiner Frau vor zwei Jahren blieb Gerhard Weiß in dem kleinen Einfamilienhaus wohnen. Im letzten Winter hatte er überlegt, sein Häuschen gegen eine Eigentumswohnung einzutauschen, hatte diese Idee jedoch wieder aufgegeben und im Frühjahr seine Liebe zur Gartenarbeit entdeckt. Außerdem wäre es finanziell ein Nullsummenspiel gewesen. Bestenfalls. Als Familie Weiß das kleine Häuschen in Ortsrandlage vor zwanzig Jahren gekauft hatte, hätte dieses sicher schon aus zahlreichen Episoden mit wechselnden Vorbesitzern berichten können. Doch das beschauliche Dorf von damals war längst Geschichte.

In den letzten zehn Jahren entwickelte sich Jockgrim zu einer Wachstumsgemeinde im Einzugsgebiet von Karlsruhe und profitierte eindeutig von der Lage innerhalb sich gut entwickelnder Wirtschaftsräume mit einer ausgeprägt guten Wohn- und Wohnumfeldqualität. Die Ortsgemeinde verfügte über Versorgungseinrichtungen wie Ärzte, Apotheken, Schulen, Kindergärten, Seniorenheime und Einrichtungen des täglichen Bedarfs. Daneben war die geographische Lage mit der Nähe zu Mannheim, dem Elsass, der Deutschen Weinstraße, dem Pfälzerwald sowie der Autobahnanbindung ein wesentliches Entscheidungsmerkmal für den Zuzug zahlreicher Neubürger. Und die Wachstumsperspektive war mit die Beste im gesamten Kreis.

Gleichlaufend mit dieser Entwicklung hatten sich auch die Kosten des Wohnortes in Form von Mieten und Erwerb von Wohnungseigentum drastisch erhöht.

Warum also sein Stück ursprünglich gewachsener Idylle gegen eine Eigentumswohnung im Jockgrimer Neubaugebiet eintauschen? Nein, er hatte seinen leicht verwilderten kleinen Garten lieben gelernt. Finanziell war der Unterhalt des Häuschens ohnehin kein Problem, denn er verdiente als IT-Administrator in einem nahe gelegenen mittelständischen Unternehmen nicht schlecht. Mit 46 Jahren dachte er auch noch nicht darüber nach, dass sein Heim zu groß, zu arbeitsintensiv und keinesfalls altersgerecht war. Er fühlte sich mental gefestigt, gut durchtrainiert und war, nicht nur was die körperliche Fitness anbelangt, ein Vorbild für seine jungen Feuerwehrkameraden.

Gerhard ließ den Vorhang durch seine Finger gleiten, so dass sich der zarte Stoff wieder auseinanderfalten konnte und vor dem kleinen Küchenfenster für ein diffuses Licht sorgte. Er war heute Morgen nicht von alleine aufgewacht und schon gar nicht freiwillig. Kurz nach acht hatte sein Telefon geläutet. Der diensthabende Inspektor hatte ihn auf den neuesten Stand gebracht und um zehn Uhr zu einer Lagebesprechung eingeladen. Seinen frühen Anruf entschuldigte er damit, dass er Weiß erreichen wollte, bevor dieser zur Arbeit fuhr.

Nachdem Gerhard Weiß seinen geplanten Termin auf der Kreisverwaltung abgesagt hatte, setzte er sich mit einem frisch gebrühten Espresso an den Esszimmertisch und verrührte länger als notwendig den braunen Zucker in der schwarzen Brühe. In einem Zug leerte er das Tässchen und blickte gedankenverloren auf den zurückgebliebenen Kaffeesatz, der sich unten am Boden gesammelt hatte. Es soll Menschen geben, die behaupten, aus dem Kaffeesatz Rückschlüsse auf die Zukunft ziehen zu können. Zugegebenermaßen gehörte Gerhard nicht zu den Personen, die an Wahrsager, Traumdeuter oder Horoskope glaubten. Was die gestrigen Ereignisse betraf, wäre es allerdings schon interessant, wenn so etwas funktionieren würde. Er nahm das weiße Mokkatässchen in die Hand, rührte mit dem Finger im nassen Kaffeesatz und verteilte diesen im Innern der Tasse. Kopfschüttelnd betrachtete er die Muster, die sich während des Trockenprozesses gebildet hatten. Selbst mit größter Fantasie konnte er aus dem verbliebenen Kaffeesatz nichts herauslesen. Vielleicht funktionierte das ja auch nur mit aufgebrühtem marokkanischem Mokka und nicht mit Espresso aus der Maschine, versuchte er seine Hilflosigkeit zu erklären. Das Tässchen stellte er auf den Tisch, lehnte sich auf dem Stuhl zurück und verschränkte seine Hände hinter dem Nacken.

Noch nie in seiner langjährigen Zeit bei der Freiwilligen Feuerwehr hatte er einen solch unerklärlichen Einsatz wie gestern Abend gehabt. In Gedanken fasste er für sich nochmals die Fakten zusammen, die ihm der Inspektor im Halbschlaf mitgeteilt hatte. Der Halter und vermutlich auch Fahrer des Fahrzeuges konnte schnell ermittelt werden. Eine Streife hatte noch in der Nacht dessen Wohnung in Ludwigshafen verschlossen vorgefunden.

Die genauere Untersuchung des PKW hatte ergeben, dass sich wohl nur eine Person im Fahrzeug befand. Vermutlich hatte diese das Fahrzeug abgestellt und den Ort verlassen. Der Sachverständige konnte anhand der Motorwärme grob bestimmen, dass dies nicht mehr als eine halbe Stunde vor Eintreffen der Rettungskräfte erfolgt sein musste. Doch warum wurde der Mercedes verlassen und wo war der Fahrer im Nebel abgeblieben? Man hatte keinerlei Spuren gefunden. Was war das für ein Mensch, der in dem PKW gesessen hatte?

Heute sollte das Gebiet nochmals weiträumig abgesucht und die umliegenden Gemeinden befragt werden. Irgendjemand musste den Mann doch gesehen haben? Im schlimmsten Falle würde man seine Leiche im unzugänglichen Gelände links oder rechts der Bundesstraße finden. Das Technische Hilfswerk wird die Aktion mit Tauchern unterstützen und auch den angrenzenden Baggersee absuchen.

Fragen über Fragen, die Gerhard an diesem noch frühen Morgen durch den Kopf gingen. Inzwischen war es halb zehn geworden. Zeit für ihn, das Haus für die angesetzte Lagebesprechung zu verlassen. Vielleicht hatte sich die Situation inzwischen entspannt. Seine letzten Informationen waren ja auch bereits anderthalb Stunden alt.

Werner Trauth hatte sein Smartphone immer noch fest an sein Ohr gepresst. Offensichtlich hatte der Beamte den Hörer abgelegt und war aus dem Raum gegangen. Es dauerte einige Zeit und er dachte schon, die Leitung sei unterbrochen.

„Und?“, Sabine zog ungeduldig ihre Schultern hoch und presste ihre Lippen zu einem breiten Lächeln zusammen.

Werner streckte ihr die Handfläche entgegen, um zu signalisieren, dass die Person am anderen Ende sich wieder gemeldet hatte.

Mit einem: „Recht herzlichen Dank“, legte Werner das Telefon unter die Theke.

„Die vermisste Person aus dem gestrigen Unfall kommt aus Ludwigshafen und heißt Harry Sander.“

„Gott sei Dank, dann ist es nicht unser Gast.“

„Warten wir es ab, er wird sich schon melden.“

5
Vergessen und Neubeginn

Als Harry das große Eingangstor der Halbkugel durchschritt, glaubte er zunächst, dass ihm seine Sinne wieder einen Streich spielten. Im Innern war nichts von der Transparenz zu sehen. Er blickte vielmehr in eine weiße Kuppel, mit rundum geführten Balustraden in unterschiedlichen Höhen, die offensichtlich als Verbindungswege zwischen den einzelnen Türen und Öffnungen dienten. Auf der fünften, siebenten und obersten Ebene führten drei weitere Stege auch diagonal zur gegenüberliegenden Seite. In der Mitte des Bodenbereiches befand sich eine kleine Halbkugel, aus der heraus die unteren Stockwerke mit blauen Lichtbändern verbunden waren. Rote Lichtstrahlen reichten bis in die oberen Etagen.

Harry konnte die Dimensionen nicht abschätzen. Er kannte die Kuppel des Deutschen Bundestages und stand auch schon einmal überwältigt unter dem gewölbten Dach der Hagia Sophia in Istanbul. Beides war kein Vergleich zu dem, was sich hier über ihm auftat. Hundert Meter, zweihundert Meter? Es fehlte ihm schlicht an der notwendigen Referenz. Auf der gegenüberliegenden Seite bewegten sich größere Gruppen von Personen, deren Köpfe über der Balustrade gerade noch erkennbar waren. Von rechts fiel ein Lichtstrahl auf den großzügigen Eingangsbereich, dessen ausladender silberner Boden sich blank gescheuert stolz ausbreitete, als sei er nur da, um Neuankömmlinge zu begrüßen.

„Warte einen Augenblick", wandte sich der Fremde an Harry und verschwand in einer der Schleusen, die sich am Eingang zur Halle an beiden Seiten befanden. Wenn ein Augen-

blick wirklich diese Bezeichnung verdiente, dann jetzt. Der Fremde trat unmittelbar wieder an die Seite von Harry, der nun sichtlich unsicher und verstört auf ihn blickte. Vor ihm stand nicht mehr der Mann im Mantel mit hochgeschlagenem Kragen, Hose und Schuhen. Ohne seinen Kopf zu bewegen musterte Harry mit seinen Augen sein Gegenüber. Von der Fußspitze bis zu dessen Haupt. Dort verharrte er und versuchte seine Gedanken zu ordnen, wobei er nicht wusste, ob er überhaupt noch Herr seiner Sinne war. Er brauchte einige Zeit, um am Gesicht zu erkennen, dass es sich um den Fremden handelte. Bedeutend jünger als es bisher den Anschein hatte, mit länglichem noch fast faltenlosem Gesicht und Dreitagesbart. Das Haar an den Seiten kurz geschoren, aber so lang, dass es zu einem Seitenscheitel frisiert war.

Doch das, was Harry die Sprache verschlagen hatte: Der Fremde war nackt. Völlig nackt mit einem gleichmäßigen leicht bläulich schimmernden Teint.

Als er sah, wie verkrampft Harry in seiner Körperhaltung verharrte, ergriff er das Wort: „Weißt du Harry, die lebenden Menschen verspüren beim Anblick von Nacktheit meist ein Gefühl der Unsicherheit, der Scham oder der sexuellen Verlockung. Und es gibt nicht wenige, für die ist der entblößte Körper in erster Linie ein Symbol für triebhafte Lust oder Verdorbenheit. Dabei steht der unbekleidete Leib in den meisten traditionellen Symbolsystemen, wie in einigen Religionen, der Mythologie oder der Kunst für Unschuld, Freiheit, Wahrheit und oft auch Göttlichkeit. Wer nackt ist, hat nur noch sein Ich, seine Individualität, seinen Charakter. Die Persönlichkeit, die den Menschen ausmacht, wird durch nichts weiter unterstützt. Im griechischen Sport hatte gerade dies eine betont hohe Bedeutung."

Mit einer Handbewegung gab er Harry zu verstehen, dass er ihm folgen sollte: „Ich heiße übrigens Sabri und bin für die nächste Zeit dein Mentor.“

Während sie durch die große Eingangshalle gingen, wandte sich Sabri wieder an Harry: „Bis in die späte Antike hinein wurde Nacktheit als alltäglich angesehen und niemand wunderte sich über nackte Menschen auf öffentlichen Plätzen und in den Gassen. Es ist überliefert, dass richtungsweisende Regierungsangelegenheiten im römischen Reich nackt im Badehaus diskutiert wurden. Die Kleider, die man damals zunehmend trug, dienten nicht dazu, den nackten Körper zu verdekken. Vielmehr gerieten sie zum Statussymbol, denn wer sich mit edlen bunten Stoffen schmücken konnte, der zeigte damals seinen Wohlstand und seine Stellung in der Gesellschaft.“

Er blieb stehen und blickte Harry direkt in die Augen:

„Du siehst, in meinem Verständnis hat das mit Sexualität nur sehr eingeschränkt etwas zu tun. Du wirst es bald genauso verspüren.“

„Das heißt, ich laufe demnächst auch so herum?“ Harry blickte nach oben und sah unter der Kuppel weitere, offensichtlich nackte Gestalten über einen Verbindungssteg eilen.

„Auf jeden Fall. In eurer Welt hängt es von vielen Faktoren ab, ob Nacktheit als Zeichen von selig und befreit, moralisch und keusch oder als lasterhaft und zerstörerisch gesehen wird. Das entscheidest nicht du für dich allein. Es ist abhängig von der jeweiligen Kultur, der Bildung, der Zeit in der du lebst. Du bist anders aufgewachsen. Allerdings leben bis heute Menschen, in abgeschlossenen kulturellen Räumen, in ihrer Tradition weiter unbekleidet. Etwa einzelne Stämme der Aborigines im australischen Norden oder mehrere zurückgezogene Grup-

pen, Ureinwohner des Amazonasgebiets. Ihr bewundert die Natürlichkeit der Stämme im zentralen und südlichen Afrika, die eure moralischen bekleideten Wertvorstellungen nicht kennen und dabei unbekümmert leben."

„Das habe ich noch nie aus diesem Blickwinkel betrachtet. Wir leben schließlich nicht mehr im Altertum."

„Viele Veränderungen, die sich im Laufe der Zeit ergaben, kann man durchaus der Kirche zuschreiben, die Nacktheit als frevlerisch verurteilte und mahnte, dass ein nackter Körper nicht zur Schau gestellt werden darf. Im Sündenfall wurden Adam und Eva sich ihrer Nacktheit bewusst und schämten sich. Trotzdem finden sich gerade in der christlichen Kunst zahlreiche derartige Darstellungen in Form von Heiligen oder Engeln. Warst du schon mal in der Sixtinischen Kapelle im Vatikan und hast das Altargemälde bewundert?"

„Nein, aber ich habe natürlich Bilder der prachtvollen Gemälde mit der Schöpfungsgeschichte, der Vertreibung aus dem Paradies und dem Jüngsten Gericht gesehen."

„Siehst du, und mit all diesen Zwängen, Einflüssen und wechselnden Wertvorstellungen wollten wir von Anfang an nichts zu tun haben. Wir sind hier, um unsere Aufgaben zu erledigen und nicht, um unsere Eitelkeit zu befriedigen. Bei uns gibt es diesbezüglich keine Unterschiede. Alle sind nackt, solange sie in der Zentrale ihren Dienst tun, selbst unsere Leitung. Pass' auf, wir gehen jetzt durch diese Schleuse, dann beginnt dein Programm."

Der Gang durch die Schleuse bedurfte nur vier, fünf Schritte.

Außer einem leisen Pfeifton hatte Harry nichts bemerkt und als er an sich herunter blickte stellte er erfreut fest, dass er noch immer seine Kleidung am Körper trug.

„Wir müssen in diesen Raum", dirigierte Sabri seinen Schützling und schob ihn sanft durch die sich automatisch öffnende Tür.

Harry musterte den Mann, der lässig auf einem Kunststoffsessel mit hinter dem Kopf zusammengefalteten Händen thronte. Er war älter als sein Mentor, klein, gedrungen, mit weißem Vollbart und Glatze und gab in seinem ebenfalls leicht bläulichen Adamskostüm beileibe kein so ästhetisches Bild ab wie Sabri.

„Ah, der Neue", begrüßt er die beiden und schwang in eine aufrechte Sitzhaltung. „Der erste Schritt ist der Wichtigste, denn da lässt du dein bisheriges Leben hinter dir. Hast du ihm schon erzählt, wie das hier abläuft, Sabri?"

Dieser hat inzwischen auf einem weiteren Sessel Platz genommen: „Nicht so direkt, aber er ist bei dir ja in den besten Händen."

„Wenn unsere Geräte für die Strom-Stimulation einwandfrei funktionieren, keine Frage. Gestern hatten wir ein größeres Problem…"

Harry machte unwillkürlich einen Schritt in Richtung Tür und fauchte gereizt: „Seid ihr verrückt, ich soll mich hier einer Gehirnwäsche unterziehen!" Er hatte nicht bemerkt, wie die beiden sich zuzwinkerten. Der Dicke klatschte sich vor Freude auf die Schenkel und sagt dann beschwichtigend: „Nur keine Panik, es war nur ein Joke. Gehirnwäsche ist übrigens nur eine psychologische Manipulation." Um seiner Aussage Nachdruck zu verleihen macht er eine wischende Handbewegung vor seinem Gesicht: „Wir sind doch hier kein totalitärer Staat oder in einem James-Bond-Film. Unser Job ist es, dich auf deine neue Aufgabe vorzubereiten. Dazu müssen wir deine Gedächtnisin-

halte löschen und zwar ohne dabei die Gehirnstruktur in Mitleidenschaft zu ziehen."

Harry hatte sich wieder beruhigt: „Ich frage mich, warum muss meine Vergangenheit gelöscht werden? In unserem Gehirn schlummert doch ein ungeahntes Potential?"

Der Dicke hatte wieder seine ursprüngliche Haltung eingenommen und ließ seinen Oberkörper gemächlich vor- und zurückwippen: „Ohne das Vergessen stehst du eines Tages vor einem abstrusen Scherbenhaufen voller Retrospektiven. Wenn du immer in der Vergangenheit festhängst, wirst du die Fähigkeit, wirklich Neues zu verinnerlichen, nie erlangen. Wir lösen deine Blockaden, machen dich offen für ein neues Bewusstsein und andere Ziele. Es wird dir sehr leicht fallen, neue Informationen abzuspeichern, doch deine Erinnerungen werden ausradiert sein."

Sabri ergänzte diese Aussagen durch seine Sicht der Dinge:

„Wir sollten wirklich damit beginnen das Vergessen zu schätzen. Die Griechen hatten schon in der Antike einen Altar für Lethe, den Geist des Vergessens. Dein neuer Job verträgt keine gewachsenen emotionalen Denkmuster mit Sympathie und Antipathie oder Mitgefühl und Herzlosigkeit." Harry zeigte fast ein Lächeln, als er entgegnete: „Warst du in deinem alten Leben eigentlich Geschichtsprofessor, weil du immer die Altertümer zitierst?"

„Was ich früher gemacht habe, kann ich dir leider nicht sagen. Gleichwohl lernen wir auch hier. Viel mehr, als du dir vorstellen kannst." Dann wendete er sich an seinen Kollegen: „Bring ihn bitte zu mir, wenn ihr hier fertig seid."

Harry war nun allein mit dem Dicken. „Ich heiße übrigens Montra. Setz' dich bitte auf den Sessel dort unter der kleinen

Glaskuppel." Erst jetzt erblickte Harry den halbhohen weißen Sessel unter einer Glasglocke im hinteren Bereich des Raumes. Er sah jedoch keinerlei technische oder medizinische Apparaturen. Überhaupt war der ganze Raum sehr spartanisch mit wenigen weißen Möbeln ausgestattet. Ein Tisch, zwei Sessel, ein verschlossener hoher schmaler Schrank und eben diese Glocke mit einem weiteren Sessel, der allerdings eine höhere Lehne hatte. Sonst befand sich nichts in dieser Kammer. Selbst der Schreibtisch war leer. Kein Computer, kein Blatt Papier.

„Was wir hier machen ist eurer Entwicklung weit voraus", dozierte Montra nicht ohne Stolz in seiner Stimme. „Ihr feiert es schon als Erfolg, wenn es den Neuroforschern gelingt, bei einigen genetisch veränderten Ratten gezielt Gedächtnisinhalte zu löschen. Jeder kleine Schritt verursacht einen Hype und keiner merkt, dass ihr euch in einem Hamsterrad dreht. Von dem Ziel, auch bei Menschen wenigstens teilweise störende Erinnerungen ohne gravierende Nebenwirkungen zu eliminieren, ist die derzeit lebende Menschheit noch meilenweit entfernt."

Inzwischen hatte Harry unter der kleinen Kuppel Platz genommen und wenn schon keine Panik, so erfasste ihn doch ein gewisses Unbehagen. Doch hatte er eine Wahl? Um ihn herum kristallisierte der Boden zu einer kreisrunden durchsichtigen Scheibe. Als ob jemand einen Gurt straffziehen würde, wurde er in den Sessel gepresst und konnte sich nicht mehr bewegen. Es gab keinen Gurt. Es gab nur ihn, den Sessel und die sich langsam senkende Halbkugel.

„Wir werden jetzt alle mit deiner Identität zusammenhängenden Erinnerungen selektiv löschen. Und zwar nur diese", erklärte Montra.

„Wird es schmerzhaft"? Sein Blick war hilfesuchend auf den Dicken gerichtet.

„Nein, keine Angst. Ich bin hier und passe auf dich auf. Gute Reise."

Damit schloss sich die kleine Glaskuppel in dem Raum, die ebenfalls nur von außen durchsichtig schien, im Innern jedoch ein undurchdringliches Weiß zeigte. Das Weiß verfärbte sich in ein Grau und das Grau wurde schließlich zum Schwarz.

Harry verspürte einen leichten Druck im Kopf, als die ersten Bilder vor ihm aufpoppten: Der Unfall, die Fahrt, die Besprechung, der Morgen, die Nacht davor. Die Stimmen, die Musik, die Geräusche – wie ein im Zeitraffer zurückspulendes Tonband. Er war nicht mehr in der Lage einzelne Dinge zu erkennen. Die Grenzen zwischen Realität und Traum verschwammen in einem wahren Rausch an Bildern, Eindrücken und Empfindungen. Wie eine rasende Achterbahnfahrt, die in jeder Kurve ihr Tempo verdoppelte. Harry glaubte bei jedem Richtungswechsel die harten Schläge der Rollen in den Schienen zu spüren. Er fühlte, wie er sich zu drehen begann. Stilvoll und anmutig wie Pirouetten auf dem Eis. Ein wohliger leichter Schwindel erfasste ihn. Es war nur der Anfang. Als ob ein Schalter umgelegt wurde und ein zu Höchstleistungen getriebener Peitschenkreisel nun das Tempo bestimmte. Immer rasanter, wie ein Bohrer, der sich unaufhaltsam seinen Weg durch die Wand suchte. Eine gerade abgefeuerte Patrone aus einem Gewehr. Sein Körper zuckte unkontrolliert, drohte zu Bersten, eine gebrechliche Kreatur. Das krachende Geräusch einer Welle, deren unbändig züngelnde Gischt plötzlich von einer Klippe aufgehalten wurde. Ruhe. Er trudelte wie eine Daunenfeder in der Leere eines weißen Nichts. Ein gutes Gefühl.

6
Die Organisation TOD

Harry und Montra gingen quer über den Platz der großen Kuppel, in der die einzelnen Stockwerke über Lichtbänder verbunden waren. „Dies sind quasi unsere Aufzüge. Wir transportieren damit die Personen zu den einzelnen Ebenen. Wir beherrschen die Fähigkeit der Teleportation, die wir für unseren Job als Todesboten ja zwingend benötigen", klärte Montra auf. Sie erreichten das Büro von Sabri und wurden schon erwartet. „Wie ich sehe hat alles funktioniert?", begrüßt dieser die Beiden. Harry sah zum ersten Mal bewusst an sich herab und bemerkte, dass er ebenfalls nackt war. Er fühlte sich wohl und dachte nicht weiter über diesen Umstand nach. Er wunderte sich nur ein wenig über seine abweichende, leicht gelblich angehauchte Hautfarbe.

„Er hat eine Grundbetankung bekommen, hat also alle notwendigen Voraussetzungen, damit ihr mit der speziellen Ausbildung beginnen könnt. Das angesammelte Allgemeinwissen ist noch vorhanden, alle Daten, die mit seiner Person zu tun haben sind gelöscht." Mit einem: „War mir ein Vergnügen, hab mal kurz in die eliminierten Lieblingsstücke reingeschaut", verabschiedete sich Montra, kniff sein linkes Auge zusammen und verließ den Raum.

Sabri dirigierte Harry in den weißen Sessel vor seinem Tisch: „Setz' dich, wie geht es dir?"

„Danke gut, ich bin gespannt, was mich alles erwartet."

„Dann will ich dir erst einmal ein paar grundlegende Dinge über unsere Organisation erläutern. Wir brauchen hierzu keinen Computer, 3D-Hologramm-Projektion oder sonstige Hilfs-

mittel. Alles was ich dir erkläre, wird sich über meine Gedanken in deinem Hirn festsetzen. Die Menschen beginnen gerade mal damit zu experimentieren, Hirnströme in Form elektrischer Impulse auszulesen. Ein rudimentäres Kommunizieren von Gehirn zu Gehirn ist noch reine Science-Fiction. Wir jedoch können komplexe Denkprozesse übertragen. So arbeiten wir auch weltumspannend zusammen. Du wirst nirgends ein technisches Gerät vorfinden."

Harry zog seine Augenbrauen zusammen und blickte sein Gegenüber skeptisch an. Um diese Geste zu untermauern wollte er gerade ungläubig seinen Kopf schütteln als dieser fortfuhr: „Pass auf und dreh dich mal um." Die Eingangstür zum Büro schob sich mit einem leisen summen zur Seite und schloss sich wieder. „Alles nur mit meinen Gedanken." Er machte eine Kunstpause und ergänzte dann: „Das wirst du natürlich auch trainieren. Mit dieser Gabe kannst du allerdings nur diejenigen Dinge tun, die für deine jeweilige Funktion von der Organisation freigegeben sind."

Harry nickt sichtlich beeindruckt und Sabri begann mit seinen Ausführungen: „Die Zentrale des Todes liegt in einer für die Menschen unsichtbaren Parallelwelt, in einem äußerst lebensfeindlichen Teil der Wüste Gobi. Eigentlich nicht zu entdecken. Es gibt jedoch Menschen, die Doppelbilder sehen und in Behandlung sind, weil das Gehirn die Bilder des linken und rechten Auges nicht mehr richtig zu einem räumlichen Bild zusammenfasst. In extrem seltenen Ausnahmen unterscheidet sich das Doppel. Es sind zwei unterschiedliche Bilder. Ein Reales und ein Fiktives. Meistens ist das fremdartige Bild äußerst schwach und wird deshalb kaum als solches erkannt. Eine derartige Wahrnehmung tritt plötzlich auf und ist meist nur von kurzer Dauer. Diese Menschen blicken für einen winzigen Augenblick in eine parallele Welt. Um auch diesen unwahrscheinlichen Fall auszuschließen befindet sich unser Hauptquartier in einer Gegend, die in der realen Welt wohl nie bebaut oder bewirtschaftet werden wird."

„Liegt diese Parallelwelt in der Zukunft oder in der Vergangenheit?"

„Wir sind der normalen Welt ein kleines Stück voraus. Wir müssen so früh wie möglich erkennen, wo es Arbeit für uns gibt, damit wir rechtzeitig zur Stelle sind. Es funktioniert seit Jahrtausenden, denn die Organisation TOD entstand parallel mit der Entstehung menschlichen Lebens. Sie ist damit die älteste, auf jeden Fall komplexeste Organisation in dieser Welt."

„TOD funktioniert wie eine Organisation? So richtig mit sichtbaren Strukturen, definierten Abläufen und vereinbarten Zielen?"

„Vielleicht nicht so, wie die Menschen ihre Geschäfte lenken. Wir sind wesentlich effektiver, da wir uns nicht von Emotionen und Empfindlichkeiten leiten lassen. Bei uns gibt es keine Selbstüberschätzung der Vorstandshaft, keine Machtspiele oder persönliche Profitgier. Unser Hauptgeschäft sind die operativen Einheiten, also die Todesboten, die rund 95 Prozent der Mitarbeiter ausmachen. Diese bestehen zum einen aus einer schnellen Einsatztruppe welche vornehmlich in Kriegsgebieten die von Menschen verursachten Todesfälle bearbeitet. Hier setzen wir unsere besten Kräfte ein, denn es ist ein sehr aufreibender Job. Wir haben auch Todesboten, die auf Umweltereignisse wie Hungersnöte und Epidemien spezialisiert sind. Diese Einsätze sind meistens langwierig und in der Regel gut planbar, aber sehr personalintensiv.

Zum andern gibt es auch die normalen Länderbeauftragten, für die 08/15-Fälle im jeweiligen Land. Versteh' mich bitte nicht falsch, jeder Todesfall ist für sich gesehen schmerzlich und schicksalsschwer. Unsere Länderbeauftragten haben ein fest zugeordnetes Gebiet und damit mal mehr oder weniger zu tun. Sie kennen ihr Territorium und wissen genau, wo und wann ihr Einsatz gefordert ist. Natürlich können sich die Gebietszuordnungen auch ändern, wenn die Kennzahlen dies erfordern."

„Die Todesboten bewegen sich also die ganze Zeit in einer gewissen Stadt oder Gegend? Sind sie in dieser Funktion unsichtbar?"

„Bei denjenigen, welche die Laufbahn als Todesbote einschlagen dürfen, sind alle Erinnerungen an ihr voriges Leben ausgelöscht. Sie behalten ihr Aussehen, sind für die Menschen sichtbar und bekommen eine neue Identität. Oft leben diese über Jahre inmitten einer Gemeinde und sind gut in das soziale Umfeld integriert. Manchmal sieht man jemanden und denkt: der sieht doch genauso aus wie… Das könnte durchaus einer von uns sein. Bevor reelle Gefahr besteht, dass die Identität aufgedeckt wird, rufen wir unsere Todesboten ab. Es kommt dennoch nur sehr selten vor, denn wir setzen einen Mitarbeiter, der zum Beispiel in Tunesien seine Wurzeln hatte, natürlich möglichst weit weg davon ein. Es kommt aber durchaus häufig vor, dass diese Mitarbeiter kurzfristig woanders aushelfen müssen. Manchmal erholt sich ein zum Sterben Verurteilter und wird vielleicht sogar für alle überraschend wieder gesund. Dieser Mensch hat Glück gehabt, denn es liegt dann meistens an der kurzfristigen Neu-Priorisierung des Einsatzes der Todesboten. Zum Beispiel, wenn eine Na-

turkatastrophe mit vielen Toten alle bisherigen Terminpläne über den Haufen werfen. Auch bei Kriegshandlungen muss der Tod seine Truppen dorthin umleiten, wo die Menschen ihre Grausamkeit ausleben.

Ab und an dauert ein Sterbevorgang länger als erwartet. Viele schreiben dies dem Überlebenswillen des vom Tode gezeichneten zu. Der Grund dafür ist in Wirklichkeit, die zeitweise Überlastung der Todesboten."

„Und wer steuert und koordiniert das Ganze?"

„Wie du gesehen hast, steuern und koordinieren wir alles mit unseren Gedanken. Um alle Informationen erst einmal bei den Menschen abzugreifen, verfügt TOD heute über ein gigantisches Gedanken-Netzwerk. Seit Google, Amazon, Facebook und Co. systematisch Daten sammeln, ist es auch für uns einfacher geworden, da wir uns diese Mega-Datenbanken zunutze machen und nicht mehr selber alle Daten aus unzähligen Quellen sammeln müssen. Insgesamt sind die Informationen von über 100 Milliarden Menschen bei uns gespeichert. Davon derzeit etwa 7 Milliarden aktiver Datensätze. Und hierauf haben wir je nach Funktion eine Zugriffsberechtigung für unser Gehirn. Deshalb wirst du auch nirgends einen Computer oder ähnliches vorfinden. All dies wird von einer kleinen Spezialisten Gruppe überwacht und ständig weiterentwickelt. Sie befindet sich nicht hier im Hauptgebäude, sondern in einer der kleineren Kuppeln, die du auf dem Weg hierher sicher gesehen hast.

Ich selbst gehöre als dein Mentor einer zentralen Funktion an, bei der alle internen und administrativen Aufgaben, die bei uns natürlich auch anfallen, zusammengefasst sind."

„Gibt es auch sowas wie eine Geschäftsleitung?"

„Natürlich, Gasira und Pit sitzen gemeinsam in der Etage ganz oben unter dem Kuppeldach. Du wirst sie noch kennen lernen."

„Das hört sich an, als würde hier alles perfekt laufen."

„Es gibt auch bei uns noch Optimierungsbedarf. Wir können immer noch nicht alle Toten erreichen, denn mit dem Wachstum der Weltbevölkerung steigt auch bei TOD der Bedarf an qualifiziertem Personal. Die toten Seelen müssen nach wie vor von unseren Todesboten eingesammelt werden. Aktuell liegt die Quote etwa bei 95 Prozent. Der Rest sind die vermissten Personen, die nie mehr auftauchen. Im vorigen Jahrhundert lag dieser Anteil, ohne den technologischen Fortschritt der letzten Jahre, noch bei knapp 70 Prozent."

Sabri schaute Harry lächelnd ins Gesicht und erläuterte: „Einige wenige, wie du, profitieren durchaus vom steigenden Bedarf an Todesboten. In den frühen Zeiten der Menschheit war die Lebenserwartung niedrig und Epidemien wie Pest und Cholera haben damals ganze Landstriche ausgelöscht. Es war eine harte Zeit, auch für uns Todesboten. Der Altersdurchschnitt ist bis heute kontinuierlich gestiegen und es sind weniger Tote durch Natur, Krankheiten und Kriege zu beklagen. Trotzdem hat sich der Bedarf an Nachwuchs bei uns erhöht, da die Weltbevölkerung im letzten Jahrhundert überproportional zugenommen hat. Um 1800 gab es eine Milliarde Menschen auf der Erde. Es dauerte bis ins 19. Jahrhundert hinein, bis sich diese Zahl verdoppelt hatte. In nur wenigen Jahren werden acht Milliarden Menschen den Erdball bevölkern."

Harry hörte erstaunt zu und hing förmlich an den Lippen seines Mentors: „Du wirst es nicht bereuen, denn es ist zweifellos ein Job, eine Alternative, um nach dem Ableben eine neue Perspektive zu haben. Alle anderen Mutmaßungen für ein Leben nach dem Tod, entspringen eher spirituellen Phantasien oder religiösen Vorstellungen. Ob es ein Leben nach dem Tod gibt, bleibt Glaubenssache. Es sei denn, man zählt zu den von TOD Auserwählten."

Sabri erhob sich und legte seine Hand auf Harrys Schulter: „Lass' uns gehen. Ich zeige dir noch die wichtigsten Einrichtungen und bringe dich dann in unser Trainingscamp. Du wirst dort mit zweihundert anderen die nächste Zeit verbringen. Wir werden uns regelmäßig sprechen. Natürlich kannst du mich bei Bedarf jederzeit aufsuchen."

7
Zehn Monate später
Samstag, 10. September — Friedhof von Jockgrim

Harry stand vor der brusthohen Mauer des Friedhofes. Eine unspektakuläre graue Barriere aus Granitstein mit einer bereits verwitterten, vorspringenden Abdeckung. Dahinter viel Grün. Rasen, Grabbepflanzungen, Büsche und Bäume. Der Weg zur Friedhofshalle war eine dichte Allee. Ein zusammenhängendes Laubdach, getragen von Stämmen, die wie Pfeiler alle paar Meter die prallen Kronen abstützten.

Sein Blick ruhte etwas länger auf dem großflächigen, eigenwillig schräg hängenden Vordach der Aufbahrungshalle. Es sah aus, als ob sich die vier Stützen im Laufe der Zeit unterschiedlich tief in die Erde abgesenkt hätten. Ein zwei Mann hohes, dunkles Steinkreuz in der Mitte des

Friedhofes überragte alle anderen Grabstätten. Rechts davon stand, etwas abgesetzt, ein mit roten Sandsteinquadern gestaltetes flaches Mauerwerk mit einer Reihe Dachziegel als Abschluss. Kunstvolle Ziegel die, wie kurze halbierte Bambusröhren aneinandergereiht, smaragdgrün in der Sonne glänzten. Vor der Mauer stritten sich immergrüne Bodendecker und Unkraut um den besten Sonnenplatz und der Efeu hatte längst schon einen Pakt mit dem Gemäuer geschlossen. Vier unterschiedliche Wandtafeln zeugten davon, dass hier mehrere Generationen der Familie Ludowici ihre letzte Ruhestätte gefunden haben.

Im zu Ende gehenden 18. Jahrhundert brachte Wilhelm Ludowici die Ziegelindustrie nach Jockgrim. Hier fand er günstige Standortfaktoren vor: hochwertigen Ton, einen neuen Bahnhof mit Gütergleisen, genügend erweiterbare Ausbauflächen und nicht zuletzt auch der Gedanke an billige Arbeitskräfte. Unbestreitbar zeichneten Wilhelm Ludowici seine wirtschaftlichen, sozialen und kulturellen Verdienste in der Gemeinde aus. Nachdem die Tonvorräte zu Ende gingen und auch nicht mehr die notwendige Qualität aufwiesen, wurde die Produktion in den 1960er Jahren eingestellt. Noch heute zeugen ein Ziegeleimuseum und ein Ringofen zum Brennen der Ziegel sowie zahlreiche Gebäude im Ort von der Blütezeit der Ziegelherstellung.

Der Friedhof war überschaubar. Harry musterte noch die Urnenwände an der westlichen Seite, öffnete dann das lediglich aus fünf Querstreben bestehende niedere Metalltor und setzte sich auf die erste Bank neben dem Eingang. Er lehnte sich zurück und blickte durch das Blätterwerk in den blauen Himmel.

Er hatte seine theoretische Ausbildung in der Zentrale abgeschlossen und diesen Teil der Prüfung mit Bravour bestanden. Von den zweihundert Anwärtern war er, zusammen mit Lena, der Beste. Seine besondere Stärke war das gedankliche Andocken an die Datenbanken des Konzerns. Nun saß er hier auf dem Friedhof dieser 7 500-Seelen Gemeinde. Ihm war immer noch nicht klar wie dies geschehen konnte. Es war doch alles genau geplant. Passierte bei der Entsendung etwa ein kleiner Lapsus? Wurde sein Bestimmungsort irrtümlich vertauscht? TOD machte keine Fehler, zumindest war das sein fester Eindruck während seines intensiven Trainings.

Jeder Anwärter musste zum Abschluss seine theoretischen Kenntnisse in einem Praxistest beweisen. Um es den Neuen zu ermöglichen, innerhalb der zwei Monate mindestens 200 Tote abzuholen, fanden diese Einsätze eigentlich immer in Krisengebieten statt.

Es musste ein Irrtum sein, dass er nicht wie geplant in Syrien, sondern in der idyllischen Gemeinde Jockgrim im Süden der Pfalz landete. Als er von der Bank aus nochmals über die gepflegten Gräber blickte, wurde ihm bewusst, dass er seine Zielvorgabe auf normale Weise niemals erreichen konnte. Nachdem er die zugehörigen Fakten aus dem TOD-Datenverbund angezapft hatte und die Statistik der Sterbefälle überflog, war endgültig klar, dass seine Vorstellung, in absehbarer Zeit als ordentlicher Todesbote zu fungieren, für geraume Zeit passé war.

Im abgelaufenen Jahr gab es in Jockgrim lediglich 75 Todesfälle zu beklagen, davon 36 weiblich und 39 männlich. Alles natürliche Sterbefälle, lediglich 34 Verletzte durch Verkehrsunfälle, nicht ein einziges Ableben. Das würde bedeuten, dass er sein Ziel erst in zwei, drei Jahren erreicht hätte. Wenn schon nicht Syrien, warum nicht wenigstens Karlsruhe oder Mannheim? Selbst in Ludwigshafen hätte er seine Aufgabe in zwei, drei Monaten bewältigt. Er wusste, dass er nicht nach Karlsruhe oder Ludwigshafen ausweichen konnte. Dort waren entsprechende Länderbeauftragte langfristig eingesetzt. Warum sollte sie die Organisation um seinetwillen versetzen? Was hatte er falsch gemacht? Es spielte gedanklich mehrere Szenarien durch. Er dachte auch daran, in der Zentrale um die Neuansetzung seiner Prüfungsaufgabe zu bitten. Die gestellte Aufgabe war in der vorgegebenen Zeit nicht lösbar.

Es sei denn, er würde dem Ganzen etwas nachhelfen.

Ein Lächeln breitete sich über sein Gesicht aus, als er begann, weiter über diese Möglichkeit nachzudenken. Nein, so kurz vor dem Ziel würde er nicht die Segel streichen. Nach kurzer Überlegung war er sich sogar sicher, dass es ihm zusätzlich Lob und Wertschätzung in der Organisation bringen könnte, wenn er seinen Job trotz der fast hoffnungslosen Erfolgsaussicht erledigte. Vielleicht sogar ein Prüfungsabschluss mit einer vergleichbaren Auszeichnung wie „Summa cum laude."

Er hatte seinen Nachnamen in Bauer geändert. Harry Bauer stand nun auf all seinen Dokumenten. Seine tiefen blauen Augen und das längliche Gesicht mit den ersten sich abzeichnenden Falten waren geblieben. Auch sein dünner borstiger Schopf mit deutlichen kahlen Stellen über seinen dunklen Augenbrauen. Mit seinen einsfünfundachtzig und seinem eher schlanken Körperbau wirkte er jünger als er war. Erst sein Gesicht zeigte, dass bereits 49 Jahre nicht spurlos an ihm vorübergegangen waren.

Harry quartierte sich im Gasthaus *Zum Elefanten* im alten Ortsteil von Jockgrim ein. Ein zweistöckiges Gebäude mit Walmdach und freigelegtem Fachwerk ab der ersten Etage. Über dem Eingang ein handgemaltes Schild mit Elefantenkopf. Schon etwas verblasst, als wollte es damit unterstreichen, dass Familie Trauth hier bereits 1853 eine Bäckerei und Warenhandlung betrieb. Seit mehreren Generationen beherbergte das Gebäude eine traditionelle Gaststätte, welche derzeit von Werner Trauth und seiner Frau geführt wurde. Vor einigen Jahren wurde das nebenstehende Gebäude renoviert und bot nun eine Reihe von Fremdenzimmern, welche vornehmlich an Monteure oder Fremdarbeiter des nahen LKW Werkes vermietet wurden.

Werner Trauth war ein beliebter Gastwirt. Die Gäste mochten seine unbeschwerte Art. Der sprichwörtliche Spitzbub mit dem Schalk im Nacken. Unkompliziert, kontaktfreudig und meistens wohlgelaunt. Eine echte Pfälzer Frohnatur. So dauerte es auch nur zwei, drei Tage bis Harry und Werner sich näherkamen.

8
Sonntag, 11. September — Altrhein, Badesee, Sportplatz

Karl und Martin waren an diesem Sonntagmorgen schon sehr früh mit dem Auto unterwegs. Unterhalb der alten Kirche bogen sie auf den asphaltierten Feldweg ab, der durch die Felder und Wiesen über den Polder zum Altrhein führte. Es war ein besonders schöner Morgen. Der Blick durch die Frontscheibe erzeugte bei beiden eine ruhevolle, ja fast friedlich anmutende Stimmung. Wie ein gerahmtes Gemälde, so breitete sich die Rhein-Aue an diesem Morgen vor ihnen aus. Das von den ersten Sonnenstrahlen entfachte gelbgrün der Felder, darüber ein zarter, schmaler Nebelstreifen, der andeutete, dass der Sommer langsam seinem Ende zustrebte. Dahinter die Gruppe von Bäumen, deren Laubkronen mit den zahlreichen Mistelkugeln sich wie ein Scherenschnitt von dem verwässerten Blau des noch jungen Tages abhoben. Die kurze Fahrt war voll solcher Eindrücke. Karl und Martin liebten diese Augenblicke, nicht erst seit sie vor Jahren in Rente gingen. Vor allem das Erwachen der Natur, die ersten Stunden nach Sonnenaufgang, wo der Tag frisch, unberührt und noch nicht abgenutzt war.

Sie hatten sich vorgenommen wieder einmal zu angeln und ihren alten Lada bereits gestern mit den notwendigen Utensilien beladen. Diverse Angelgerten, Köcher, Gummistiefel, Köder, Blinker und vieles mehr. Viel zu viel, um nur den Sonntagvormittag auf einem Steg am Altrhein zu verbringen. Sie erreichten das kleine Wäldchen, dessen Bäume bis an das Gewässer und teilweise in dieses hineinragten. Karl bremste den Lada abrupt ab. Obwohl sie nur Schritttempo fuhren, wurde Martin von dieser Aktion überrascht und konnte sich gerade noch mit seinen Händen am Armaturenbrett abfangen.

„Mann wie kannst du mich so erschrecken!"

„Tut mir leid, aber da vorne liegt was Rundes auf dem Weg. Lass uns aussteigen und nachsehen."

Karl stellte den Motor ab. Beide gingen die paar Schritte bis zu dem blauen Gegenstand, der nun direkt vor ihnen zwischen den Fahrspuren lag. Mit dem Fuß drehte Martin das Gebilde um und stellte nüchtern fest: „Das ist ein Fahrradhelm. Den muss jemand verloren haben." Karl nahm den Helm an sich: „Sieht schon ziemlich mitgenommen aus." Sie wollten gerade zum Fahrzeug zurück, als sie im Unterholz ein stark beschädigtes Fahrrad erblickten.

Kaum ein Anwohner bemerkte, dass Polizei, Arzt und Leichenwagen an diesem frühen Sonntagmorgen von der Landstraße, in den Feldweg Richtung Altwasser abbogen.

Gegen Mittag schreckte ein Aufschrei die sonntäglichen Badegäste am Sandstrand des nahegelegenen Baggersees auf. Einige liefen sofort zum Ufer, Mütter blickten ängstlich nach ihren Kindern, zwei Jugendliche erhoben sich neugierig, ohne dabei ihr Smartphone aus den Augen zu lassen. Etwa in der Mitte des Sees bemühte sich ein Mann, in einem kleinen Schlauchboot, Land zu erreichen. Hinter ihm lag quer über den aufgeblasenen Wülsten ein dunkles Etwas. Immer wieder musste der Ruderer nach hinten greifen, um seine Fracht nicht abrutschen zu lassen. De Facto hatte er nur eine freie Hand, um voranzukommen. Durch das zusätzliche Gewicht und die schwankende Fahrweise schwappte immer wieder Wasser ins Boot.

Die zwei Jugendlichen hatten sich von ihrem Handy losgerissen, rannten ohne sich abzukühlen in das aufspritzende Nass und schwammen in schnellen Zügen dem Boot entgegen. Viele Badegäste fanden sich mittlerweile am Ufer ein und beobachteten das Geschehen. Das Boot war mit Unterstützung der beiden Jungs nur noch einen Steinwurf entfernt, als eine ältere Frau mit dem Finger auf das Trio zeigte: „Da liegt ein Mensch auf dem Boot!"

Es knirschte nur kurz und das kleine Schlauchboot hatte sich im sandigen Boden festgefahren. Der Ruderer krabbelte aus dem Boot, ging einige wacklige Schritte gebückt über den Strand und ließ sich erschöpft fallen. Noch außer Puste rief er den Umstehenden zu: „Ich, ...ich habe ihn gefunden. Drüben im Schilf. Ich dachte erst, ...ich dachte erst, da treibt ein lecker Kahn im Wasser. Er ...er ist tot, wahrscheinlich ertrunken." Inzwischen hatten die beiden Jugendlichen, die dem Schlauchboot entgegen geschwommen waren, den leblosen Körper auf den Strand gelegt und auf den Rücken gedreht. „Den kenn' ich doch?" stutzte der kräftigere von Beiden und zeigte auf das Gesicht: „Sieh dir die Narbe über der Schläfe an."

„Keine Ahnung was du meinst?"

„Doch! Es ist einer unserer zugeteilten Asylanten aus Syrien. Gestern war doch sein Bild in der Zeitung. Ein längerer Artikel über seine gelungene Flucht über das Mittelmeer. Mit der markanten Narbe. Das ist er sicher!"

Das Fußballspiel der Verbandsliga war an diesem Nachmittag wenig aufregend. Zumindest aus Sicht der Jockgrimer Mannschaft. Das Heimteam stürmte fast pausenlos auf das Gästetor. Es hätte genügt, wenn der Sportwart nur eine Spielfeldhälfte gemäht hätte, so sehr hatten die Jockgrimer das auswärtige Team in ihrer Hälfte eingeschnürt. Bis auf ein paar Rückpässe hatte Theo Sitter deshalb im Tor so gut wie nichts zu tun. Teilnahmslos, unbeobachtet und sichtlich gelangweilt lief er im eigenen Strafraum auf und ab. Als ob die weißen Linien im satten Grün des Rasens eine Barriere darstellen würden. Niemanden schien dies zu interessieren. Niemand bekam es mit, als er sich auf den Boden hockte, seine Beine anzog und sich an den linken Pfosten lehnte. Niemand bemerkte wie er langsam seitlich wegkippte und vor der Torlinie liegen blieb. Alle hatten nur das gegnerische Tor im Auge.

Lediglich ein einzelner Zuschauer bewegte sich in Richtung Ausgang. Er müsste eigentlich etwas gesehen haben. Das Spiel wurde in der 40. Minute unterbrochen und nicht wieder angepfiffen.

An jenem Sonntagabend war die Gaststätte von Werner Trauth gut besucht. An allen Tischen wurde über die drei Todesfälle diskutiert, Vermutungen geäußert und Neuigkeiten ausgetauscht.

Harry saß am Tresen und verfolgte die emotionalen Gespräche mit etwas Abstand. Werner Trauth zapfte weitere Biere und wandte sich mit ungewohnt nachdenklicher Stimme an Harry: „So etwas hat es in unserem Ort noch nicht gegeben. Zumindest nicht, soweit ich mich erinnern kann. Drei Todesfälle an einem Tag. Den Sitter Theo habe ich gut gekannt. Er tut mir besonders leid. Wie kann ein junger sportlicher Mensch eine Herzattacke bekommen?" Harry breitete seine aufgestützten Arme ein wenig aus: „Vielleicht hätte man ihn retten können, wenn man den Vorfall schneller bemerkt hätte." Der Wirt stellte drei fertige Pils auf ein Tablett und hatte schon wieder ein weiteres Glas unter dem Zapfhahn platziert: „Der Asylant konnte nicht schwimmen. Ich frage mich, was er am Baggersee wollte." Ohne direkt auf diese Frage einzugehen meinte Harry: „Es ist schon tragisch, erst dem Schrecken der Flucht in einem übervollen, nicht seetauglichen Schlauchboot entkommen zu sein, um dann in diesem Baggersee elendig zu ertrinken."

„Man sagt, dass Werner Kroner schon gestern mit seinem Rad im Wald gestürzt sei. Er wurde jedoch erst heute von zwei Anglern gefunden. Ich sag' es immer wieder, es ist nicht ungefährlich allein unterwegs zu sein."

„Noch eine Runde Pils!" rief ein Gast vom Ecktisch und streckte dabei sein leeres Glas in die Höhe, bis er sich sicher war, dass der Wirt sein Anliegen mitbekommen hatte.

Dann war er für einige Augenblicke wieder da, der Schalk in Werners Augen, als er sich dicht zu Harry hinüber beugte und fast flüsterte: „Alles tragische Unfälle. Leider kein Fall für die Kriminalpolizei. Dann wäre hier im Dorf endlich mal wieder so richtig was los." Als er sah, dass Harry ihn irritiert anschaute, tätschelte er besänftigend seine Schulter: „War nur ein Spaß. Komm, ich zapf' dir noch ein Bier!"

9
Montag, 12. September — Gasthaus *Zum Elefanten*

Die Ereignisse vom gestrigen Sonntag hatten sich in Windeseile im Ort herumgesprochen. Ob in der Sparkasse, beim Metzger oder in der Gemeindeverwaltung, es gab an diesem Morgen kein anderes Gesprächsthema. Selbst die Bundesliga vom Wochenende fand diesmal keinen Nährboden, als hätte sie gar nicht stattgefunden. Jeder schien etwas zu wissen, kannte jemanden aus dem Umfeld der Opfer oder hatte Nennenswertes aus berufenem Munde gehört. Begierig nahmen die Menschen jede noch so kleine Neuigkeit auf, um sie bei nächster Gelegenheit mit ihren eigenen Vorstellungen zu interpretieren und weiter zu verbreiten. Nach Meinung eines Fußball-Kollegen war der junge Theo Sitter schon seit längerem wegen Kreislaufbeschwerden in Behandlung, ein anderer versicherte, dass er zeitlebens kerngesund war. Einer wusste was von einem angeborenen Herzfehler und der Co-Trainer mutmaßte, dass er eigentlich an diesem Sonntag gar nicht in der Mannschaft hätte stehen sollen.

Unter all den Annahmen gab es jedoch nur eine einzige Grundwahrheit: Theo war definitiv tot. Bei dem jungen Torhüter wurde relativ eindeutig ein Herzinfarkt als natürliche Todesursache vom diensthabenden Arzt festgestellt. Die beiden Unfälle mit dem syrischen Asylanten und dem Radfahrer waren noch nicht abschließend geklärt. Die Staatsanwaltschaft wollte heute Morgen über das weitere Vorgehen entscheiden. Auch hier ging man nicht von einem Fremdverschulden aus.

Als die Gaststätte *Zum Elefanten* pünktlich um 17:00 Uhr öffnete, waren es diesmal nicht die Rentner oder Kartenspieler, die tröpfchenweise als erste ihre Stammplätze einnahmen. Der kleine Gastraum füllte sich schneller als sonst. Werner Trauth konnte sich nicht erinnern, wann zum letzten Mal eine Gruppe Gäste bereits vor der verschlossenen Tür unter dem Vordach wartete, um hereingelassen zu werden. Die fünf Tische waren rasch besetzt. Hier und da wurde noch ein Stuhl aus dem Frühstücksraum geholt und dazu gestellt.

Werner und seine Frau Sabine hatten alle Hände voll zu tun, um die ersten Bestellungen aufzunehmen und jeden Gast mit dem gewünschten Getränk zu versorgen. Dabei konnte er eigentlich mit diesem Andrang rechnen. Es war nicht verwunderlich, dass so viele Gäste kamen. Die Leute hatten immer noch ein Bedürfnis, sich über die Ereignisse des gestrigen Tages auszutauschen. Entsprechend laut und durcheinander ging es in der kleinen Stube zu. Weiter ankommende Gäste begnügten sich mit einem Platz in zweiter Reihe an der Theke oder gingen wieder hinaus, nachdem sie sich kurz umgeschaut hatten.

Harry kam etwa eine Stunde später. Er blieb zunächst in der Eingangstür stehen, wedelte mit der Hand mehrfach den Zigarettenqualm aus seinem Gesicht, blickte zu Werner und zuckte mit den Schultern. Dieser deutete ihm mit einer Handbewegung an, vor an die Theke zu kommen. Harry bahnte sich den Weg durch die beengte Gaststätte und erreichte den Tresen erst, als zwei Männer aufstanden, um ihn vorbei zu lassen. „Schön dich zu sehen!“, begrüßte der Wirt den Ankömmling, „für dich habe ich immer ein Plätzchen.“ Damit holte er einen weiteren Barhocker aus der Küche und stellte ihn für Harry zwischen Theke und Durchgang, wohl wissend, dass er sich damit selber einengte. Es kam nicht oft vor, dass er diesen Platz für Gäste benötigte und es gab nicht viele, denen er diesen Platz anbot.

Die Eingangstür wurde aufgerissen. Ein junger Mann, sichtlich außer Puste, stand plötzlich im Raum. Mit Gesten und Hallo Rufen, versuchte er die Aufmerksamkeit auf sich zu lenken. Lärm, Gedränge und die von Rauch und Bierdunst gesättigte Luft hatten die Gäste fest im Griff. Keiner achtete auf ihn, das Durcheinander in der engen Stube war einfach zu groß. Lediglich Werner fiel der Mann im blauen T-Shirt und der abgewetzten Jeans auf.

Der Form der Theke folgend, befand sich von der Decke abgehängt ein Regal, welches normalerweise für Flaschen gedacht war. Bei Werner blieb das Hängeboard für seine kuriosen Sammlerstücke reserviert. Fest verschraubt mit dieser Holzkonstruktion hing eine alte Schiffsglocke auf der Innenseite der Theke. Werner hatte sie schon vor zwanzig Jahren auf einem Hamburger Flohmarkt erworben. Er zwinkerte Harry zweimal kurz mit seinem linken Auge zu: „Nun pass' mal auf, was gleich geschieht.“ Er fasste den heraushängenden Klöppel und schlug zweimal hart an die Glockenwand.

„Freibier, Freibier!“, „Einer geht noch!“ schallte es ihm von den Tischen entgegen.

Das war nicht die Reaktion, die er erwartet hatte. Erst als er nochmals Sturm läutete, verstummte die Menge und blickte teils verständnislos, teils erwartungsvoll auf den Wirt, der immer noch den Klöppel in der Hand hielt: „Seid mal einen Augenblick ruhig. In der Tür steht Ralf, ich glaube, er will uns etwas sagen!“

Ralf Müller war ein 25-jähriger gelernter Bäcker, der kurz davor stand, seine Meisterprüfung abzulegen. Er war sichtlich außer Atem und stammelte: „Habt ihr meinen Vater Paul gesehen? Er ist nicht von der Frühschicht nach Hause gekommen. Zumindest geht dort niemand ans Telefon. Die Nachbarin hat ihn heute auch noch nicht gesehen. Er wollte mich um 15 Uhr zu einem gemeinsamen Termin abholen. Er ist nicht erschienen und hat auch nicht angerufen. Das ist nicht seine Art. Ich mache mir Sorgen.“

Harry erhob sich, so dass der Junge ihn sehen konnte und fragte bewusst etwas lauter: „Ist dein Vater der Paul Müller, der gestern eine Ausstellung im Zehnthaus besuchte?“

Ein knappes: „Ja, wieso?“, ließ den Jungen leicht verblüfft aufhorchen.

„Ich habe ihn am Bürgerplatz getroffen und wir sind ins Gespräch gekommen. Ein sehr angenehmer Mensch. Hast du keinen Schlüssel für seine Wohnung?“

„Doch, das heißt nein, eigentlich schon, ich habe ihn verlegt und noch nicht wiedergefunden“, gestand er und machte eine kurze Pause: „Ich glaube, die Nachbarin hat einen Reserveschlüssel. Ich wollte sie nicht fragen, sonst hätte sie mir wieder Vorhaltungen gemacht.“

Harry war inzwischen bis zu Ralf vorgedrungen: „Soll ich mit dir gehen? Es macht mir nichts aus. Wo wohnt denn dein Vater?“ Der junge Mann zögerte und blickte in die Runde. Einige hatten sich bereits wieder abgedreht und versuchten den Anschluss an ihre unterbrochene Unterhaltung zu finden. Es war ziemlich offensichtlich, dass die Anteilnahme für Paul Müller nicht gerade überschwappte. Der Grund für dieses Desinteresse lag für Harry im Dunkeln und er wollte dieses Verhalten hier und jetzt auch nicht deuten. Vielmehr nahm er einen zweiten Anlauf in Richtung Ralf: „Ich weiß, es muss für dich seltsam klingen, wenn ein Fremder dir anbietet, mit dir deinen Vater zu suchen. Du brauchst keine Angst haben, ich bin zwar nicht von hier, aber ein guter Bekannter von Werner Trauth, dem Wirt.“

Der Wirt nickte den Beiden zu, die daraufhin die Gaststube verließen. Als sie ins Freie traten, dachte Harry daran wie wohltuend es doch sein kann, frische Luft zu schnappen.

Es war noch hell, als sie das Haus von Paul Müller erreichten. Es war bereits dunkel, als der Leichenwagen von der Hofeinfahrt wieder auf die Straße bog.

Gegen 21:00 Uhr kehrte Harry in den *Elefanten* zurück. Bis auf zwei Hausgäste hatte sich die Kneipe geleert. Sabine war mit ersten Aufräumarbeiten zu Gange und brachte die überflüssigen Stühle zurück in den Frühstücksraum. Werner hatte es schon erfahren und blickte ungewöhnlich ernst über seinen Brillenrand. Er wischte mit einem Handtuch ein Weinglas aus und hielt es zur Kontrolle in das Licht der Deckenstrahler, während er seine heisere Stimme an Harry richtete: „Paul war bestimmt kein einfacher Mensch. Sie nannten ihn Kieslaster, weil er in der LKW-Firma arbeitete und den anderen oft Steine in den Weg legte. Er war halt ein Dickkopf, ein Eigenbrötler, der sich in alles einmischte. Mit den meisten hatte er sich verkracht. Du hast die Reaktion vorhin ja bemerkt. Keiner der Gäste wollte sich um den vermissten Paul Müller kümmern. Trotzdem. Ein solches Ende hatte er nicht verdient."

Es dauerte eine Weile, bis Harry einwarf: „Der Arzt sagte, es sei nicht sein erster Schlaganfall gewesen."

„Für mich ist es einfach nur schrecklich, was da passiert ist."

„Schlaganfall ist nun wahrlich nichts Außergewöhnliches. Bei uns trifft es jeden Tag über 700 Menschen."

„Doch meist nur die Älteren. Über 60 und so."

„Ich kann dich gut verstehen. Sympathien hin oder her. 49 ist kein gutes Alter um zu sterben."

„Na ja, jedenfalls nochmals Danke, dass du dich um Ralf gekümmert hast. Der Junge ist sicher durch den Wind."

„Das kann man wohl sagen. Als wir seinen Vater fanden, wollte er es nicht wahrhaben, hat ihn hochgezogen und angeschrien. Minutenlang konnte er sich nicht beruhigen und war nicht im Stande den Arzt und Bestatter anzurufen. Jetzt ist er bei seiner Tante in der Otterbachstraße."

Werner klemmte zwei Cognacschwenker zwischen die Finger seiner Hand, griff in den unteren Teil der Anrichte und holte eine dunkelbraune Flasche hervor. Sanft fuhr er mit dem Daumen über das Etikett, bevor er den Korken entfernte: „Rum aus Antigua, 25 Jahre alt. Den habe ich nur für besondere Anlässe und gute Freunde. Ich jedenfalls brauche jetzt einen Schluck."

Er goss die beiden Gläser einen Finger breit voll, stellte die Flasche auf den Tresen, schaute Harry ins Gesicht und sagte: „Möglicherweise warst du der letzte, der ihn noch lebend gesehen hat." Harry schwieg. Beide saßen stumm da. Man merkte am kurzen mehrmaligen nicken, dass Werner wieder ansetzte etwas zu sagen: „Das mit gestern habe ich ja als ein zufälliges Zusammentreffen unglücklicher Ereignisse wahrgenommen. Wie ein Sechser im Lotto, nur im negativen Sinn. Die heutige Zugabe ist mir allerdings echt auf den Magen geschlagen."

Ein weiteres Mal schenkte Werner die Gläser ein. Lang und ausgiebig roch er mit geschlossenen Augen am Korken, bevor er den Rum wieder sorgsam verschloss. Er hielt die Flasche in seinen Händen, fuhr mit den Daumen zärtlich über das Etikett und stellte sie schließlich zurück in die Anrichte. Beide nahmen ihre Gläser, prosteten sich durch schlichtes Nicken zu und ließen den alten Rum langsam durch ihre Kehlen rinnen.

Es war wieder Werner, der das Gespräch fortsetzte: „Es ist schon komisch. Da kommst du am Freitag, mietest dich für vier Wochen ein und drei Tage später sitzen wir hier und unterhalten uns, als ob wir uns schon lange kennen. Vom ersten Kontakt an warst du mir ungewöhnlich vertraut. Man sagt uns Pfälzern nach, dass wir auf die Leute zugehen. In deinem Fall habe ich mich eher hingezogen gefühlt. Du hast mich gestern gefahren, als mein Auto nicht ansprang. Du hast dich heute vorbildlich um den jungen Müller gekümmert. Und glaube mir, es ist nicht dem Alkohol geschuldet. Ich kann dich wirklich gut leiden."

10
Dienstag, 13. September — Gasthaus *Zum Elefanten*

Nicht nur Werner Trauth war das vierte Unglück auf den Magen geschlagen. Man merkte es den Bewohnern an, dass für diese Häufung der Zufall allein als Erklärung nicht mehr befriedigend war. Einige ältere Frauen sprachen gar schon von Vorsehung und suchten beim katholischen Pfarrer Trost. Katharina Böhringer, die Ortsbürgermeisterin, war froh, dass es trotz allgemeiner Betroffenheit nur Wenige waren, die überreizt und hysterisch reagierten. Noch ahnte sie nicht, dass sich das Zusammenleben in der Gemeinde in den nächsten Tagen drastisch verändern würde. Sie war gerade dabei, die Tagesordnung für die Gemeinderatssitzung zusammenzustellen, als sie ihren Kopf hob und sich auf ein leises, entferntes Geräusch konzentrierte. Ein bekanntes Geräusch, das sich schnell näherte. Mit zwei Sätzen war Frau Böhringer am Fenster, riss die Flügel auf und brüllte ein lautes: „Verdammt!“ hinaus. Sie sah gerade noch wie der Notarzt gefolgt von einem Krankenwagen mit Sirene und Blaulicht an der Gemeindeverwaltung vorbeirasten.

Die beiden Fahrzeuge stoppten dort, wo sich die Hauptstraße in einer scharfen S-Kurve wieder zwischen der dichten Bebauung des alten Ortsteils verengte. Genau auf dem Hof zwischen dem Gasthaus und dem Gebäude mit den Fremdenzimmern. Die ersten neugierigen Passanten versammelten sich schon kurz danach vor dem Eingang *Zum Elefanten*. Weitere kamen mit dem Fahrrad angeradelt oder waren in Hausschuhen aus der Nachbarschaft herübergeeilt. Es war schon erstaunlich wie schnell sich solch ein Ereignis herumsprach.

Natürlich hatten die Vorfälle der letzten Tage die Menschen dünnhäutig und gleichzeitig sensationslüstern gemacht. Hupende Autos zeigten an, die enge, unübersichtliche Straße nicht zu blockieren, blickten im Schritttempo fahrend aber ebenfalls neugierig durch ihre Seitenscheiben.

Werner und Sabine standen sichtlich erschüttert, stumm neben dem Krankenwagen. Ein Streifenwagen der Polizei war inzwischen eingetroffen. Ein Beamter ging ohne sich aufzuhalten durch die offene Tür des Gästehauses. Das eilige Stapfen auf der Treppe war deutlich zu hören, die anschließenden Gesprächsfetzen nur als solche zu erkennen. Der zweite Polizist kam direkt auf die Wirtsleute zu. Mit einem unpersönlichen: „Mein Name ist Maier. Sind sie die Vermieter der Fremdenzimmer?“, stellte er seine Frage. Sabine antwortet als erste: „Ja, das sind wir. Sabine und Werner Trauth.“

„Wer hat ihn gefunden?“

„Harry Bauer, ebenfalls ein Gast. Er hatte sich gewundert, dass die Tür offen stand. Ich glaube, er ist noch oben im Zimmer bei ihrem Kollegen.“

Der Beamte blätterte in seinem Block und fragte ohne aufzublicken weiter: „Haben sie nicht bemerkt, dass der Mann nicht beim Frühstück war?“ Sabine wartete, bis der Polizist sie wieder anblickte und erklärte dann: „Doch natürlich. Wir hatten vor einigen Monaten schon mal so einen Fall. Damals haben wir etwas überreagiert und die Polizei informiert. Es hatte sich herausgestellt, dass der

Gast bei einem Arbeitskollegen übernachtete, und nach zwei Schoppen Wein nicht mehr fahren wollte."

„Können sie weitere Angaben zur Person machen?"

Werner meldete sich zu Wort: „Nicht viel. Eigentlich nur was aus seiner Anmeldung hervorgeht. Er war zum ersten Mal bei uns und ist erst gestern angekommen. Kommen sie mit in die Gaststube, dann suche ich die Unterlagen heraus?" Der uniformierte Beamte nickte und beide gingen durch einen Seiteneingang in das gegenüberliegende Gebäude. Sabine blieb am Krankenwagen und wartete darauf, dass der Notarzt sie mit aktuellen Informationen versah. Es dauerte lange. Für Sabine quälend lange.

Mit üppigen Auskünften konnte Werner nicht dienen. Dass es sich um den 36-jährigen Serben Darko Teslo handelte, war ja bereits durch seine im Zimmer gefundenen Papiere belegt. Immerhin hatte der Wirt die Leiharbeitsfirma notiert, für die er tätig war. Diese zu benachrichtigen war nun Aufgabe der Polizei.

Endlich hörte Sabine Schritte aus dem Inneren des Hauses. Die beiden Polizisten, der Notarzt und Harry kamen nacheinander die Treppe herunter. Die Beamten drängten die Neugierigen auf den Bürgersteig zurück. Der junge Arzt ging kurz auf Werner und Sabine zu: „Akuter Myokardinfarkt."

Als er deren verständnislosen Blicke bemerkte, ergänzte er: „Herzinfarkt. Eindeutig. Heute Morgen zwischen fünf und sechs. Genaueres kann ich ihnen momentan nicht sagen. Mein herzliches Beileid."

Damit packte er seine Tasche in sein Auto und fuhr rückwärts aus dem Hof.

Werner, Sabine und Harry standen zusammen und schauten dem Notarztwagen nach. „Die sind ja alle ziemlich kurz angebunden", räusperte sich Sabine gekünstelt und wandte sich dann an Harry: „War das bei dir oben auch so?" Bevor dieser antworten konnte, gesellte sich einer der Polizisten zu dem Trio und reichte Harry die Hand: „Tut mir leid, dass wir sie einige Zeit festhalten mussten. Bis ein gewaltsamer Tod ausgeschlossen werden kann, müssen wir alle Möglichkeiten in Betracht ziehen. Nochmals Danke für ihre bereitwillige Kooperation."

Harry wollte ins Gästehaus zurück, als er sich noch einmal zu Sabine und Werner umdrehte: „Übrigens, nicht dass ihr euch Sorgen macht und denkt, mir sei auch etwas passiert. Ich bin Morgen unterwegs und komme erst am Donnerstag wieder."

„Du denkst an deine Zusage? Donnerstag 16:00 Uhr?", fragte Werner mit erhobenem Zeigefinger.

„Keine Angst, ich denke, dass ich gegen Mittag wieder hier bin", antwortete Harry und verschwand in der Eingangstür.

Der Mittwoch verstrich, ohne dass weitere Todesfälle zu beklagen waren. Fünf natürliche, aber dennoch skurrile Todesfälle in den letzten drei Tagen hinterließen eine seltsame Anspannung im Dorf. Die anhaltend unterschwellige Befürchtung, dass wieder etwas passieren könnte, hatte sich auf die Gemüter gelegt. Ein Telefonanruf, ein Klingeln an der Haustür, eine Ansammlung von Menschen. Der Tod könnte wieder zugeschlagen haben. Nicht am Mittwoch.

11
Donnerstag, 15. September — Gasthaus *Zum Elefanten*

Am frühen Donnerstagmorgen lag das Dorf ruhig und beschaulich unter einem zarten Nebelschleier. Die Straßen waren noch leer und auch in den Häusern schienen weder Mensch noch Tier die Morgenruhe stören zu wollen. Einzig die Vögel verbreiteten bereits eine gewisse Hektik in ihrem Eifer, sich langsam für den Flug in den Süden zu sammeln. Während die Bäckerei Blunz längst einige Stunden Arbeit hinter sich hatte, erwachte auch das Dorf. Das Leben war fast wieder normal. Die Mehrheit der Einwohner glaubte ohnehin an eine zufällige Aufeinanderfolge unglücklicher Umstände und fühlte sich in ihrer Einschätzung der Situation bestätigt. Andere hielten aus ihrem skeptischen Blickwinkel heraus die Ruhe für trügerisch. Einige Wenige waren immer noch davon überzeugt, dass nicht alles mit rechten Dingen zuging.

Jutta Kroner war ungefähr 1,70 groß, Ende 30 und seit vergangenem Samstag Witwe. Ob man sie als schlank oder vollschlank bezeichnen wollte, war der jeweiligen Sichtweise vorbehalten. Sie mochte legere, sportlich-elegante Kleidung und war eigentlich immer in Jeans zu sehen. Darüber trug sie meist einen einfarbigen Pulli mit Ausschnitt oder ein Top, selten eine Bluse, aber noch nie hatte man sie ohne ihre kleinen goldenen Kreolen angetroffen.

Ein mittelblonder fransiger Kurzhaarschnitt mit Stufenlook umspielte ihre Stirn und bot viel Freiheit für ihr schwarzes Brillengestell. Meistens hatte sie einen roten Lippenstift aufgetragen, der ihr breites Lächeln eindrucksvoll umrahmte. Dann traten ihre Lachfalten von der Nasenwurzel, vorbei an den beiden Mundwinkeln besonders markant hervor. Warum sie oft rote Bäckchen hatte, konnte sie selbst nicht erklären und versuchte mit ein wenig Make-up, die unschöne Rotfärbung der Wangen zu kaschieren.

Erst vor einem Jahr war Jutta mit ihrem Mann Walter aus beruflichen Gründen nach Jockgrim gezogen. Ob sie nach dessen plötzlichen Unfalltod wieder zurück nach Freiburg wollte, wusste sie noch nicht. Diese Gedanken hatten im Moment keine Priorität. Die Ehe blieb kinderlos und seit acht Monaten hatte sie eine feste Stelle als Verwaltungsangestellte auf der hiesigen Verbandsgemeinde. Sie würde in Ruhe überlegen.

Es war am Donnerstag, als Jutta Kroner nach der Beerdigung ihres Mannes die näheren Angehörigen und Freunde zu Kaffee, Kuchen und Pfälzer Platte mit Saumagen, Bratwurst und Leberknödel in den *Elefanten* einlud. Insgesamt 22 Personen, die an zwei Tischreihen im größeren Gastraum Platz fanden. Harry zögerte anfangs, als Werner Trauth ihn in diesem Kreis als Gast und Freund des Hauses vorstellen wollte, ließ sich dann aber doch überreden.

Harry Bauer stand noch am Tresen vor dem Segelschiffmodell, blickte auf die Trauerrunde und malte sich aus, dass solch ein Szenario durchaus einem Film Noir entsprungen sein könnte: das trübe Tageslicht, die helldunkel Kontraste der Kleidung, die konspirativ leisen Unterhaltungen. Wer von den Trauergästen war wohl der korrupte Kommissar, der hintergangene Ehemann, der arbeitslose Schauspieler oder die Femme fatale? Natürlich wusste Harry, dass dies keine zwielichtigen Gestalten waren, sondern grundsolide und ehrliche Menschen, die in ihrer Trauer einfach ein verbissenes Gesicht zeigten. Die meisten wesentlich älter als Jutta. Eltern, Schwiegereltern, Großeltern, Onkel und Tanten.

Als nach zwei Stunden der Kaffee abgeräumt wurde, gewann Harry den Eindruck, dass nun der Riesling fast beschwingt die finale Phase dieser Beerdigungszeremonie eingeläutet hatte. Man merkte, dass hier Menschen zusammentrafen, die sich zum Teil jahrelang nicht gesehen hatten. Die Stimmung wurde lockerer und die Gäste erzählten einander, was sie mit Walter Kroner erlebt hatten, was sie miteinander verband oder erinnerten sich einfach an schöne Momente. Harry und Jutta waren sich im Verlauf des späten Nachmittags taktvoll begegnet und hatten auf eine charmante Art einen einfühlsamen Zugang zueinander gefunden.

Werner hatte sein Handy auf dem Friedhof auf lautlos gestellt und bei der Rückkehr hinter die Theke gelegt. Es konnte an diesem Abend nicht mehr geklärt werden, ob er schlicht vergaß, diese Einstellung rückgängig zu machen oder ob einer der Gäste das Smartphone inzwischen in der Hand hatte. Es konnte jedoch keinen Zweifel geben, dass er dadurch einen Anruf verpasste. Er erkannte die Nummer sofort. Panikartig überflog er die Personen an den beiden Tischreihen. Er stürzte in die Küche, in den kleinen Gastraum, in den Vorratsraum, in die Toiletten. Keiner der inzwischen ausgelassen lauten Gäste des Leichenschmauses hörte sein Rufen nach Sabine. Nur Harry blickte kurz hoch.

12
Steuerungssysteme

Es war das erste Mal, dass Harry seine Mission unterbrach und wieder die Zentrale betrat. Diesmal nutze er selber die Schleusen, welche sich links und rechts vom Eingang befanden. Ohne seinen Gang zu drosseln ging er durch die Röhre und war wieder einer von ihnen. Es war nur ein kurzes Prickeln auf der Haut, ein taumelndes Glücksgefühl mit berauschender Wirkung, welches sich in seinem Körper ausbreitete. Harry war wieder zurück. Er war nackt und hatte immer noch seine leicht gelbliche Farbe. Inzwischen wusste er, dass sich diese erst mit der Ernennung zum Todesboten ändern würde.

Die Information, die ihn am Dienstag erreichte, war knapp und wenig aufschlussreich. Sein Mentor Sabri hatte für Mittwoch nur einen Termin, ohne erläuternde Hinweise übermittelt. Wollten sie den Fehler korrigieren oder hatten sie seine Machenschaften entdeckt? Harry rechnete fest damit, dass sie ihn bereits nach der kurzen Zeit aus Jockgrim abziehen würden. Vor ein paar Tagen hätte ihn dieses Angebot gefreut. Inzwischen war er sich nicht mehr so sicher.

Der zentrale Platz war heute belebter als sonst. Harry signalisierte mit seinen Gedanken, dass er gleich das Büro seines Mentors erreichen würde. Dieser empfing ihn bereits vor der Tür.

„Ziemlich viel Betrieb heute“, kommentierte Harry das rege Treiben und folgte Sabri in das Büro. Bevor sie sich setzten, klärte Sabri ihn auf: „In der Türkei bahnt sich ein neuer Krisenherd an. Unsere beiden Vorstände sind deshalb dabei, die Organisationsstruktur ein wenig anzupassen. Heute Abend ist

ein großes Meeting angesetzt. Dafür wurden viele Mitarbeiter aus allen Sektionen herbestellt."

„Das ist doch sicher nicht der Grund, warum ihr mich herzitiert habt. Ich bin ja noch kein Todesbote."

„Nein, aber Gasira, unsere Chefin, will dich sehen. Du hast die theoretische Prüfung als einer der Besten abgeschlossen. Soviel ich weiß, hat sie eine spezielle Aufgabe für dich und beabsichtigt deshalb, deine Ausbildungszeit zu verkürzen. Deine praktische Aufgabe schaffst du doch ohnehin mit links, selbst wenn die Zeit verkürzt wird. Oder täusche ich mich?"

Harry saß ein wenig verkrampft im Stuhl und dachte kurz darüber nach, ob Sabri wirklich keine Ahnung hatte oder ob er ihn nur auf die Probe stellen wollte? Die Fähigkeit, festzulegen, welche Gedanken sein Gegenüber lesen darf und welche nicht, war ein zentraler Baustein seiner Ausbildung. Er musste sich jetzt konzentrieren und achtsam sein.

„Die letzten paar Tage habe ich deine Daten nicht gescannt", fuhr Sabri fort. „Mir hat schlicht die Zeit gefehlt. Ich dachte mir, wenn etwas nicht in Ordnung ist oder du meine Hilfe brauchst, dann nimmst du von dir aus Kontakt auf. Ich kenne es nicht anders von dir. Wenn du deinen Abschluss hast, werde ich mich nicht mehr als Mentor betätigen." Er machte eine Kunstpause, ehe er mit Blick auf sein Gegenüber ergänzte: „Gemeinsam mit einem Kollegen bin ich jetzt Leiter des Automobil-Gremiums, wir unterstützen darin zahlreiche Initiativen der Menschen."

Harry lehnte sich wieder etwas entspannter in seinen Stuhl zurück und wollte das Gespräch gar nicht erst auf seine Person kommen lassen. Sichtlich interessiert fragte er deshalb zurück: „Glückwunsch, aber arbeiten die Menschen an etwas,

was auch für uns interessant ist? Darfst du mir sagen, in welchen Themen du persönlich involviert bist?"

Man merkte es Sabri an, wenn jemand Interesse an seinen Themen zeigte. Dann legte er seine Unterarme auf die Tischplatte, faltete seine Hände und beugte sich leicht nach vorn:

„Zum Beispiel das automatische Notrufsystem für Fahrzeuge. Dadurch erhalten auch wir schnellere und genauere Informationen über mögliche Unfallopfer. Seit den 80er Jahren haben unsere eingeschleusten Mitarbeiter immer wieder entscheidende Hinweise gegeben. Leider ziehen sich die Entwicklung und der flächendeckende Einsatz unnötig in die Länge. Das liegt, wie so oft, an den unterschiedlichen Interessen. Von den Notrufzentralen und Rettungsdiensten, über die Automobilhersteller bis hin zu den Netzbetreibern gibt es differierende, meist vom eigenen Nutzen getriebene Ziele. Verzögert wird dieser Prozess auch von den Datenschutzbedenken staatlicher Behörden, die den Missbrauch der Notfalleinrichtung möglichst ausschließen wollen. Die Menschen stecken ihre Ressourcen lieber in Projekte, die kurzfristige Gewinne versprechen. In Deutschland gibt es pro Monat ungefähr 300 Verkehrstote. Es wäre ein sinnvoller Schritt, diese zu reduzieren."

‚Leider keinen einzigen in Jockgrim', dachte sich Harry, ließ Sabris Ausführungen aber unkommentiert.

Dieser fuhr fort: „Der nächste große Schritt wäre das autonome Fahren. Neben den traditionellen Automobilfirmen sind auch Unternehmen wie Google oder Apple dabei, entsprechende Konzepte zu entwickeln. Es wäre ein wirklich großer Schritt in Richtung weniger Verkehrsunfälle."

„Wieso haben wir daran Interesse? Jeder Mensch stirbt irgendwann und muss von uns geholt werden."

„Ja, aber es wird für unsere Länderbeauftragten planbarer. Verkehrsunfälle sind selbst für uns überraschende Ereignisse und verlangen von den Länderbeauftragten sehr viel Flexibilität. Wenn wir die unnatürlichen Todesursachen drastisch reduzieren, könnten wir zwanzig Prozent der Länderbeauftragten in Krisengebiete umsteuern, für die ein starkes Wachstum prognostiziert wird."

Harry hatte es richtig eingeschätzt. Wenn Sabri in seinen Redefluss kam, war er kaum zu bremsen. Er war mit seinen Ausführungen noch nicht fertig, als Gasira ihm signalisierte, dass sie Harry in zehn Minuten erwartete. Sabri begleitete Harry über den Platz, beamte sich mit ihm über die Lichtbänder unter die Kuppel und führte ihn bis zum Büro von Gasira.

Das erste, was Harry auffiel, war der helle, fast weiße Raum, welcher sich scheinbar ohne Wände nach allen Seiten ausbreitete, bis sich Boden und Decke im Horizont trafen. Wie ein Blick in die Unendlichkeit. Das zweite war ihre goldene Farbe. Mit ihrem schlanken Körper und dem kahlen Kopf stand sie vor ihrem Schreibtisch und deutete Harry an, am Besprechungstisch Platz zu nehmen. Wie ein winziges Eiland im Ozean in der ansonsten leeren Fläche. Ohne die üblichen Begrüßungsfloskeln begann sie mit ihren Ausführungen:

„Ich kenne deinen Werdegang, also kommen wir gleich zur Sache. Wie du weißt, arbeiten wir mit einem Berichtsbogen und betrachten in diesem Steuerungssystem die vier Felder Auftraggeber, Kunde, Prozesse und Mitarbeiter. Es ist vor allem wichtig zu wissen wie die Auftraggeber uns sehen und zu welchen Erfolgen unsere angedachte Strategie führt. Aus deren Perspektive ist unsere Zielvorgabe, dass wir 98 Prozent der Toten erreichen. Da haben wir allerdings noch Luft nach oben."

„Auftraggeber?", fragte Harry. „Ich dachte all die Personen, für die die irdische Zeit abgelaufen ist, bestimmen unser Handeln?"

„Das sind unsere Kunden.", belehrte Gasira ihn. „Unsere Auftraggeber sind die Gottheiten aus dem Christentum, Buddhismus, Hinduismus oder beispielsweise dem Islam. Natürlich auch die dunklen Seiten, das Böse, welche vor allem im Christentum und Islam eine besondere Rolle spielen. Wir treffen uns einmal im Quartal hier in der Zentrale."

„Wie viele Vertreter kommen denn da zusammen?"

„Zurzeit gibt es 12 Repräsentanten der Auftraggeber-Seite. In ganz frühen Zeiten, als von der griechischen und römischen Mythologie bis zu den Göttern der Maya eine Vielzahl unterschiedlichster Heroen angebetet wurden, waren es manchmal über zweihundert Unterhändler. Ich hatte vorhin unsere Kunden erwähnt. Um ehrlich zu sein, steht die Kundenperspektive natürlich nicht unbedingt an erster Stelle. Ich glaube, da unterscheiden wir uns nicht von den Menschen, obwohl es kaum ein Unternehmen gibt, welches die Kundenorientierung nicht in den Mittelpunkt ihres Handelns stellt. Trotzdem versuchen wir immer wieder auszuloten, wie uns unsere Kunden sehen. Wenn wir schnell und präzise sind, muss es auch kein unnötig verzögertes Leiden geben."

Gasira hatte sich inzwischen erhoben und stand nun direkt hinter Harry. „Bei uns sieht vieles optimiert und perfekt durchorganisiert aus. Natürlich spielen wir in einer anderen Liga, ja in einem anderen Universum als die Menschen", sagte sie ruhig, bevor sie ihre Stimme wieder anhob, „trotzdem müssen wir diejenigen Prozesse ermitteln, überwachen und verbessern, die entscheidend für die Erreichung der Ziele unserer Auftrag-

geber sind. Das betrifft auch die internen Abläufe hier in der Zentrale."

Sie saß jetzt wieder auf ihrem Platz und schaute Harry direkt an: „Damit kommen wir zum entscheidenden Punkt. Zur vierten Säule unseres Berichtsbogens, zu unseren Mitarbeitern. Die zentrale Frage ist: wie stärken wir unsere Fähigkeit, uns zu verändern und zu verbessern? Innovationsfähigkeit ist der unverzichtbare Bestandteil unseres Geschäftes. Die Basis für unseren Erfolg liegt in den hoch spezialisierten Todesboten.

Nur wenn diese ihre Aufgabe beherrschen und sie gerne ausführen, können sie gute Arbeit leisten. Es sind zum Teil die kleinen Themen. Die Gewohnheiten, Eigenarten und Vorlieben, die aus der Vogelperspektive unbedeutend erscheinen und deshalb vielfach unterschätzt werden. Wir müssen die jeweiligen kulturellen Unterschiede überbrücken, so dass ein unbemerktes Arbeiten unter Menschen möglich wird. Ja ich möchte behaupten, dass wir je nach Einsatzort kulturell und führungstechnisch im Laufe der Zeit mit nicht wenigen Werten gebrochen haben. Qualifizieren, motivieren und fördern ist unsere zentrale Aufgabe."

Sie machte eine längere Pause und Harry nahm das kurze Blitzen in ihren Augen wahr und wusste, dass er am Zug war. „Und was hat das alles mit meiner Person zu tun?" Vielleicht bildete er es sich nur ein, aber er fühlte, wie er in den Sog ihrer Gedanken geriet.

„Ich möchte, dass du uns als Todesbote hilfst, die vierte Säule schlagkräftiger zu machen!", begann sie mit ihren Erläuterungen. „Du bist noch nicht lange von den Menschen zu uns gewechselt. Die Erinnerungen an dein bisheriges Leben sind zwar gelöscht, aber es dauert einige Zeit, bis auch dein

Unterbewusstsein alle Mosaiksteinchen verloren hat. So wie es einige Zeit dauert, bis die Einzelteile eines zerstörten Schiffes den Meeresgrund erreichen. Manche Teile sinken schneller, manche treiben nur langsam in die Tiefe. Zudem können wir dir punktuell bestimmte Erinnerungsfelder zurückgeben. Unser Ziel ist die unbemerkte Integration der Todesboten in den menschlichen Alltag. Kein Nachbar, kein Freund, nicht einmal deine Frau sollen merken, dass du für uns arbeitest. Du bist die Blaupause."

Es dauerte ein paar stille Sekunden bis sie ergänzte: „Wir haben keine Zeit zu verlieren. Du wirst deine praktische Prüfung bereits nach vier Wochen abschließen. Mit Erfolg! Dann wissen wir, ob du für uns der richtige Mann bist."

13
Donnerstag, 15. September — *Stückelweg*

Werner Trauth stand inmitten des größeren Gastraumes. Ihm war schwindelig und die inzwischen längst nicht mehr gedrückte Stimmung der trauernden Angehörigen drang nur dumpf an sein Ohr. Nach und nach verstummten die Gespräche und die Gäste richteten ihre Blicke auf den verstört wirkenden Wirt. Seine Brille saß wie immer ein wenig vor der Nasenwurzel und sein Gesicht zeigte den gewohnten leicht rötlichen Schimmer. Doch der Schalk war aus seiner Mimik verschwunden.

Das Pochen in Werners Brust war derart heftig, dass es ihn fast am Sprechen hinderte: „Habt ihr meine Frau gesehen?"

Ein älterer Herr am Kopfende mit weißem Haarkranz und Nickelbrille hatte noch immer sein dunkelgraues Jackett über dem weißen Hemd an. Unsicher blickte er abwechselnd seine beiden Tischnachbarn an und zeigte auf sein leeres Glas: „Ich glaube vor einer Stunde hat sie mir noch ein viertel Riesling gebracht." Seine rechte Nachbarin, die sich mit ihrem bordeauxroten Kostüm deutlich von der tristen Garderobe der übrigen Trauernden abhob, saß mit dem Rücken zum Wirt. Obwohl es ihr sichtlich schwerfiel, drehte sie ihren Kopf und meinte: „Nein. Keine Ahnung wo die Wirtin abgeblieben ist. Mir ist gar nicht aufgefallen, dass sie weg ist."

Jetzt erhob sich Jutta, ging auf Werner zu und geleitete ihn ein paar Schritte bis zur Theke. Sie nahm seine Hand und fragte: „Du suchst Sabine? Was ist denn geschehen?"

„Um 17:45 und 17:50 habe ich zwei Anrufe von ihrem Handy erhalten. Auf der Mailbox hat sie mir jedoch keine Nachricht hinterlassen", antwortete Werner.

„Hast du zurückgerufen?"

„Ja, aber Sabine hat sich nicht gemeldet."

„Das war vor mehr als einer Stunde", bemerkt Jutta mit einem Blick auf ihre Armbanduhr und fragte weiter:

„Hast du schon überall nachgeschaut? Auch im Gästehaus?"

Inzwischen stand die Mutter der jungen Witwe neben den beiden. Mit ihren dunkelblond gefärbten Haaren, der eleganten Bluse und dem schwarzen Jackett sah sie noch nicht aus wie 67. Bevor Werner Trauth die letzte Frage von Jutta Kroner beantworten konnte, sagte sie entschuldigend: „Mir ist es vorhin am Tisch nicht gleich eingefallen. Wenn ich mich recht erinnere, wollte ihre Frau noch Kräuter aus dem Garten holen. So hatte ich sie jedenfalls verstanden."

„Wann war das?", fragte ihre Tochter nach.

„Das kann ich dir leider nicht mehr genau sagen", erwiderte die 67-Jährige achselzuckend.

„Wir sollten den Leichenschmaus beenden", wandte sich Jutta an die Gäste, „Ich danke euch von Herzen für die Anteilnahme und Aufmunterung. Kommt gut nach Hause. Ich melde mich wieder. Ich werde Herrn Trauth helfen seine Frau zu finden."

Für kurze Zeit war das Rumpeln durch das Verrücken der Stühle das dominierende Geräusch in der Gaststube. Nur Harry saß noch am Tisch und drehte sich nun zur Theke hin: „Es ist selbstverständlich, dass ich euch begleite. Ich kann euch doch in diesem Zustand nicht alleine lassen. Frau Kroner, die einen schweren Schicksalsschlag hinter sich hat und dich Werner, mit deiner Sorge um Sabine. Nein, ich helfe dir deine Frau zu suchen." Er war nun ebenfalls aufgestanden und legte seinen Arm um Werners Schulter: „Dann lass' uns erst mal dem Hinweis von Frau Kroners Mutter nachgehen. Ist der Garten hinter dem Haus?"

„Ja, das heißt nicht direkt, es ist nicht weit."

Hinter dem Gasthaus gingen sie über die Rasenfläche, bis zu einem schlichten Drahtzaun, der das Grundstück begrenzte. Durch ein einfaches Türchen gelangten die drei auf einen schmalen Pfad, den die Jockgrimer *Stückelweg* nannten. Die Natur nagte bereits heftig von beiden

Seiten an dessen geteerter Oberfläche. Blätter, Gräser und Büsche ragten durch die mit einer silbernen Moosschicht verwitterten Jägerzäune bis weit in den Weg hinein. Dieser Fußweg trennte die Anwesen der Anwohner von den steil abfallenden Gärten auf der anderen Seite. Schon mehrfach ausgebessert, schlängelte er sich an den rückseitigen Grundstücken der Häuser entlang und bog am Ende zwischen zwei, bis an den Weg grenzenden, fensterlosen Häuserzeilen auf die Hauptstraße. Hier war der Durchgang so schmal, dass man schon in den dreißiger Jahren verbot, Großvieh durch den Weg zu treiben. Wie in einem Kamin sammelte der Wind dort seine Kräfte und fegte durch die enge Gasse. Sobald man um die Ecke bog, war der Wind sprichwörtlich wie weggeblasen.

Sie gingen einige Schritte den Weg entlang, vorbei an völlig untypischen gelbgrünen Bambusgewächsen, einem verwilderten Hanggarten und einer aus verschiedenen Materialien erbauten Voliere für Hühnervögel.

„Hier ist unser Garten", erklärte Werner.

Das Vorhängeschloss hing geöffnet am Riegel der von Wind und Wetter gezeichneten Holzpforte. Hinter dem Tor führten Treppenstufen aus einem Verbund von Rasenpflaster und Betonplatten nach unten. Terrassenförmig waren auf der rechten Seite Beete für Kräuter, Gemüse und Blumen angelegt.

„Sabine!", rief Werner und wiederholte seinen Ruf beim hinabgehen noch zwei weitere Male. Das Grundstück war nicht sonderlich groß und ohne Bäume oder größere Büsche gut überschaubar. Unten war der Garten durch einen hohen Maschenzaun begrenzt, hinter dem sich flaches Wiesengelände ausbreitete. Sabine war definitiv nicht hier. Es gab auch keine Anzeichen dafür, dass sie vor gut einer Stunde Kräuter holen wollte. Keine frisch abgeschnittenen Pflanzen, kein stehengelassener Behälter oder eine liegengebliebene Gartenschere. Nur das nicht abgeschlossene Tor konnte ein Hinweis sein, dass Sabine an diesem Ort war. Genauso gut könnte es schon länger offenstehen. Die Anwohner am *Stückelweg* nahmen es nicht so genau.

Das Trio war wieder auf dem Weg nach oben. „Wir sollten die Polizei einschalten", schlug Jutta unvermittelt vor. Die beiden Männer blieben stehen und blickten auf die Witwe, die hinter ihnen mit einigem Abstand die Stufen emporstieg.

„Aber doch nicht nach zwei Stunden", antwortete Harry ruhig, „Sabine ist kein kleines Kind. Bei Erwachsenen leitet die Polizei nur dann eine Fahndung ein, wenn ernsthafte Gefahr besteht." Jutta hatte inzwischen zu den beiden Männern aufgeschlossen: „Müssen wir nach den letzten Vorfällen nicht davon ausgehen, auch wenn die beiden vorangegangenen Tage ruhig waren?"

„Komm Harry, Jutta hat recht", pflichtete Werner ihr bei, „mir ist falscher Alarm auch lieber als diese Ungewissheit."

„Dann lasst uns wenigstens auf dem Weg links und rechts ein Stück weit nach Anhaltspunkten suchen. Wir gehen dann ins Haus zurück und wenn wir sie auch dort nirgends finden, melden wir es der Polizei", schlug Harry vor und hatte mit dem letzten Schritt bereits das noch offen stehende Tor erreicht.

Während Werner sich mühte, das Türchen mit dem Vorhängeschloss zu verschließen, hatten sich Jutta und Harry bereits einige Schritte entfernt.

„Herr Bauer“, flüsterte Jutta, „bitte unterstützen sie Werner. Er ist so verzweifelt.“

Harry kam mit seinem Mund dicht an ihr Ohr und sagte leise: „Ich bewundere sie, Frau Kroner, dass sie nach solch einem Tag noch die Kraft finden, Werner beizustehen.“

„Es lenkt mich von meinem eigenen Schicksal ab. Herr Trauth ist ein wirklich patenter Kerl.“

Während sie weitergingen und nach Hinweisen suchten, mussten sie sich das ein oder andere Mal ducken, um den überstehenden Ästen auszuweichen. Sie kamen an eine breitere Treppe, die zwischen zwei Grundstücken zur Wiese hinunter führte. Mit großen Sandsteinblöcken am Zugang, breiten Stufen und einem durchgängigen Geländer mit dickem Holz-Lauf. Der offene Blick auf das saftige Grün der Wiesen und die einzelnen Baumgruppen ließen Harry innehalten. Ein starker Kontrast zu den teils wild bewucherten Grundstücken, an denen sie vorbeikamen.

Auf dem kurzen Stück des Weges hatte Werner immer wieder ihren Namen gerufen. Sichtlich gestresst, den Tränen nahe und schlecht verständlich wendete er sich an seine Begleiter: „Lasst uns umkehren, dies ist ein öffentlicher Weg der Gemeinde. Er führt nur hinunter zu den Wiesen.“

Die Blicke von Jutta und Harry trafen sich wie zufällig. Sie blieben aneinander hängen, als ob sie dadurch ihre

Gedanken in Einklang bringen könnten. Sie flehend, verlangend, nach Hilfe suchend. Er nachdenklich und unentschlossen.

An Jutta gerichtet sagte Harry: „Bleiben sie bei Werner, ich gehe hinunter bis zur ersten Baumgruppe. Wartet hier oben auf mich, dann gehen wir gemeinsam zurück." Er nickte Werner zu, der sich auf einem der Sandsteinblöcke abstützte.

Die Stufen hatten ungewöhnlich große Abstände, so dass immer ein kleiner Zwischenschritt notwendig war, um den nächsten Absatz zu erreichen. Links war ein schmaler Schrebergarten, der den Abgang auf der ganzen Länge säumte. Etwa auf halber Höhe unterbrachen ein Gewächshaus, ein Bretterverschlag und eine kleine Blockhütte die Pflanzungen. Harry lehnte sich über das Geländer um einen besseren Blick auf die Bauten zu haben. Unzählige Topfpflanzen, Gartenutensilien, und Gartenzwerge drängten sich um die Hütten. Alles schien verschlossen, keine Person war zu sehen. Die Fenster waren stumpf und ließen keinen Blick ins Innere zu. Zahlreiche Regentonnen waren gut gefüllt und das Gartenmöbel auf der schmalen Veranda hatte seine beste Zeit schon lange hinter sich. Jeder freie Platz war mit Dekorationsstücken gepflastert. Zwerge, Rehgeweihe, Windräder, Schießscheiben und vieles mehr. Es könnte eine Außenstelle von Werner sein, dachte sich Harry. Nur dass hier alles ein eher morbides Gesamtbild ergab. Er ging einige Stufen weiter hinunter und blickte sich dann noch einmal um, ob ihm vielleicht doch irgendetwas entgangen war.

Auf der anderen Seite grenzten lediglich kniehohes

Wiesengras, ein Brunnen und einige Obstbäume an die Treppe. Mit ein paar schnellen Schritten hatte er die letzte Stufe hinter sich gelassen. Er blickte nach oben und war erstaunt wie weit es an dieser Stelle doch herunter ging. Mit dem letzten Gegenlicht der Sonne hoben sich die beiden Zurückgebliebenen wie kleine Silhouetten vor dem dunkler werdenden Himmel ab.

Werner und Jutta verfolgten stumm den Abstieg von Harry. Sie sahen wie dieser die Wiese erreichte und dann nach der kleinen Holzbrücke scharf nach links abbog. Das Blockhaus nahm ihnen die Sicht und sie warteten darauf, dass Harry auf der anderen Seite des Hüttendaches wieder ins Blickfeld kam.

Werner stellte sich auf die Zehenspitzen und murmelt in sich hinein: „Es kann doch nicht sein, dass dieses Stück so lange dauert?“ Jutta machte einen Schritt zu Seite ohne jedoch eine bessere Sicht zu haben und meinte: „Vielleicht hat er dort unten einen anderen Weg eingeschlagen?“

„Nein, dort unten verläuft ein kleiner Wasserlauf. Es gibt nur die eine kleine Holzbrücke, die er überquert hat. Wenn er den Wiesenpfad weitergegangen ist, hätten wir ihn längst sehen müssen. Ebenso, wenn er quer über das Feld gelaufen wäre. Es sei denn ...“

„Es sei denn?“, sah Jutta ihn schulterzuckend an.

„Harry hat etwas gefunden! Mein Gott! Lass’ es nicht wahr sein!“

Jutta nahm ihn in den Arm: „Ganz ruhig Werner, noch ist nichts passiert. Vielleicht musste er nur mal pinkeln. Wir bekommen ihn sicher gleich wieder zu Gesicht.“ Sie drückte ihn fester an sich: „Du siehst schlecht aus. Muss ich mir Sorgen um dich machen?“

„Nein, ist schon O.K. Lass uns nach unten gehen.“

Mit ihren hochhackigen Schuhen hatte Jutta Schwierigkeiten Werner zu folgen. Wie hätte sie auch ahnen können, dass die Beerdigung in den steilen Gärten enden würde. Als sie auf halber Höhe waren, hörten sie Harrys Stimme: „Ich habe sie gefunden! Kommt schnell herunter!“

„Mein Gott!“, wiederholte sich Werner und drohte zusammenzuklappen. So gut es ging hangelte er sich am Geländer weiter nach unten, während Jutta seinen anderen Arm um ihre Schulter legte. Als sie den kleinen Steg über den Wasserlauf erreichten sahen sie Harry im tiefen Gras knien. Er sah die Beiden und rief ihnen wild gestikulierend zu: „Sie lebt! Macht schnell!“

Werner riss sich von Jutta los und rannte die letzten Meter. Aus Verzweiflung war Hoffnung geworden. Das Leid hatte sich mit diesem einen Satz in pure Freude gewandelt: „Sie lebt!“

Nur mit Geschick bewältigten Notarzt und Krankenwagen den schmalen Weg bis zur Treppe. Sabine war nicht bei Bewusstsein, jedoch außer Lebensgefahr. Noch in derselben Nacht erwachte sie, ohne sich allerdings daran zu erinnern, was sich zugetragen hatte. Sie wusste immerhin, dass die Trauerrunde zehn Hugos bestellte und sie in den Garten wollte, um frische Minze für die Zubereitung zu holen. Die Ärzte meinten, es sei nicht unwahrscheinlich, dass nach einiger Zeit auch die Erinnerungen an die letzten Stunden zurückkehrten.

14
Donnerstag, 15. September — Harry, Werner und Jutta

Es war spät geworden. Harry lag wach auf dem Bett in seinem Zimmer und dachte nochmals über die gegenwärtige Sachlage nach. Auf der einen Seite fühlte er sich geschmeichelt, dass Gasira ihn sofort nach Prüfungsabschluss mit einer Sonderaufgabe betrauen wollte. Andererseits war dies mit einer Verkürzung seines Praxistestes auf vier Wochen verbunden. Offensichtlich gingen sie und Sabri davon aus, dass es in Syrien genügend Gelegenheiten gab, seinen Job zu erfüllen. Dabei war es für ihn immer noch fragwürdig, ob beide nicht wussten, wo er in Wirklichkeit gelandet war. Vielleicht sollte er die Sache richtigstellen und sie um Nachsicht bitten. Noch war es nicht zu spät.

Dann der total vermasselte heutige Tag. Sabine hätte ihn ernsthaft in Schwierigkeiten bringen können. In der Tat hatte er mit ihrem Unglück wirklich nichts zu tun. Fast nichts. Natürlich hätte er in seiner Funktion Sabine aufgesucht. Die Zeit war noch nicht gekommen. Vielleicht fehlten zwei Stunden. Zwei erbärmliche Stunden. Darf ein Todesbote Menschenleben retten oder war dies entgegen seiner Mission? Harry wusste es nicht. Hatte er auch in dieser Sache gegen alle Grundsätze verstoßen?

Er stand auf, öffnete das Fenster und genoss die nächtliche Frische, die sich um seinen nackten Oberkörper legte. Sie hatte ihn gesehen und zugewinkt, als er sich hinter dem Haus kurz die Füße vertrat. Was, wenn dies das Letzte war, an das sie sich erinnerte? Es hätte alles so natürlich enden können. Den ganzen Nachmittag hatte Werner sein Handy nicht beachtet. Zwei lächerliche Stunden. Der Abend wäre anders verlaufen. Er war noch nicht soweit wie er glaubte. Die hervorragenden Ergebnisse seiner theoretischen Ausbildung hatten ihn geblendet. Ein Wahrnehmungsfehler gegenüber sich selbst. Er agierte noch nicht wie ein Todesbote, sondern zeigte menschliche Neigungen, auch wenn diese nicht mehr sonderlich ausgeprägt waren.

Hatte er es Werner zuliebe getan? Oder wegen Jutta? Diese Frau lernte er erst heute Nachmittag kennen, eine gewisse Sympathie wollte er nicht leugnen. Harry ging ins Bad und betrachtete sich im Spiegel. Was offenbarte ihm sein Abbild? Hatte er noch Gefühle? Sagte sein Mentor nicht, dass das Fehlen von Emotionen und Eitelkeiten den Erfolg von TOD mitbestimmten? Er versuchte eine plausible Erklärung für seinen jetzigen Zustand zu finden. Je mehr sich seine Gedanken an seiner Deutung festbissen, desto glaubwürdiger wurde sie für Harry. Er war noch kein ordentlicher Todesbote mit allen notwendigen Kompetenzen und Direktiven. Erst dann wird auch sein Empfinden ein anderes sein. Da war er sich sicher. Wahrscheinlich ging es jedem Anwärter ähnlich. Seine Sorgen waren fürs erste verflogen.

Um erfolgreich zu sein, musste er seine Strategie ändern und ein anderes Betätigungsfeld finden. Er hatte zwei Tage verloren. Zwei wertvolle Zeiteinheiten. Mit seinen Gedanken dockte er sich an die zugänglichen Informationen der TOD Datenbank an. Harry konzentrierte sich nun abweichend zu seinem bisherigen Vorgehen auf die Senioren über 80. Immerhin gab es in Jockgrim 421 Menschen, die über dieser Altersgrenze lagen. Er legte sich noch ein zweites Portfolio an, mit den Personen zwischen 65 und 80. Hier waren nochmals 1.142 Einwohner registriert.

Harry ging ans Fenster, kippte den Flügel und zog die Vorhänge zu. Seine Atemzüge waren wieder ruhig und gelassen. Er hatte einen Plan, er hatte sein Ziel im Visier. Morgen früh würde er sein Vorgehen detailliert planen und mit der Umsetzung beginnen. Vielleicht war es der unterschwellige Einfluss von Jutta, denn sein Vorhaben gefiel ihm zusehends. Dass er die junge Frau zur Witwe machte, hatte ihn unerwartet stark ergriffen. Es war nicht mehr anonym. Nicht nach diesem Nachmittag und Harry wollte diese Frau wiedersehen. Der Begriff Schadensbegrenzung hatte sich bei Harry festgesetzt, wenn er an seine Zielgruppe dachte. Und er hatte dabei sogar ein gutes Gefühl. Seinen Job würde er erfüllen. So oder so.

Werner konnte keinen rechten Schlaf finden, zog sich seinen Jogginganzug an und setzte sich an die Theke der kleinen Gaststube. Er hatte sich gar nicht mehr bei Harry bedankt, fiel ihm ein. Ohne ihn hätten sie Sabine wahrscheinlich nicht mehr rechtzeitig gefunden. Warum ging er so zielstrebig den Treppenabgang hinunter? Purer Zufall? Aktionismus? Egal wie und egal warum, er hatte seine Frau gefunden. Früh genug. Trotzdem spürte er ein unbefriedigendes Gefühl in sich. Er konnte es nicht greifen, nicht erklären und dennoch war es unterschwellig da. Bereits zweimal war Harry als erster bei einem Opfer. Für den Vater von Ralf Müller war es zu spät. Sabine wurde gerettet. Es war nicht gut, zu später Stunde nach Rechtfertigungen zu suchen. Morgen würde er mit Harry sprechen. Alles wird gut.

Für Jutta war es die sechste Nacht in der sie allein im großen Doppelbett lag. Sie hatte sich noch nicht daran gewöhnt. Sie wollte sich daran gewöhnen. Gestern wechselte sie deshalb beide Bettbezüge. Die blau weiß gestreifte gegen die unifarbene blaue Satinwäsche. Ihr Lieblingsbezug. Am Montag würde sie wieder zur Arbeit gehen. Das Leben muss sich ein Stück Normalität zurückerobern. Heute Nachmittag hatte sie die zwanglose Unterhaltung mit Harry ein wenig abgelenkt. Er unterhielt sich ganz normal mit ihr und hatte nicht diesen bedauernswerten, wehleidigen Unterton in seiner Stimme. Solche Ansprachen hatte sie die letzten Tage genug. Auch von ihrer Mutter, bei der sie vor dem zu Bett gehen anrief, um zu erfahren, dass sie wieder gut zu Hause angekommen war. Deren Nachfrage nach der Frau des Wirtes hatte sie nur mit einem knappen ‚alles wieder in Ordnung', kommentiert. Sie war aufgewühlt und erschöpft zugleich. Das Kissen fest an ihren Körper gepresst hatte sie nur einen Wunsch: Endlich einschlafen. Morgen würde die Welt wieder ganz anders aussehen.

15
Freitag, 16. September — Seniorenheim

Johanna, eine langjährige examinierte Altenpflegerin hatte heute Frühdienst. Wie jeden Morgen galt ihre Aufmerksamkeit zunächst ihrem Kollegen von der Nachtschicht, mit dem sie die Übergabe abstimmte. Für ihren Dienstplan bekam Johanna als Betreuerin in der Regel die gleichen Bewohner zugeteilt, um eine gewisse Vertrauensbasis zu schaffen. Auch heute war keine Änderung in ihrem Ablauf vorgesehen und so war sie bereits kurz nach 7:00 Uhr auf dem gewohnten Weg in den ersten Stock.

Sie klopfte und öffnete die Zimmertür und sah, dass Hans zu diesem Zeitpunkt schon wach, vom Nachtdienst bereits versorgt und darauf wartete zur Behandlung gefahren zu werden. Sie wechselte noch ein paar freundliche Sätze und klopfte ans Nachbarzimmer. Noch wusste sie nicht, dass der heutige Tag ihr Wirken im Seniorenheim verändern wird. Und selbst, als sie die Tür öffnete und mit einem erfrischenden: „Guten Morgen, Herr Maier. Zeit zum Aufstehen!“, eintrat, schöpfte sie keinen Verdacht. Beschwingt ging sie ans Fenster und betätigte das automatische Rollo. „Gut geschlafen? Heute gibt es einen herrlichen Tag!“ Sie drehte sich um: „Herr Maier?“ Mit zwei schnellen Schritten war sie am Bett, legte drei Finger an die Halsschlagader und drückte sofort den Notknopf.

Es war durchaus fast an der Tagesordnung, dass ein Krankenwagen am Seniorenheim kurzzeitig die Zufahrt blockierte. Bewohner mit akuten Leiden wurden ins

Krankenhaus überführt oder Patienten in das Heim zurückgebracht. Es kam naturgemäß auch vor, dass der Leichenwagen direkt neben den Blumenrabatten mit offener Heckklappe zu sehen war.

Miriam Kranz, die Leiterin der Einrichtung, konnte sich jedoch nicht daran erinnern, dass der Leichenwagen mehrmals am selben Tag gerufen wurde. Ziemlich ratlos stand sie an der seitlichen Eingangstür und sah mit verschränkten Armen wie der Bestatter eine Trage mit Fahrgestell, ähnlich denen aus einem Rettungswagen, aus dem Haus über den Gehweg schob. Der Leichnam war mit jeweils links und rechts angenähten Planen verhüllt. Drei Gurte und ein Fußsack verhinderten das Herabrutschen. Beim Hineinschieben in den Bestattungswagen klappte das Gestell mit einem metallischen Rasseln zusammen. Miriam Kuntz spürte wie sich die Härchen an ihren Unterarmen aufrichteten.

Klaus Ludwig, der örtliche Bestatter, wurde heute bereits zum dritten Mal zum Heim beordert. Sein Mercedes Kombi war schwarz, sein Anzug war schwarz, sein Humor war tiefschwarz und nicht jedermanns Sache: „Bei der nächsten Fuhre gibt's Mengenrabatt. Vielleicht sollte ich mir hier ein Zimmer nehmen", säuselte er im Vorbeigehen in Miriams Ohr.

Herr Maier war am frühen Morgen verstorben. Der Nachtdienst hatte ihn auf seiner Runde um vier Uhr noch tief schlafend vorgefunden. Mit seinen 91 Jahren hatte er komplexe Krankheitsprobleme und niemand war überrascht, dass er letztlich an Herzversagen verstarb. Es war schmerzhaft einen Menschen, den man jahrelang begleitet und lieb gewonnen hatte zu verlieren. Es war aber auch irgendwie ein Stück Alltag in einer Einrichtung mit hochbetagten Menschen.

Ganz anders verhielt es sich mit Herrn Reimann, der stark depressiv war und sich von den meisten gemeinsamen Aktivitäten fernhielt. In letzter Zeit schien ihn eine körperliche Unruhe zu plagen, jedenfalls sah man ihn meistens rastlos hin und her laufen. Keiner der Altenpfleger konnte sich erklären wie er an die Tabletten kommen konnte. Nachdem er nicht zum Mittagessen erschienen war, sah ein Betreuer in seinem Zimmer nach.

Es war ein Schock für die übrigen Bewohner und gleichermaßen für das Personal. Da half es auch nicht, dass der Notarzt versuchte, die Todesursache sachlich zu erklären und noch anmerkte: „Die Suizidhäufigkeit liegt bei älteren Menschen deutlich über dem Durchschnitt. Vorwiegend bei Männern steigt sie, ab etwa 75 Jahren, unverhältnismäßig an."

Miriam Kuntz stand noch immer am Eingang und blickte dem hinter der nächsten Kurve verschwundenen Leichenwagen nach. Mit ihm verschwand auch Theo Mozart. War die Aufregung für ihn zu groß? Hätten sie sich nach den beiden Vorfällen mehr um die Bewohner kümmern müssen? Vielleicht sogar psychologische Unterstützung anfordern? Die Herzattacke hatte er nicht überlebt. Er war noch nicht lange bei ihnen. Ein kurzes Gastspiel. Zu kurz.

Am liebsten würde Miriam fortgehen. Irgendwo unter einem Baum liegen, wo sie keiner kannte, wo sie keiner fragte. Sie würde nur dem sanften Rauschen der Blätter lauschen, den Vögeln nachschauen, die langsam vorbeiziehenden Wolken betrachten und dann mit ihrem Blick tief in das Blau des Himmels eintauchen. Eine hysterische Frauenstimme ließ ihr Gedankengebilde zusammenfallen. Es ging nicht. Sie hatte die Verantwortung für 58 Mitarbeiter und 70 Bewohner. Für 67 Bewohner.

Der Aufenthaltsraum des Seniorenheims war fast leer. Nur drei Männer saßen an einem Tisch und diskutierten leise. Zwei Frauen saßen stumm vor ihren Teetassen. Die meisten hatten sich in ihre Zimmer zurückgezogen. Eine bedrückende Ruhe hatte sich ausgebreitet. Selbst die Altenpfleger bewegten sich wie auf Zehenspitzen, als dürfte niemand geweckt werden. Miriam schnappte sich einen Betreuer und begann ihre Runde durch sämtliche Zimmer.

Sie wollte die Bewohner beruhigen und Zuspruch signalisieren. „Ein unglückliches Zusammentreffen von Zwischenfällen“, versuchte sie die Ereignisse zu erklären. Wären nicht die vier Todesfälle vom Montag und Dienstag, würde sie wohl selbst an diese Begründung glauben.

16
Freitag, 16. September — Gasthaus *Zum Elefanten*

Jutta Kroner kam am frühen Nachmittag in den *Elefanten*, um die Rechnung für den Leichenschmaus zu begleichen. Freitags hatte die Gaststätte früher geöffnet, dennoch befanden sich außer Werner Trauth und Gerhard Weiß niemand im Lokal.

„Hallo zusammen, ich komme um meine Schulden zu begleichen“, begrüßte Jutta die beiden Herren an der Theke.

Werner blickte auf: „Sehr löblich, aber ich habe noch gar keine Zeit gefunden, die Rechnung zusammenzustellen. Darf ich dich zu einem Bier einladen?“

„Eine kleine saure Schorle wäre mir lieber.“

„Hast du heute schon Harry Bauer gesehen?“, fragte der Wirt neugierig, während er ihr Glas mit Sprudel auffüllte.

„Ich traf ihn am Vormittag beim kleinen Kreisel zwischen Raiffeisenbank und Seniorenheim. Wir haben uns eine ganze Weile unterhalten. Er kann ja so richtig charmant sein.“

„Du weißt, dass der Leichenwagen heute mehrmals vor dem Seniorenheim gesehen wurde?“

„Das kommt dort nun mal öfters vor“, stellte Jutta fest.

„Diese Häufung von Sterbefällen in nur wenigen Tagen. Ich glaube nicht“, Werner blickte abwechselnd zu Jutta und Gerhard, „dass es mit rechten Dingen zugeht.“

Als keiner der beiden Gäste sich hierzu äußerte, fuhr Werner fort: „Wisst ihr was mich stutzig macht? Irgendwie ist Harry Bauer immer beteiligt.“

„Du bist verrückt!“, widersprach Jutta vehement, „das ist doch nun wirklich ein netter, hilfsbereiter und gebildeter Mann. Außerdem war er doch nur bei deiner Frau und Paul Müller präsent. Immerhin musst du es ihm verdanken, dass Sabine überhaupt noch lebt. Wie geht es ihr übrigens?“

„Sie ist auf dem Weg der Besserung. Sie wird sich wieder erholen. Die Ärzte sagen, dass sie übernächstes Wochenende wahrscheinlich wieder nach Hause darf."

„Schön zu hören", lächelte Jutta und nahm einen Schluck aus ihrem Glas.

Gerhard Weiß hatte dem Zwiegespräch gelauscht und mischte sich nun erstmals ein: „Wer ist eigentlich dieser geheimnisvolle Harry Bauer? Ich kenne ihn nicht."

„Er wohnt seit einer Woche bei uns. Warte ich zeige dir ein Selfie auf meinem Smartphone", antwortete Werner, suchte in der Bildergalerie nach dem Foto und hielt es Gerhard dicht vors Gesicht.

„Ist das der Mann neben dir?", fragte Gerhard nach und bemerkte: „Sieht nicht schlecht aus."

Dabei wanderte sein Blick wie zufällig zu Jutta.

17
Freitag, 16. September — Wohnung von Gerhard Weiß

Gerhard Weiß saß an diesem Abend in seinem Wohnzimmer. Er hatte einen überquellenden Aktenordner vor sich liegen und war damit beschäftigt, einige Fakten für die nächste Woche stattfindende Generalversammlung der Freiwilligen Feuerwehr zu sichten. Diesmal waren keine verstorbenen Mitglieder zu beklagen. Die Feuerwehr hatte sich an zahlreichen Festen und Veranstaltungen der Jockgrimer Vereine beteiligt. Ansonsten war wie jedes Jahr viel Statistik angesagt, die Anzahl der Einsatzstunden, der Brandeinsätze und der Sicherheitswachen waren zu erfassen. Die schlimmen Verkehrsunfälle hatten abgenommen. Lediglich 12 Mal wurde hierfür technische Hilfeleistung angefordert.

Nur der gut zehn Monate zurückliegende schwere Verkehrsunfall auf der Bundesstraße hob sich merklich ab. Bis heute konnte das Geschehen noch nicht vollständig geklärt werden. Gerhard blätterte durch die Unterlagen, die er damals abgeheftet hatte. Sie füllten fast ein Drittel des Ordners. Protokolle, Gutachten, Schriftverkehr, seine persönlichen Notizen, beteiligte Personen, Statistiken und vieles mehr. Gerhard beschloss, diesen Vorgang in einem extra Ordner abzulegen. Er knickte den Stapel der Länge nach um, fixierte ihn zwischen Daumen und Mittelfinger und entnahm den kompletten Vorgang mit einem Griff aus der Ringmechanik. Trotzdem waren einige Seiten verrutscht, so dass er den Verlauf nicht als Gesamtes im neuen Ordner abheften konnte. Die Blätter, die herausgerutscht waren, lagen ungeordnet auf dem Tisch.

Dazwischen befand sich das nicht allzu gute Fahndungsfoto der Polizei. Gerhard nahm es in die Hand. Er hatte den Namen längst vergessen. Harry Sander hieß der gesuchte Mann. 49 Jahre alt und wohnhaft in Ludwigshafen. Ob der Fahrer immer noch vermisst wurde? Er wusste es nicht. Nach einem Monat hatte er den Fall aus den Augen verloren. Die verbliebenen Seiten sortierte er einzeln nach Datum in den Ordner, und nahm deshalb auch nochmals das Bild in die Hand. Das Foto war nicht sonderlich scharf und er wusste nicht wie aktuell die Aufnahme war. Er betrachtete es ausgiebig und legte es auf den Tisch zurück. Mit der linken Hand kramte er sein

Smartphone aus der Hosentasche hervor, betätigte die Kurzwahl und fragte: „Hallo Werner, könntest du mir das Foto von dir und Harry Bauer auf mein Handy senden?“

„Mach' ich gerne. Aber was willst du damit?“

„Erklär' ich dir später.“

„Weisst du, dass vor einer Stunde der alte Schreiner Karl Schmitt aus der Muldgasse auf dem Weg ins Krankenhaus verstorben ist? Du müsstest ihn doch auch gekannt haben? Er ist auf der Treppe im Seniorenheim ausgerutscht. Kein Mensch kann sich erklären, warum er nachts sein Zimmer verlassen hat. Nächsten Mittwoch wäre er 92 Jahre alt geworden.“

18
Samstag 17. September — *Art-Café*

Wie ein ausgerollter roter Läufer mit grauer Borde und weißen Fransen, so zeigte die Untere Buchstraße schon vom Straßenbelag her ihre besondere Stellung. Links und rechts von Laubbäumen unterbrochene Parkbuchten, dahinter breite Gehwege. Schmuckstück war das entkernte Gebäude einer alten Schreinerei. Ein dickes Sichtmauerwerk, halbrunde Ziegeleinfassungen für Fenster und Türen und sichtbar herausragende Enden der Deckenträger aus Stahl hatten den Charakter des ehemaligen Gebäudes erhalten. Neben Wohnungen fanden sich hier nun Räumlichkeiten für einen Bio-Laden, ein Café und einen extravaganten Friseursalon mit einem mächtigen, Strass behangenen Kronleuchter.

Jutta war an diesem Samstagvormittag in der Unteren Buchstraße unterwegs, um noch einige Einkäufe zu erledigen. Schwarze Jeans, schwarzes Top mit rundem Ausschnitt und darüber einen dünnen, weit ausgeschnittenen langen Blazer mit kleingemusterten Wellen in Dunkelgrau und Weiß. Der einzige Knopf, der wie ein aufgenähter Armreif wirkte, war wohl mehr als modisches Accessoire gedacht und hatte nur eine untergeordnete funktionale Bedeutung. Nicht oft sah man Jutta in solch einem schmucken Outfit. Nur selten hatte Sie das Bedürfnis, gedeckte Farben zu tragen. Ihr markantes Brillengestell hatte sie gegen eine goldfarbene Sonnenbrille eingetauscht und der gewohnt rote Lippenstift war einer dezenteren Farbe gewichen.

Harry Bauer saß am Bistrotisch vor dem *Art-Café* und hatte sie beobachtet, wie sie aus der Bank eilte, die Straße überquerte, einige Zeit im Bio-Laden verschwand und nun schnurstracks auf ihn zukam. Zwischen Palmenkübel, roten Sonnenschirmen und einer großen Standtafel mit den heutigen Kuchenangeboten, waren die drei kleinen Bistrotische schwerlich einsehbar. Sie hatte ihn jedenfalls nicht bemerkt und war bereits auf gleicher Höhe.

Gedankenverloren zuckte sie zusammen, als sie seine Stimme hörte: „Hallo Frau Kroner, darf ich sie zu einem Kaffee einladen?“

Jutta drehte sich zur Seite und sah, dass Harry Bauer im Begriff war, sich aus dem dunklen Korbstuhl zu erheben. „Eigentlich habe ich keine Zeit“, sagte sie nach kurzem Zögern, „also ich weiß nicht so recht.“

„Sie müssen um Gottes willen nicht mir zu liebe ihr Vormittagsprogramm ändern. Ich will ihnen nicht zu nahe treten, aber ich bewundere ihre Haltung, wie gelassen sie mit ihrer Situation umgehen. Es ist gerade mal eine Woche her."

Mit einer kleinen Handbewegung deutete er auf den freien Platz ihm gegenüber. Jutta wippte etwas unentschlossen mit dem Kopf, stellte ihre Einkaufstasche unter den Tisch und seufzte:

„Da ich heute ohne Frühstück aus dem Haus gegangen bin, kann ein Cappuccino ja nicht schaden."

Nachdem sie die Bestellung aufgegeben hatte, fragte sie: „Ist es nicht schrecklich, die Vorkommnisse im Seniorenheim? Es fällt einem schwer, noch an Zufälle zu glauben. Was meinen Sie?"

„Bei allem, was ich mitbekommen habe, sind die Bewohner mehr oder weniger eines natürlichen Todes gestorben", erwiderte Harry und ergänzte nach einer kurzen Pause, „zumindest konnte man bis jetzt ein Fremdverschulden ausschließen."

„Woher wissen sie das?"

„Werner hat es mir beim Frühstück kurz berichtet. Sie wissen, dass ich ihn gut leiden kann und ich denke es beruht auf Gegenseitigkeit. Heute Morgen war er mir gegenüber allerdings sehr distanziert. Ich nehme an, die Ereignisse schlagen auch ihm sehr auf's Gemüt. Und dann noch die Sache mit seiner Frau."

Jutta riss das Tütchen mit braunem Zucker auf und streute ihn langsam kreisend über den Milchschaum ihres Cappuccinos.

„Ich verstehe Werner", begann sie und rührte mit dem langstieligen Löffel in ihrer Tasse, bevor sie aufblickte, „er ist ein liebenswerter Mensch. Ich weiß, dass sie ihm sympathisch sind. Er darf auch mal einen schlechten Tag haben. Nehmen sie es sich nicht zu Herzen."

„Und sie? Sie kennen mich ja nun auch ein wenig. Finden sie mich sympathisch?"

„Von kennen kann sicher keine Rede sein. Aber ja, sie waren ein angenehmer Tischnachbar. Sie haben so ganz anders auf den Tod meines Mannes reagiert. Sehr natürlich und verständnisvoll, nicht mit diesem aufgesetzten Leidensgesicht."

„Ich bin geschmeichelt."

Jutta saugte den Milchschaum mit ihren Lippen ein, stellte die Tasse zurück und beugte sich etwas vor: „Darf ich sie etwas ganz Persönliches fragen?"

„Nur zu."

„Berührt sie das alles nicht? Sie machen immer so einen abgeklärten Eindruck."

„Liebe Frau Kroner, ich glaube, da täuscht meine Fassade. Ich frage mich auch langsam, wo ich hier hingeraten bin."

„Man könnte auf den Gedanken kommen, diese Dinge passieren erst seit sie hier sind."

Er lächelte sie an: „Und vorher sind keine Leute gestorben?"

„Doch natürlich. Nur nicht innerhalb weniger Stunden, in einer einzigen Einrichtung."

„Es wäre niemandem aufgefallen, wenn diese Personen an unterschiedlichen Tagen in unterschiedlichen Einrichtungen zu Tode gekommen wären. Frau Kroner, bei Menschen in diesem Alter muss man immer mit dem Tod rechnen. Jedenfalls kann man es nicht direkt dem Seniorenheim ankreiden. Kein Virus und auch keine Lebensmittelvergiftung oder Salmonelleninfektion. Kein Hinweis auf Unregelmäßigkeiten oder gar kriminelle Machenschaften."

„Wer weiß? Vor dem Seniorenheim ist der Teufel los. Viele Angehörige sind besorgt, die Kriminalpolizei ermittelt und die Presse ist natürlich auch schon da. Die Leiterin und die diensthabenden Betreuer werden seit heute Morgen pausenlos verhört." Damit erhob sich Jutta Kroner, nahm ihre Einkaufstasche und nickte Harry freundlich zu: „Vielen Dank für den Kaffee, Herr Bauer."

Harry Bauer lehnte sich in seinem Stuhl zurück und erwiderte ebenso charmant: „Danke, dass sie mir Gesellschaft geleistet haben. Bitte beteiligen sie sich nicht an irgendwelchen Verschwörungstheorien. Wenn sie darüber besorgt sind, helfe ich ihnen gerne. Es gibt für alles eine einfache Erklärung."

Harry blickte ihr hinterher, bis sie weiter unten die Straßenseite wechselte und aus seinem Blickfeld entschwand. Sie war ihm sympathisch. Vielleicht mehr als das. Ein Gefühl, das er nicht haben sollte. Nicht haben durfte. Und dennoch musste er hilflos zulassen, dass es langsam in ihm hochkroch. Er spürte die aufsteigende Wärme, den Druck in seinem Kropf. Nein, er hatte alles im Griff. Er würde seinen Job erledigen. So oder so.

19
Samstag 17. September — Wohnung von Gerhard Weiß

Etwa zur gleichen Zeit, am anderen Ende des Ortes, schob Gerhard Weiß den Vorhang etwas zur Seite und sah nach, wer geläutet hatte. Rasch legte er die wenigen Schritte über den Gang zurück und öffnete die Haustür.

„Hallo Gerhard, ich merke, dass ich schon lange nicht mehr hier war." Werner stand im Vorgarten und machte eine ausladende Handbewegung: „Dein Eingangsbereich sieht ja top aus. Machst du alles selber?"

„Ja, seit dem Tod von Erika habe ich meinen grünen Daumen entdeckt."

„Nun bin ich gespannt, was du mir so Geheimnisvolles zu berichten hast", fragte Werner, während er ins Esszimmer geleitet wurde.

„Komm setzt dich. Erinnerst du dich noch an die extreme Nebelnacht vor 10 Monaten?"

„Ja natürlich, an jenem Abend war ich mein einziger Gast."

„Du hast mich wohl vergessen? Ich war allerdings nur kurz da und wurde zu einem Einsatz gerufen. Der nie aufgeklärte Unfall auf der B9 mit dem polnischen LKW."

„Jetzt kommt es mir wieder", antwortete Werner und zeigte mit ausgestrecktem Zeigefinger auf sein Gegenüber, „ein Mann wurde gesucht. Die Polizei war auch bei mir und hat mir ein Foto gezeigt. Doch ich hatte diese Person nie gesehen."

„Und genau dieses Fahndungsfoto habe ich gestern in meinen Akten gefunden", entgegnete Gerhard gelassen, wendete das Blatt auf dem Tisch und schob es Werner zu, „meinst du nicht er ähnelt deinem Harry Bauer?“

Werner nahm das Blatt in die Hand, presste seine Lippen zusammen und wiegte seinen Kopf hin und her: „Schwer zu sagen. Ja, es könnte sein, aber sicher bin ich mir nicht.“

„Ich habe es eingescannt und vergrößert. Ich habe nach Übereinstimmungen mit deinem Selfie gesucht.“

Jetzt hatte er die volle Aufmerksamkeit von Werner Trauth.

„Und, hast du was entdeckt?“

„Die Augenfarbe ist auf dem Fahndungsbild nicht eindeutig zu erkennen. Sie könnte ebenfalls blau sein. Beide haben ein eher längliches Gesicht. Auch die borstigen Haare mit deutlich kahlen Stellen über seinen dunklen Augenbrauen könnten passen, auch wenn sich die Frisuren unterscheiden.“

„Mit viel Fantasie. Harry Bauer wirkt wesentlich jünger. Hast du nichts Eindeutiges? Eine Warze, eine Narbe, ein Muttermal?“

„Leider nein, aber die Proportionen sind absolut identisch, auch wenn dein Herr Bauer einen Dreitagesbart trägt und dadurch etwas jugendlicher wirkt. Ich bin mir sicher, es ist ein und dieselbe Person.“

„Warum sollte mein Gast der vermisste Mercedesfahrer sein? Hätte er sich dann nicht längst gemeldet?“

„Wer weiß, welche Gründe es gibt, dies nicht zu tun.“

„Und dieser Harry Sander wurde nie gefunden?“

„Ich habe heute Morgen nochmals auf der Polizeidienstelle nachgefragt. Er gilt noch immer als vermisst.“

Werner wollte auf dieses Statement nichts entgegnen, lehnte sich zurück und konzentrierte sich ein paar Sekunden auf seinen auffällig lauten Atem. Gerhard stand auf, holte eine Flasche Mineralwasser und zwei Gläser. Noch während er einschenkte, fragte er direkt: „Sollen wir es der Polizei melden? Sie könnten die Identität sicher eindeutig feststellen."

„Warte mal, das geht mir alles zu schnell."

„Seit wann wohnt er bei dir?"

„Seit einer Woche."

„Und seit wann haben wir diese Todesfälle in der Gemeinde?"

„Das geht jetzt wirklich zu weit."

„Du hast auch ein ungutes Gefühl. Ich sehe es dir doch an."

„Nein, so etwas will ich nicht einmal denken. Schließlich hat er meiner Frau das Leben gerettet. Ich werde mit ihm reden."

„Ich weiß, es klingt verrückt, aber lass' uns mal die Sachlage unvoreingenommen betrachten. Vor 10 Monaten ist ein Mann auf höchst mysteriöse Weise verschwunden. Und zwar ohne irgendeine Spur zu hinterlassen. Vor einer Woche taucht er hier im Ort urplötzlich wieder auf. Seitdem sind acht Menschen gestorben."

Gerhard nahm ein leeres Blatt Papier zur Hand und zeichnete darauf die Zeitleiste der letzten Woche.

„Wann hat Herr Bauer bei dir eingecheckt?"

„Samstag vor acht Tagen."

„Am Sonntag wurden drei Leichen entdeckt. Werner Kroner, Theo Sitter und ein Asylant. Der Mann von Jutta war allerdings bereits am Samstag verunglückt. Am Montag wurde Paul Müller gefunden."

Er machte eine Pause und blickte Werner Trauth direkt in die Augen: „Von Herrn Bauer!"

Er schrieb die Zahlen der Opfer unter das jeweilige Datum.

„Gestern, also am Freitag, hatten wir vier verstorbene Personen im Seniorenheim."

Er betrachtete seinen Schmiezettel und hakte nach: „Hat Harry Bauer die ganze Zeit bei dir gewohnt?"

„Natürlich, er hat sich für einen Monat eingemietet. Das heißt…", Werner geriet ins Stocken, „von Dienstag bis Donnerstagmittag war er unterwegs und hat das Zimmer nicht genutzt. Er hat uns noch ausdrücklich darauf hingewiesen, damit wir uns keine Sorgen machen."

„Und am Donnerstagabend hat er deine Frau gefunden."

„Sonst wäre sie wahrscheinlich nicht mehr am Leben!"

„Vielleicht ist etwas schiefgelaufen?"

„Kannst du mal ein Fenster aufmachen, mir wird heiß."

20
Samstag 17. September — Seniorenheim

Gegen 16:00 Uhr hielt der Krankenwagen am Seniorenheim. Umringt von zahlreichen Schaulustigen wurde die Liege von zwei Sanitätern in den Wagen geschoben. Ein weiterer hielt die Infusionsflasche mit ausgestrecktem Arm über seinem Kopf. Miriam Kunz war zusammengebrochen. Die Nerven der 35-Jährigen hatten die Ereignisse nicht mehr verkraftet. Ihr Temperament geriet ins Stocken, sie rang nach Luft und dennoch zersetzte sich ihre Willenskraft in wenigen Minuten. Je mehr jegliche Farbe aus ihrem Gesicht wich, desto stärker setzte sich Miriams Herzschlag als dominierendes Geräusch durch. Als ob jemand den Stecker der Umwelt einfach aus der Wand gerissen hätte. Sie sah die Leute um sich herum aufgeregt rufen, aber es drang nicht mehr an ihr Ohr.

Es war zu viel. Zunächst die stundenlangen Ermittlungen am Vormittag und dann drei weitere Todesfälle am frühen Nachmittag. Fast zeitgleich verstarben die ältesten Bewohner der Einrichtung. Alle bereits über neunzig. Innerhalb von 24 Stunden waren zehn Prozent der Bewohner dahingeschieden. Miriam glaubte nicht mehr daran, dass alles mit rechten Dingen zuging. Als sie wie in Zeitlupe in sich zusammensackte, hörte niemand ihre flüsternde Stimme: „Warum nur. Ich bin doch noch so jung.“ Ein zusammengefalteter Körper auf dem kalten Plattenboden.

Der Abtransport der Leiterin war ein gefundenes Motiv für die Fotografen. Die schreibende Zunft war fast genauso schnell am Ort des Geschehens wie die Polizei. Umstehende und Angehörige wurden interviewt. Jeder Offizielle, der das Haus durch die Absperrung verließ, wurde bedrängt. Dann kam die Meldung, dass zwei weitere Insassen vermisst werden. Kein Einziger wusste in diesem Chaos, ob sie nach der Mittagspause das Seniorenheim verlassen hatten oder sich noch irgendwo im Gebäude befanden.

Die Polizei hatte das Seniorenheim komplett abgeriegelt. Weder die Bewohner noch die Angestellten durften das Gebäude ohne Genehmigung verlassen. Inzwischen hatte sich die Zahl der Schaulustigen merklich erhöht. Es gab kaum ein Durchkommen für diejenigen, die in das Gebäude mussten oder heraus wollten. Immer weitere Familienangehörige trafen ein und wurden von der Polizei in den großen Speisesaal geleitet, wo sie von zwei Psychologen empfangen wurden. Es gab zwei Gruppen von Verwandtschaft: Die einen, welche einen Trauerfall zu beklagen hatten und von der Einrichtung informiert und hergebeten wurden; die anderen, die zum Teil impulsiv darauf pochten, ihre Familienmitglieder sofort aus dieser Einrichtung mit nach Hause zu nehmen.

Der SWR hatte zum letzten Mal bei den 750-Jahrfeiern einen Übertragungswagen für das Regionalprogramm in den Ort entsandt. Nun parkte der Transporter in einer Seitenstraße. Ein Mann mit schwarzer Schulterkamera und ein Kollege mit einem bauschigem Galgenmikrofon folgten der Reporterin Monika Meder, die sich den Weg bis zur Absperrung vor dem Haupteingang bahnte. Sie fuhr sich nochmal durch ihre langen glatten braunen

Haare, blickte in die Kamera und hielt auf ein Zeichen des Kameramannes das Handmikrofon vor ihre Brust:

„Wir stehen hier vor dem Seniorenheim im südpfälzischen Jockgrim. Es ist zum Totenhaus geworden. Innerhalb weniger Stunden sind sieben Insassen unerwartet verstorben. Die geschockte Bevölkerung fragt sich: ‚Was geht hier vor?'"

Aus einem Augenwinkel heraus bemerkte sie wie zwei Männer aus der Eingangstür heraustraten. Mit einer knappen waagrechten Handbewegung gab sie dem Kameramann ein Zeichen und unterbrach ihre Anmoderation. Monika Meder eilte auf die Beiden zu, es gab einen kurzen Dialog, dem ein kurzes Nicken folgte. Die Reporterin positionierte die beiden Männer so, dass der Eingangsbereich zum Seniorenheim sichtbar blieb. Sie gab ihren zwei Helfern wieder ein Zeichen und setzte ihre Ansage fort:

„Ich stehe hier mit Peter Müller, dem Einsatzleiter der Polizei und Doktor Paul Möbus, dem zuständigen Amtsarzt. Herr Doktor Möbus, gibt es neue Erkenntnisse über die Todesfälle?"

„Ich war sowohl gestern, als auch heute der diensthabende Notarzt. Mir ist deshalb bewusst, dass es zurzeit wohl mehr Fragen als Antworten gibt. Aus medizinischer Sicht kann ich nochmals betonen, dass, bis auf zwei, alle Insassen eines natürlichen Todes gestorben sind."

„Und die beiden?"

„Ich konnte noch keine objektiven Befunde erheben, die medizinisch folgerichtig belegen, warum diese Menschen gerade in diesem Augenblick gestorben sind. Deshalb: Todesursache unklar. Das ist nicht ungewöhnlich."

„Finden sie solch ein Massensterben nicht ungewöhnlich?"

„Bitte sprechen sie nicht von Massensterben. Wir haben sieben Tote zu beklagen. Jeder einzelne ist einem höchst individuellen Leiden erlegen. Einzig die Zeitspanne ist auffallend."

„Haben sie solch eine Beobachtung schon einmal gemacht?"

„Nein, ich habe in meiner langjährigen Amtszeit noch nichts Gleichwertiges erlebt und habe auch keine Erklärung für diese Ballung. Auch wenn ich in zwei Fällen aus jetziger Sicht eine unklare Todesursache diagnostiziert habe, ändert es nichts an meiner Grundaussage. Ich sehe absolut keinerlei Hinweise auf Fremdverschulden."

„Was ist mit der Leiterin Miriam Kunz?"

„Ihr Kreislauf hat versagt. Wir haben sie ins Krankenhaus gebracht. Über ihren weiteren Zustand kann ich ihnen leider nichts sagen."

Die Reporterin wendet sich dem Polizeibeamten zu:

„Herr Müller, Sie sind der polizeiliche Einsatzleiter. Warum ermitteln sie, wenn es sich doch um natürliche Todesfälle handelt?"

„Die Anwesenheit von Polizeibeamten lässt nicht automatisch den Schluss zu, dass etwas nicht mit rechten Dingen zugegangen sein könnte oder dass irgendjemand verdächtigt wird. Wenn eine oder mehrere Todesursachen unklar oder nicht natürlich sind wie der Treppensturz, ist der Arzt verpflichtet uns zu rufen."

„Es werden noch zwei Personen vermisst?"

„Alle Räumlichkeiten sind nochmals abgesucht worden. Beide Personen befinden sich offensichtlich nicht im Haus."

„Müssen wir mit zwei weiteren Opfern rechnen?"

„Es ist nicht ungewöhnlich, dass die Bewohner für kurze Spaziergänge das Haus verlassen. Eine Streife fährt zurzeit das Viertel ab."

Beide Herren nickten Monika Meder freundlich zu, betrachteten das Interview für beendet und beeilten sich, unter der Absperrung hindurch, zu verschwinden.

Die neuerliche Botschaft verbreitete sich wie ein Lauffeuer unter der Bevölkerung. Es gab wohl keinen einzigen Einwohner im Ort, den die Meldung nicht erreichte. Die Bestürzung war ehrlich, und das Bewusstsein, dass etwas Schreckliches passiert war, übertrug sich auf die Samstagabendstimmung. Trotzdem war es eine eigentümliche, ja fast apathische Trauer. Das Mitempfinden hatte einen anderen Charakter als eine Woche zuvor. Es traf nicht unterschiedliche Menschen in verschiedenen Situationen, in der Mitte ihres Lebens. Menschen, denen man tagein, tagaus auf der Straße begegnete. Mit denen man aktiv am Dorfgeschehen teilnahm. Die dazu gehörten. Diesmal war es anders. Es war abgekapselt. Und es waren alte Leute.

21
Samstag 17. September — Gasthaus *Zum Elefanten*

Wegen Krankheit geschlossen. Werner Trauth hatte sich entschieden sein Lokal an diesem Samstagabend nicht zu öffnen. Die Nachrichten aus dem Krankenhaus waren nicht dazu angetan, sein Spitzbubengesicht aufzusetzen und Frohnatur zu heucheln. Sabine war erneut ins Koma gefallen. Er hatte bereits den zweiten Rum hinter sich, als es an der Nebentür läutete. Widerwillig stand er auf und wollte mit der Hand noch den Barhocker greifen, der polternd zu Boden fiel. Erneut gellte das schrille Surren der Klingel durch den Hausgang, während Werner missmutig den Hocker zu sich hochzog und vor sich hin wetterte:

„Ja, ja, ja, ich komme!"

Vor der Tür stand Gerhard. Verwundert fragte Werner: „Du? Wir haben heute geschlossen."

„Ich will auch nichts essen oder trinken. Ich muss unbedingt mit dir reden."

„Hab' heute keinen Bock auf Konversation. Sabine geht es schlecht."

„Ich glaube, ich habe etwas entdeckt, was dich interessiert."

„Hat das nicht Zeit bis Morgen?"

„Wäre ich sonst so spät noch hergekommen? Ich dachte die Kneipe ist auf."

Werner ging in den Gastraum zurück, setzte sich vor die Theke und bot Gerhard mit einer Handbewegung den Hocker neben sich an. Er drehte das leere Rum Glas ein paarmal zwischen seinen Fingern, hob es hoch, kippte es hin und her und fragte ohne seinen Blick abzuwenden:

„Trinkst du einen Rum mit mir?“

„Ein Bier wäre mir lieber.“

„Es gibt nur Rum.“

„Also gut. Ist nicht mein Ding, aber dir zu liebe. Bitte nur einen kleinen Schluck.“

Werner streckte sich und holte ein weiteres Glas aus dem Hängeboard hinter der Theke. Er füllte beide Gläser einen Finger hoch, schob eines zu Gerhard und fragte:

„Hast du das vom Seniorenheim im Fernsehen gesehen?“

„Nein, aber ich war dort.“

„Sie nannten es Totenhaus.“

Werner erhob das Glas. Sein einziger Gast tat es ihm gleich und beide nahmen einen tiefen Schluck. Gerhard schüttelte sich und sagte: „Wie geschmacklos.“

„Der Rum?“

„Nein, die Bezeichnung Totenhaus.“

„Also was hast du so wichtiges?“

„Ich habe heute vor dem Seniorenheim Alex, den Fotografen von der *Rheinpfalz* getroffen“, begann Gerhard zu berichten, „und wir haben uns ein wenig unterhalten. Unter anderem kamen wir auch auf das Fußballspiel letzte Woche zu sprechen. Er war beruflich dort und weil das Spiel so einseitig und langweilig war, hat er nicht nur das Spiel fotografiert.“

„Na und?“

„Ich habe ihn gefragt, ob ich die Fotos mal sehen könnte. Er hatte sie noch auf seiner Digitalkamera. Bestimmt zwanzig Bilder. Nur fünf, sechs Torschüsse. Der

Rest vom Ausschank und vor allem Schnappschüsse von den Zuschauern. Und ein Foto ist mir aufgefallen."

„Das sieben zu Null?"

„Nein, er hat es mir zugeschickt." Er fingerte sein Smartphone aus der Hosentasche, und hatte nach wenigen Sekunden das gewünschte Bild auf dem Display.

„Sieh' her", fuhr er fort und hielt das Smartphone so, dass Werner es gut erkennen konnte,„das ist der Blick vom gegnerischen Tor in Richtung eigene Spielfeldseite. Siehst du ganz hinten Theo Sitter, den Torwart?"

Werner nickte und blickte unschlüssig auf das in der Totalen aufgenommene Bild. Gerhard deutete mit seinem Finger auf einen Punkt am Rande: „Und hier links vom Tor an der Seitenlinie, weit und breit der einzige Zuschauer auf dieser Sportplatzhälfte."

Werner zoomte das Bild heran, bis die fragliche Person zwar etwas undeutlich, dafür groß auf dem Display zu sehen war. Er tippte mehrmals mit seinem Finger auf den Bildausschnitt und sagte dann: „Das ist Harry Bauer."

Werner riss ihm das Handy aus der Hand und hielt sich den vergrößerten Ausschnitt direkt vor die Augen: „Donnerwetter, du hast recht. Ich erkenne zwar nicht sein Gesicht, aber ich kenne die Jacke. Das ist eindeutig Harry Bauer!"

„Bingo! Merkst du was? Es ist eine weitere tote Person bei der sich dieser Herr Bauer in der Nähe befand."

„Und bei Sabine?"

„Vielleicht hat er dir zuliebe sein Vorhaben geändert?"

„Du meinst wir haben hier einen neuzeitlichen Massenmörder?"

„Noch bewegen wir uns auf zu dünnem Eis. Lass' uns die anderen Todesfälle anschauen, ob wir weitere Hinweise finden können."

„Ist das nicht besser bei der Polizei aufgehoben?"

„Was sollen wir der Polizei denn sagen? Dass wir einem Phantom nachjagen? Sie hat bisher in allen Fällen ein Verbrechen ausgeschlossen. Glaub' mir, man wird uns klarmachen, dass wir aufgrund der Ereignisse überreagieren. Und vielleicht tun wir das sogar und interpretieren unsere Wahrnehmungen falsch. Wir müssen ruhig und besonnen noch weitere Fakten sammeln, bevor wir die Behörden einschalten. Mit wem hat er regelmäßig Kontakt?"

„Na mit mir, Sabine und neuerdings auch mit Jutta. Ich glaube Jutta hat es ihm angetan."

„Gut, dann sollten wir morgen zusammenkommen, uns austauschen und die weiteren Schritte beraten. Am besten wir treffen uns bei mir." Gerhard war aufgestanden und drehte sich auf halbem Weg zur Tür nochmals um: „Allerdings dürfen wir uns nichts anmerken lassen. Unternimm nichts, was ihn misstrauisch machen könnte. Kannst du das, Werner?"

Werner legte seinen Kopf nach hinten, führte das bauchige Glas an seine Lippen und ließ den Inhalt langsam durch seine Kehle strömen.

Es stand schlecht um Sabine und Werner konnte keine Ruhe finden, keinen klaren Gedanken mehr fassen. Ruhelos ging er in der Gaststube auf und ab. Es krabbelte und juckte auf der Haut, sein Herz pochte schmerzhaft. Ein Schwindelgefühl wie nach übermäßigem Koffeinkonsum. Überreizt schleuderte er einen Stuhl gegen die Wand. Brachiale Gewalt. Das Brechen der Stuhlbeine schenkte ihm keine Linderung. Wie besessen packte er den Stuhl und warf ihn durch den Raum. Das Geräusch von zersplittertem Glas ließ ihn nur kurz innehalten. Er spürte wie seine Wut in Hass umschlug. Die Spirale hatte sich begonnen zu drehen. Die Schläge seines Vaters hatten ihn eingeholt.

Am ganzen Körper zitternd, stand er vor dem großen Clownsbild. Ausgelassene Harlekins, Narren und Artisten auf der Sichel des Mondes. Speichel lief aus seinem Mundwinkel. Er hörte seine Zähne knacken. Mit aller Gewalt holte er aus und durchschlug mit seiner Faust den Glasbilderrahmen. Er spürte keinen Schmerz und das Blut lief angenehm warm an seinem Arm herunter.

Er drehte sich um und ging ein paar Schritte. Mit beiden Armen schmetterte er die Segelschiffmodelle, die Kapitänsfigur und alle anderen Utensilien von der Thekenplatte. Wie ein in die Enge getriebenes Tier sicherte er sich nach allen Seiten mit seinen Blicken ab. Übergangslos stürze er sich auf den nächsten Tisch, hob ihn mit unbändiger Kraft bis über seinen Kopf, verharrte einen Augenblick, um nicht rückwärts zu kippen und warf ihn mit einem gellenden Schrei in das Regal hinter der Theke. Glassplitter schnitten in seine Haut, eine Flasche hinterließ eine Platzwunde am Kopf. Werner blickte auf seine beiden zerschundenen Arme und sah das Blut in den Spiegelscherben an seiner linken Kopfseite herablaufen. Es tat nicht weh. Es wäre jetzt so einfach zu sterben. Wenn Sabine nicht wäre.

22
Die Alternativen

Sabri und Harry saßen sich gegenüber. Harry hatte es fast erwartet, dass ihn die Organisation nochmals einbestellt. Er hatte ein ungutes Gefühl und versuchte aus der Mimik von seinem Mentor etwas herauszulesen. Wie erwartet, konnte er keine Unruhe in dessen Gesicht erkennen, kein gereiztes Zucken in den Augen und keine unbesonnenen nervösen Handbewegungen. Ein Roboter in menschlicher Gestalt.

„Wie geht es dir, Harry?"

Harry überlegte für einen Augenblick, ob er alles beichten sollte. Er entschied sich, diese Option noch ein wenig offenzuhalten und erwiderte lediglich: „An einem Samstagabend könnte es mir durchaus besser gehen."

„Die Systeme sagen mir, dass du nach den Schleusen nicht den direkten Weg zu mir genommen hast?"

„Ich bin noch bei Montra vorbeigegangen und wollte ihm ‚Hallo' sagen. Er war aber nicht da und der Raum war ausgeräumt. Ist er umgezogen? "

„Montra ist nicht mehr hier."

„Was heißt nicht mehr hier?"

„Nun, es gab Unregelmäßigkeiten. Er wurde versetzt."

„Darfst du mir Näheres sagen?"

„Aus diesem Grunde haben wir dich kurzfristig einbestellt."

Schuldbewusst zog Harry seine Schultern hoch: „Hat das mit mir zu tun?"

„Ja und nein", entgegnete Sabri und machte eine längere Pause.

„Bei der Löschung deines Gedächtnisses führte die falsche Einstellung eines Parameters zu einer teilweise unvollständigen Korrektur. Insgesamt sind acht Anwärter davon betroffen. Sechs haben es selbst bemerkt und sich gemeldet. Die Lücke ist inzwischen natürlich geschlossen, so dass diese Inkorrektheit nicht wieder vorkommen kann. Bei uns tritt kein Fehler ein zweites Mal auf."

Sabri machte abermals eine Pause und beugte sich dann zu Harry hinüber: „Du gehörst zur Elite unseres Ausbildungsprogramms. Spürst du nicht, dass noch nicht alles in dir auf die Funktion als Todesbote ausgerichtet ist?"

„Was meinst du genau?"

„Ehrgeiz, Unruhe, Erregung, Anerkennung, Zuneigung. Vielleicht von allem ein bisschen?"

Harry drückte sich mit den Händen an der Tischkante ab, so dass sein Sessel sanft nach hinten kippte. Er strich sich mit der Hand über Kinn und Hals und schloss die Augen. Stumm versuchte er die letzten Tage seiner Mission zu reflektieren. Wie ehrlich sollte er sein? Wie glaubwürdig musste er sein? Er senkte seinen Blick und antwortete:

„Ich glaube du hast Recht, Sabri. Ab und zu habe ich den Eindruck, ein letzter Tropfen menschlichen Blutes fließt durch meine Adern. Manchmal verschließt er meine Gedanken wie ein Pfropf. Das kann man doch sicher nacharbeiten. Ich wäre dazu bereit."

Sabri schüttelte mehrmals langsam den Kopf bevor er antwortete: „Es kann leider keine Anpassung erfolgen. Wir können bei den Menschen sehr selektiv einzelne Passagen, Bereiche oder Zeiträume eliminieren. Deine neue Gehirnstruktur ist jedoch völlig anders aufgebaut. Alle Fähigkeiten, die du er-

lernst, bleiben für immer. Niemand kann mehr manipulativ in dein Gehirn eingreifen."

„Und was heißt das?"

„Wenn du beispielsweise mit Emotionen noch ein Problem hast, musst du aus dir heraus versuchen, diese Schritt für Schritt aus deinem Denken zu drängen. Ich weiß, dass Dich diese Thematik drückt. Die Frage ist, wie tief Liebe und Hass noch in Dir verankert sind und ob du glaubst, es in den Griff zu bekommen?"

„Und wenn nicht? Was ist die Alternative?"

„Die einzige Alternative ist, dass wir eine Komplettlöschung machen. Nochmal alles auf null setzen und dich völlig neu ausrichten."

„Das klingt doch nicht schlecht."

„Nein, aber es würde bedeuten, dass du wieder da anfängst, wo du vor zehn Monaten begonnen hast."

Jetzt beugte sich auch Harry über den Tisch, so dass beide Augenpaare sich fast berührten. Harry brachte kaum einen Ton heraus und hauchte: „Sabri, ich bin so kurz vor dem Ziel."

Dieser antwortete flüsternd: „Es liegt an dir, ob du glaubst, es auch so zu schaffen."

Harry erhob sich, ging ein paar Schritte auf und ab und wendete sich wieder an seinen Mentor: „Du weißt, dass dies nicht die einzige Abweichung war?"

„Du meinst deinen Einsatzort?", erwiderte Sabri wenig überrascht.

„Ihr habt es gewusst und nichts unternommen?"

„Wo du die Seelen einsammelst ist uns egal. Alle Menschen müssen sterben. Die einen früher und die anderen später. Wir

können kein Mitleid zeigen, wenn irgendwo ein volles Flugzeug abstürzt, eine Epidemie ausbricht oder ein Verbrechen geschieht. Es war ein unglückliches Versehen, dass du in Jockgrim gelandet bist. Wir können das Schicksal nicht ändern."

„Ein unglückliches Versehen?" Harry schüttelte den Kopf und verzog die Lippen zu einem Lächeln. Er konnte nicht glauben, was er gerade gehört hatte. Sabri und Gasira wussten offenbar über seine schwierige Lage. Wahrscheinlich noch weitere in der Organisation und keiner schien sich dafür zu interessieren. Nicht Sabri und wahrscheinlich auch Gasira nicht. „Das Ganze war nur ein unglückliches Versehen?", wiederholte er seine Frage mit mehr Nachdruck.

Sabri blieb weiter gefasst auf seinem Sessel sitzen und antwortete ruhig: „Es hängt unmittelbar mit dem ersten Problem zusammen. Die Informationsfolge ist damit untrennbar verknüpft. Auf diesen Automatismus haben wir keinen Einfluss. Erinnere dich, was ich dir vor zehn Monaten gesagt habe. Bei uns gibt es keine Selbstüberschätzung der Leitung, keine Machtspiele oder persönliche Profitgier. Es sind diese völlig autonomen Entscheidungsprozesse des Systems, die unsere Organisation stark machen. Fehler wie dieser sind die absolute Ausnahme. Auch bei uns gibt es immer noch Optimierungsbedarf. Denk' an das Angebot von Gasira."

Auch Sabri hatte sich inzwischen erhoben. Harry wirkte wieder ruhig und gefasst. Seine Augen signalisierten aufsteigende Euphorie. Seine Stimme war klar und deutlich: „Todesbote zu sein und das Vertrauen von Gasira bedeuten mir viel. Deswegen will ich es auch schaffen. Ich werde alles in den Griff bekommen. Ich werde meinen Job in Jockgrim erfolgreich zu Ende bringen."

Sabri umfasste Harrys Hand, drückte sie fest und sagte: „Ich wünsche es dir. Ich habe dir immer vertraut."

Beide sahen sich lange und tief in die Augen.

„Und wenn ich es nicht schaffe?" fragte Harry nach.

„Dann gibt es eine Person weniger in der Datei der vermissten Personen. Man wird deine Leiche finden, wenn auch knapp ein Jahr nach dem Unfall. Damit ist die Sache für dich erledigt. Natürlich auch für uns."

„Ich dachte ich bin für immer und ewig ein TOD-Mitarbeiter."

„Das stimmt. Aber erst, wenn du die Prüfung erfolgreich abgeschlossen hast. Bei deiner Berufung haben wir natürlich bereits eine Vorauswahl getroffen, wobei nur knapp die Hälfte es dann auch dauerhaft in unsere Organisation schafft."

„Muss ich mich gleich entscheiden?"

„Nein, natürlich nicht. Jeder Anwärter muss sich vor Ablauf der praktischen Aufgabe eindeutig äußern. Für dich ist der 21. September, der Stichtag zur Zulassung. Das heißt, in spätestens fünf Tagen."

Harry und Sabri liefen schweigend über den zentralen Platz zu den Schleusen.

„Zu was würdest du mir raten, Sabri?"

„Ich würde nochmals von vorn beginnen. Die anderen sieben Anwärter haben sich übrigens genauso entschieden. Überschätz' dich nicht. Es ist schwer, aus sich heraus bestimmte Hirnprozesse zu ignorieren oder gar auszuklinken. Was sind schon zehn Monate gegen die Ewigkeit. Es geht nur ganz oder gar nicht. Ich, als dein Mentor, würde dir dazu raten."

Der Ratschlag blieb unbeantwortet. Sabri schaute Harry noch nach, bis dieser in der Schleuse verschwunden war.

23
Samstag 17. September — Gasthaus *Zum Elefanten*

Harry war zurück im *Elefanten.* Er parkte seinen Wagen im hinteren Bereich des Hofes zwischen Gasthaus und Herbergsgebäude. Sanft drückte er die Fahrertür zu, um keinen Lärm zu verursachen. Ein Blick auf seine Armbanduhr zeigte ihm, dass es kurz nach 23 Uhr war. Es war Samstag und somit noch Zeit für ein Bier in der sicher gut besuchten Gaststube. Als er durch den Hof auf die Straße abbog, um die wenigen Meter bis zum Eingang zurückzulegen, hatte er den Eindruck, dass heute Abend irgendetwas anders war. Er blickte durch die Schaufensterscheibe auf der Straßenseite. Die große Gaststube war bis auf ein Notlicht dunkel. Das allein war nicht ungewöhnlich, denn meistens spielte sich das abendliche Leben in dem kleinen nach hinten gerichteten Raum ab.

Harry wollte gerade durch das große, offene Tor gehen, als er inne hielt und nach oben schaute. Die beiden eckigen Laternen mit der Bierreklame an den Pfeilern der Einfahrt waren dunkel. Neben der Eingangstreppe standen keine Fahrräder und aus der gläsernen Eingangstür mit den glatten Aluminiumprofilen drang nur ein schummriges Licht. Er stieg die vier Stufen hoch und sah den handschriftlichen Hinweis, dass die Gaststätte heute geschlossen hatte. Von der Treppe aus versuchte er durch das schmale Seitenfenster etwas zu entdecken. Um sich Gewissheit zu verschaffen rüttelte er an der verschlossenen Tür, lauschte nach etwaigen Geräuschen und ging dann wieder zurück.

Fast lautlos ließ sich die Eingangstür des Gästehauses entriegeln. Bevor er sie ganz aufstieß, drehte er sich nochmals um und sah über den Hof hinüber zum Wirtshaus. Einige Zeit verharrte er bewegungslos, zog den Schlüssel ab und ließ die Tür wieder ins Schloss fallen.

Auf der linken Seite des Privateinganges *Zum Elefanten* war ein fader Lichtstreifen zu sehen. Harry ging hinüber und sah, dass die Tür nur angelehnt war und Licht nach außen drang. „Da scheint ja doch jemand zu Hause zu sein", murmelte Harry und drückte den Klingelknopf. Als sich nach dem zweiten Klingeln nichts regte, schob er mit seiner rechten Hand vorsichtig die Tür einen Spalt breit auf und rief in den hell erleuchteten Gang hinein: „Werner? Ist jemand da? Ich bin's, Harry!"

Er wartete, bekam jedoch keine Antwort.

„Werner?"

Harry schob die Tür ganz auf und trat ein. Er blickte zurück auf den Hof und als er niemanden sah, der ihn beobachtet haben könnte, drückte er die hölzerne Tür hinter sich zu.

„Werner?" wiederholte er und ging ein paar Schritte. Rechts führte eine schmale Treppe nach oben. Geradeaus gelangte man vom Gang direkt in die kleine Gaststube. Durch das längliche Milchglasfenster der Tür sah er, dass es in der Wirtsstube dunkel war. Er trat in den Raum. Harry hatte keine Ahnung, wo sich die Schalter für die Beleuchtung befanden. Vermutlich hinter der Theke. Er wollte sich damit nicht aufhalten und ließ die Tür offen, damit das Licht vom Gang den Raum ein wenig erhellte. Soweit er erkennen konnte, war alles in Ordnung. Die

Stühle waren hochgestellt, die Theke abgeräumt und der Fernseher über dem Eingang stand auf Standby.

Er tastete sich um die Theke herum, durch die kleine Küche und trat von dort aus in den großen Wirtsraum. Wie dienlich, dass er die Räumlichkeiten so gut kannte. Durch die Fenster drang das kaltweiße Licht der Straßenbeleuchtung. So konnte Harry den Raum zumindest schemenhaft in Augenschein nehmen. Es dauerte ein paar Sekunden, bis sich seine Augen an das Zwielicht gewöhnt hatten. Auf der einen Seite die scherenschnittartigen Umrisse der Sitzmöbel vor dem hellen Schaufenster, auf der anderen Seite die völlig im Dunkeln versunkene Eckbank. Harry schnupperte irritiert und konnte sich nicht erinnern, dass es in diesem Raum je so penetrant nach Alkohol roch. Er fixierte sein näheres Umfeld und tastete sich an der Theke entlang.

Ruckartig zog er seine Hand zurück und presste sie an seine Brust. Er hatte sich geschnitten. Erst jetzt bemerkte er, dass die Theke mit Scherben übersät war und er aufpassen musste, wohin er trat. Das schummrige Licht reichte, um zu erkennen, dass das hintere Regal in sich zusammengebrochen war. Die meisten Gläser und Schnapsflaschen waren nur noch Bruch. Ein Strahler baumelte, aus seiner Verankerung gerissen, über der Theke. Ein kleiner Tisch hing eingekeilt zwischen Zapfanlage und Rückwand. Harry bückte sich und stellte das in der Mitte auseinandergeborstene Segelschiffmodell zurück auf seinen Platz. Es war der ganze Stolz von Werner.

Harry orientierte sich nun mehr zur Mitte des Raumes und blickte sich um. Ein Bildträger war zersprungen und hing schräg an einem einzelnen Nagel. Die Tische standen wie sonst in Reih' und Glied. Auch die zahlreichen Figuren auf den Fensterbänken ließen nicht erkennen, dass auf der anderen Seite die komplette Rückwand der Bar in Trümmern lag. Harry glaubte ein Geräusch bemerkt zu haben, blieb stehen und lauschte. Es blieb ruhig.

„Werner?“

Dann hörte er es ganz deutlich. Es war ein vereinzelt leises Schmatzen, als ob jemand seine ausgetrockneten Lippen mit der Zunge anfeuchten würde. Es dauerte, bis er das Geräusch abermals vernahm und es lokalisierte. Es kam aus Richtung des großen Fensters auf der Straßenseite. In Spiegelschrift war der Name des Lokals groß auf der Scheibe zu erkennen und bildete sich als grauer verzerrten Schatten auf dem Ecktisch und dem Boden ab. Genau zwischen diesem Tisch und der kurzen Seite der Theke sah er ihn. Mit angewinkelten Knien kauerte er dort vor der Wand. Ein dunkles Etwas, welches vom Straßenlicht nur teilweise gestreift wurde.

Harry bückte sich und lehnte Werners Rücken sanft an die Wand zurück: „Um Gottes Willen, Werner! Was ist denn passiert?“

Er legte seinen Finger auf die Halsschlagader und als er das pulsierende Schlagen spürte, atmete er langsam aus und schüttelte den Kopf: „Kaum ist man mal einen halben Tag unterwegs, machst du Blödsinn.“

Werners Mund war trocken und die Lippen klebten. Seine Stimme klang heiser und leise, als er unbeholfen fragte: „Kommst Du, um mich zu holen?“

„Was redest du denn da? Hast du getrunken?"

Werner blickte kurz hoch und starrte dann wieder teilnahmslos auf den Boden: „Nein, lass' mich in Ruhe. Sabine liegt wieder im Koma. Sie wird sterben."

„Was redest du denn da?"

Jetzt sah Werner Harry direkt in die Augen: „Dir bleibt es doch nicht verborgen, wenn jemand stirbt. Habe ich nicht recht?"

Harry erhob sich und trat einen Schritt zurück. Was sollte er darauf antworten? Erst jetzt fielen ihm die zahlreichen Verletzungen auf: „Du blutest ja. Komm', ich rufe den Notarzt."

„Ich brauche keine Hilfe. Es ist halb so schlimm wie es aussieht."

„Bist du überfallen worden? Soll ich die Polizei rufen?"

„Nein."

Mit einer ausladenden Handbewegung über die Theke fragte Harry erstaunt: „Du willst mir damit andeuten, es war ganz allein dein Werk? Warum veranstaltest du solch ein Horrorszenario?"

Mühsam versuchte Werner etwas ungelenk nach Harry zu treten: „Scher dich zum Teufel! Ich will dich nicht mehr sehen! Verschwinde aus meinem Leben!"

„Hör auf, du hast dich körperlich schon genug abreagiert. Ich frage mich: warum? Sicher waren die letzten Tage psychischer Stress für dich."

„Ich habe Angst. Angst um das Leben meiner Frau. Angst wegen der Dinge, die hier im Ort geschehen."

„Ist es eine Art Ohnmacht? Das Gefühl einer Gefahr hilflos ausgeliefert zu sein? Ist es das?"

Werner erhob seinen Blick und verzog dabei seine Mundwinkel zu einem abfälligen Lächeln: „Ist es denkbar, dass du das Böse in dir nicht erkennst?“

Harry schaute auf ihn hinunter, verschränkte seine Arme und stand eine gewisse Zeit in dieser Position vor Werner, bevor er ruhig erwiderte: „Wäre es eine erschütternde Erfahrung für dich, dem absolut Bösen gerade ins Auge zu sehen?"

Ihre Blicke blieben aneinander haften. Unerträglich lange Sekunden bis Werner mit seinem Kopf nickte und das Wort ergriff: „Ich bin mir sicher, das tue ich gerade.“

Es folgte eine lange Minute des Schweigens. Beide verharrten in ihrer Stellung. Eine zunehmend beklemmende Ruhe in dieser bizarren Szenerie. Nicht einmal das Atmen wollte sich als Geräusch zeigen. Harry kannte dieses unbehagliche Gefühl der völligen Stille und wusste, welch verstörende Wirkung dies auf ihn haben konnte. Er drehte sich seitwärts zum Ausschank, schlug mit der Faust auf die Theke und wetterte kopfschüttelnd: „Schau' dich doch mal um, dann wirst du sehen, dass die negativen Züge deiner eigenen Persönlichkeit hier eine erhebliche Energie und Wirksamkeit gezeigt haben!“

Werner ließ sich davon nicht beirren und säuselte ohne aufzublicken: „Harry, lass' mich endlich in Ruhe.“

Mit zwei Schritten war Harry beim Wirt des *Elefanten*, riss ihn unsanft an den Armen von der Wand weg und schüttelte mit beiden Händen seine Schultern: „Werner, glaub’ mir, ich bin dein Freund. Was du hier getan hast ist auch eine Botschaft und ein Hilferuf deines Innersten. Wenn du starke emotionale Gedanken wie Angst um Sabine und die Ereignisse im Ort in dieser Weise freien Raum lässt, werden sich diese immer tiefer bei dir einnisten."

Werner stieß sich mit den Beinen ab, bis er wieder die Wand hinter seinem Rücken spürte und die Schatten sich wie ein Tuch über ihn ausbreiteten. Ein löchriges Tuch, aber es verhüllte sein Gesicht. Ein klein wenig Intimität, das war es, was er jetzt brauchte. Er musste seine Gedanken sammeln, unter Kontrolle bringen. Er fragte sich, ‚Harry, wer bist du? Wer bist du?'. Zu gern hätte er ihn gefragt. Mit Harry Sander konfrontiert. Sein Verschwinden. Seine Rückkehr. Seine Rolle.

Harry stand angelehnt an der Theke: „Deine Mimik bleibt mir verdeckt, aber deine nervösen Bewegungen sagen mir, dass du mich etwas fragen willst. Du musst etwas loswerden, nicht wahr? Warum kämpfst du mit dir?"

„Was möchtest du denn gerne hören?" fragte Werner, obwohl er genau wusste, dass dies nur eine billige Ablenkung war. Er hatte Gerhard versprochen, kein unnötiges Misstrauen hervorzurufen.

„Vielleicht möchte ich hören, was das Ganze hier soll. Es passt nicht zu dir."

„Kannst du das beurteilen? Was weist du schon von mir?"

„Genau das frage ich mich auch. Warum hängt zwischen so viel Schnickschnack nirgends ein Familienfoto oder ein stolzes historisches Dokument? Immerhin gibt es den *Elefanten* seit drei Generationen. Dafür überall Clowns, skurrile Figuren und Narren. Was verbirgst du? Warum verkriechst du dich vor mir?"

Werner drückte seine Oberschenkel fester an sich, umfasste die Beine mit seinen Armen und ließ den Kopf auf die Knie sinken. Die letzten Sätze von Harry gefielen ihm nicht, doch er wollte es sich nicht anmerken lassen. Er versuchte möglichst ruhig und gleichmäßig zu atmen, um seine Anspannung zu überspielen. Die Unterhaltung drohte eine Richtung einzuschlagen, die er nicht zulassen durfte.

Er hatte sein Leben geordnet. Wie an einer Perlenkette waren die verschiedenen Themen und Erinnerungen aufgereiht. Jede Perle hatte ihren Platz. Unverrückbar und sicher. Zusammengehalten von einem starken Verschluss. Von Sabine. Nun könnte diese Kette jeden Moment reißen und die Perlen würden wahllos über den Holzboden in die hintersten dunklen Ecken springen. Das durfte nicht geschehen. Nicht hier und nicht jetzt. Er durfte jetzt keine Dummheit begehen und schloss die Augen.

Das Knirschen von zerbrochenem Glas signalisierte ihm, dass Harry sich zwei, drei Schritte auf ihn zubewegt hatte und nun offensichtlich direkt vor ihm stand.

„Was habe ich dir getan, Werner? Habe ich dich gekränkt, verletzt oder hintergangen? Das mit Sabine tut mir leid. Ich habe das Gefühl, dass du es mir ankreidest. Dass ich an ihrem Schicksal Schuld bin. Dabei wollte ich euch nur helfen. Warum mische ich mich überhaupt ein?“

Harry ging in die Hocke und blickte in das vom Schatten halb verdeckte Gesicht von Werner: „Glaube mir, sie kommt durch und wird wieder gesund.“

„Woher willst du das wissen?“

„Weil ich kurz bevor ich hergekommen bin, den Umweg über das Krankenhaus gemacht habe. Ich habe mich erkundigt, weil mir Sabines Schicksal nicht egal ist. Verdammte noch mal! Warum tue ich mir so etwas überhaupt an?"

Es war eher ein Schluchzen, als eine Antwort von Werner: „Ich weiß nicht mehr, was ich glauben soll."

Harry streckte seine Hand aus: „Komm hoch, die Notaufnahme in Kandel ist rund um die Uhr besetzt. Ich bringe dich hin."

24
Sonntag, 18. September — Wohnung von Gerhard Weiß

In seinem Esszimmer hatte Gerhard eine Metaplanwand aufgestellt, die er heute Morgen mit seinem Kombi aus dem Schulungsraum der Feuerwehr abgeholt hatte. Etwa in der Mitte der Tafel verlief eine dicke schwarze Linie horizontal über das bräunliche Papier. In gleichmäßigen Abständen gab es Markierungen mit Datum. Der Zeitstrahl begann am Samstag vor einer Woche und ging noch eineinhalb Wochen über den heutigen Termin hinaus. Oberhalb der Zeitleiste waren rote Kärtchen aufgereiht, von Pins gehalten. Für jeden Todesfall eine Karte. Gerhard war gerade dabei den Namen „Karl Schmitt" auf den Karton zu schreiben, als es an der Tür läutete. Er nahm eine Nadel, pinnte die Karte über das Datum vom letzten Freitag, ging dann zum kleinen Fenster neben der Haustür, schob den Vorhang eine Handbreit beiseite und blickte hinaus.

Jutta Kroner stand auf der Eingangstreppe und war gerade im Begriff den Klingelknopf ein weiteres Mal zu betätigen. Zeitgleich mit dem zweiten „Ding-Dong“ öffnete Gerhard Weiß die Tür und geleitete Jutta mit einem beiläufigen: „Schön, dass du da bist, komm' rein“, in das Esszimmer. Jutta warf ihren schwarzen Mantel über eine Stuhllehne und blickte auf die vorbereitete Metaplanwand.

„Möchtest du einen Kaffee oder ein Mineralwasser?“, fragte Gerhard während er einige Unterlagen auf dem Tisch beiseiteschob und ihr einen Platz anbot.

Jutta sah sich im Raum um und fragte: „Ist Werner noch nicht hier?“

„Ich wundere mich auch, normalerweise ist er immer sehr pünktlich.“

Das Interesse von Jutta richtete sich auf die Metaplanwand vor dem Esszimmerschrank: „Die roten Kärtchen. Ich nehme an, das sind die Todesfälle der letzten acht Tage?“

„Genau. Es sind zwölf an der Zahl.“

„Kaffee“, sagte Jutta und setzte sich ans Kopfende des Tisches.

„Was meinst du?“

„Ich nehme einen Kaffee. Schwarz. Wir warten auf Werner.“

Gerhard ging durch die offene Tür in die Küche, hakte zwei Henkeltassen mit Daumen und Mittelfinger ein, platzierte sie mittig unter dem Auslauf seines Kaffeeautomaten und drehte den Wählhebel auf ‚2 große Café Crème‘. Er drückte auf Start und wartete bis das erste

Rinnsal der braunen Brühe gleichmäßig aus den kurzen Ausflussröhrchen in beide Tassen floss. Gerhard liebte den Geruch von frischem Kaffee. Ein Morgen ohne eine Tasse Kaffee war für ihn undenkbar. Ein langer Arbeitstag ohne Koffein schwierig. Ein Abend ohne einen letzten Espresso selten. Gerhard sah zu wie sich die feine goldbraune Crème als dichter Schaum über dem Kaffee ausbreitete. Ein schöner Moment für einen Kaffeejunkie wie er es war. Koffein beflügelte sein Gemüt und seine Kollegen wussten, dass man ihn am besten nicht ansprechen sollte, wenn er seiner Kaffeesucht noch nicht nachgekommen war.

Gerhard kehrte mit den Tassen ins Esszimmer zurück. Jutta saß am Tisch und tippte etwas in ihr Smartphone.

„Gibt es was Neues?", fragte Gerhard.

„Ich habe mir über das Wochenende nochmals so meine Gedanken gemacht. Es sind noch zu viele Fragezeichen, die nicht beantwortet sind."

Bevor Gerhard nachfragen konnte, klingelte es erneut.

„Das wird Werner sein."

Als er die Tür öffnete fiel sein Blick sofort auf die verbundene Hand von Werner und das Pflaster über seiner linken Stirnseite.

„Was ist denn mit dir passiert?"

„Ich habe Mist gebaut."

„Na, dann komm' erst mal rein. Jutta ist schon da."

Die erste Stunde an diesem Nachmittag verging mit Werners Versuch, seinen gestrigen Tiefpunkt zu schildern und den Bemühungen von Jutta und Gerhard, ihn zu trösten und aufzumuntern. In Bezug auf Harry vermied es Werner, seine Gefühle und die Auseinandersetzung anzusprechen und berichtete lediglich, dass Harry ihn gefunden und ins Krankenhaus gefahren hatte.

Als sich eine aufkeimende innere Unruhe durch eine längere Gesprächspause andeutete, nutzte Gerhard die Situation und schlug vor: „Ich mach' uns noch eine Runde Kaffee und dann lasst uns in aller Ruhe die Fakten zusammentragen. Sonst bringen wir uns noch alle um den Verstand."

„Also", begann Gerhard mit seinen Ausführungen, „die roten Kärtchen über dem Zeitstrahl sind die Todesfälle seit Samstag vor einer Woche. Von Samstag bis Dienstag hatten wir fünf Opfer zu beklagen. Am darauf folgenden Freitag und Samstag sieben Sterbefälle. Lediglich der Mittwoch und Donnerstag waren ohne diese schrecklichen Ereignisse. Die Frage ist nun, was verbindet diese Menschen? Welche auffälligen Gemeinsamkeiten gibt es?"

„Die Hälfte betrifft das Seniorenheim", meinte Jutta, „aber sonst? Der Unfall meines Mannes, der Herzinfarkt des Fußballers..."

Gerhard unterbrach sie und strich mit seinem ausgestreckten Zeigefinger an den roten Kärtchen entlang: „Keines der Opfer ist durch Fremdeinwirkung zu Schaden gekommen. Es war entweder ein selbstverschuldeter Unfall oder eine natürliche Todesursache." Er blickte die beiden abwechselnd an und fragt nach einer kurzen Kunstpause: „Oder gibt es einen Täter, der so geschickt zu Werke geht, dass selbst die Kriminalpolizei keinen Anlass sieht, aktiv zu werden?"

„Das ist es ja gerade, was mir Angst macht“, entgegnete ihm Jutta.

Ohne auf diesen Einwurf einzugehen fuhr Gerhard mit seinen Ausführungen fort: „Die zweite Gemeinsamkeit ist das zeitliche Zusammentreffen mit der Anwesenheit von Harry Bauer. Fragen wir uns: Wer ist dieser Mann und welche Rolle spielt er?“ Damit pinnte er das Bild aus der Vermisstenanzeige über den Zeitstrahl und daneben das Smartphone-Foto von Werners Gast aus dem *Elefanten*.

Werner stand auf, ging an die Pinnwand und betrachtet die beiden Ausdrucke aus der Nähe: „Du glaubst anhand der Fotos, dass es ein und dieselbe Person ist? Warum sollte er seine Identität gewechselt haben? War Harry Sander in kriminelle Machenschaften verstrickt?“

„Darüber ist mir nichts bekannt“, antwortete Gerhard, der nun ebenfalls aufgestanden war und sich neben Werner stellte:

„Du sagtest, er hat am Samstag vor einer Woche bei dir eingecheckt. Richtig?“

„Ja, so um die Mittagszeit.“

„Allerdings war er nicht die ganze Woche über da.“

„Am Dienstag und Mittwoch hat er sein Zimmer nicht benutzt und ist erst am späten Donnerstagnachmittag zum Traueressen von Juttas Mann zurückgekommen.“ Er blickte zu Jutta, die ihm kopfnickend Zustimmung signalisierte.

„Und gestern am Samstag habe ich ihn auch erst gesehen, als er mich spät in der Nacht in der Gaststube fand.“

Gerhard kennzeichnete die jeweiligen Tage durch Markierungen auf dem Zeitstrahl. „Das sind doch schon mal erste Hinweise.

Bis auf seine Abwesenheit am Dienstag. Wurde da nicht der Serbe Darko Teslo in deinem Gästehaus gefunden?"

„Ja, aber er wurde früh morgens entdeckt und war wohl bereits seit einigen Stunden tot. Rate mal, wer ihn gefunden hat?"

„Harry Bauer?"

„Ganz genau, er hatte das Zimmer neben ihm."

„Ich dachte Harry Bauer war am Dienstag nicht da?"

„Er hat das Gästehaus erst am Nachmittag verlassen."

„Das kann doch kein Zufall mehr sein. Mit Sicherheit können wir sagen, dass er bei Theo Sitter, Paul Müller und Darko Teslo am Ort des Geschehen war, als sie starben."

„Das ist doch kein Beweis, dass er die drei auf dem Gewissen hat", brummte Werner, „du sagst doch selbst, dass sie eines natürlichen Todes gestorben sind."

„Du hast Recht. Er müsste dann schon übernatürliche Fähigkeiten haben."

„Womöglich hat er den bösen Blick!" entgegnete Werner schnippisch.

Jutta schüttelte ungläubig den Kopf: „Kann man jemanden nur durch einen bösen Blick töten? Ich glaube nicht an so etwas. Das sind doch Ammenmärchen."

Gerhard hob seine Hand: „Es soll Kulturen in unserer Welt geben, die davon überzeugt sind, dass man durch Gedanken einer anderen Person Schaden zufügen kann wie Krankheit, Verletzung oder sogar Tod."

Den Schalk hatte Werner offensichtlich immer noch im Nacken, als er Jutta anblickte und mit ernster Stimme meinte: „In Europa wurde der böse Blick im Mittelalter meist Frauen zugeschrieben."

„Lasst uns zu den Fakten zurückkehren", ermahnte Gerhard, „entweder entspringt alles, was wir uns zusammenreimen einem wirklich unvorstellbaren Zufall oder wir übersehen etwas Grundsätzliches."

„Also, als Zufall kann man das nicht mehr bezeichnen", seufzte Werner tief.

Gerhard setzte sich ebenfalls wieder an den Tisch und erklärte: „Wir suchen für alle Ereignisse einen Grund, was nicht notwendigerweise bedeutet, dass es immer einen logischen Zusammenhang geben muss. Selbst der geschätzte Victor Hugo sagte, dass die großen Zufälle das Gesetz sind. Die Ordnung der Dinge kann nicht auf sie verzichten", dabei schnippte er mit dem Finger und ergänzte, „man könnte auch fragen, ob wir für diese zufällig erscheinenden Ereignisse lediglich noch zu wenig Informationen haben, um eine schlüssige Folgerung zu treffen."

„Wir betrachten nur die Varianten Zufall oder Bauer. Gibt es wirklich keine andere Erklärung?", wollte Jutta wissen.

„Hast du eine?" fragte Werner nach.

Jutta zog ihre Schultern hoch, nippte an ihrem Kaffee und sagt dann fast beiläufig: „Ich habe ihn direkt gefragt."

„Wen?"

Werner war nun sichtlich verblüfft.

„Harry Bauer. Am Samstagvormittag im *Art-Café*."

„Am Nachmittag gab es drei weitere Opfer im Seniorenheim.", polterte Werner.

Jutta schien hiervon unbeeindruckt, und fuhr fort: „Herr Bauer hat auf mich nicht den Eindruck gemacht, als bereite er sich auf das nächste Attentat vor. Es hat bei ihm tiefe Verdrossenheit ausgelöst, dass diese furchtbare Häufung von Sterbefällen ausgerechnet jetzt auftritt und man möglicherweise einen Zusammenhang zu seiner Person herstellt. Außerdem ist er enttäuscht darüber, dass du dich", sie blickte Werner an, „in den letzten Tagen zusehends distanziert, ja abweisend, verhältst."

Gerhard beugte sich zu Jutta über den Tisch und fragte provozierend langsam: „Kann es sein, dass er dir ein wenig den Kopf verdreht hat und deine Situation ausnutzt?"

„Nicht doch Gerhard, das geht wirklich zu weit!", griff Werner barsch ein und schüttelte dabei mehrmals den Kopf.

Jutta ließ sich nicht aus dem Konzept bringen, blickte nur kurz zu Gerhard auf der Längsseite des Tisches und wendete sich erneut direkt an Werner: „Ich will damit andeuten, dass es auch Situationen gegeben hat, die ein anderes Licht auf Herrn Bauer werfen. War er dir nicht sympathisch? Hat er nicht geholfen, deine Frau rechtzeitig zu finden und dich gestern Nacht ins Krankenhaus gefahren? Er hat sich spontan um den jungen verzweifelten Paul Müller gekümmert, was wir jetzt als Indiz gegen ihn verwenden. Kann es nicht sein, dass er auf dem Sportplatz nur zum Zuschauen war? Und ja, Harry Bauer ist ein durchaus netter und zuvorkommender Mann."

Werner verschränkte seine Arme und lehnte sich im Stuhl zurück. Er wusste selbst wie zerrissen er in seiner eigenen Meinung war. Er hatte es gerade am eigenen Leib verspürt wie Mutlosigkeit und Zukunftsangst die Psyche eines Menschen zermartern können und den Schmerz in seiner Seele spürbar machte. Sein Denken war wie in Mauern eingeschlossen. Gestern.

Hilfesuchend ging Werners Blick zu Gerhard: „Was meinst du? Für dich gibt es keine emotionale Verbindung zu Harry Bauer. Du kennst ihn ja nicht persönlich."

Gerhard drehte den beiden den Rücken zu und betrachtete seine Aufzeichnung der Fakten auf dem braunen Papier. Werner und Jutta schwiegen und warteten darauf, dass Gerhard endlich etwas sagte. Was auch immer die Folgerung sein mochte, die sie mit sich herumtrugen, es war eine erdrückende Last.

Endlich drehte sich Gerhard wieder um und richtete seine Frage direkt an Werner: „Zufall hin, Zufall her. Ist Harry Bauer heute in Jockgrim?"

„Er hat sich nicht abgemeldet."

„Dann sollten wir ihn schnellstens aufsuchen."

„Ich rufe ihn gleich mal an. Ich habe seine Handynummer", schlug Werner vor und wollte gerade sein Smartphone entsperren, als Gerhard ihn mit einer Handbewegung zurückhielt: „Halt, warte mal. Vielleicht sollten wir ihn erst mal beobachten."

„Du meinst beschatten, nachschnüffeln?"

„Nennen wir es lieber sorgende Aufsicht."

Jutta war aufgestanden, hatte bereits ihren Mantel im Arm und fragte schnippisch: „Spielen wir jetzt Tatort? Soll ich vielleicht die verdeckte Ermittlerin mimen?"

Gerhard, der sich ebenfalls erhoben hatte, drückte sie

sanft auf den Stuhl zurück: „Wir haben Gott sei Dank noch keine Informationen darüber, dass es heute weitere Opfer gegeben hat. Falls Harry Bauer diesen Sonntag in Jockgrim ist, sollten wir ihn nicht aus den Augen lassen“, er wendete sich an Werner, „kannst du das mit deinem Telefonanruf herausfinden, ohne dass er Verdacht schöpft?“

Das Freizeichen signalisierte Werner, dass die Leitung zum Angerufenen nicht belegt war. Es klingelte viermal ehe sich eine Stimme meldete: „Ja bitte?“

„Hallo Harry. Ich glaube, ich habe einiges gut zu machen.“

25
Sonntag, 18. September — Gasthaus *Zum Elefanten*

„Von wo aus können wir den Eingang des Gästehauses unbemerkt im Auge behalten?“ fragte Gerhard, nachdem sie im *Elefanten* angekommen waren.

„Zur Parkplatzseite gibt es lediglich zwei Fenster“, erklärte Werner, „eines im Erdgeschoss auf dem Gang zum Lagerraum, das andere in einem Abstellraum im ersten Stock.“

„Lass uns mal einen Blick aus dem ersten Stock werfen“, entschied Gerhard.

Werner ging als erster die schmale steile Holztreppe mit ihren speckigen, abgewetzten Stufen hoch. „Die Stiege gibt es bereits seit 1840. Sie ist noch im Original erhalten.“

Gerhard nickte ihm von unten zu und prüfte durch leichtes Rütteln, ob der Handlauf noch fest im Gemäuer verankert war.

Die Stufen endeten in einem schmalen kurzen Gang. Die Tapete mit großen auffälligen weinroten Blumenornamenten ließ den Treppenabsatz dunkel und erdrückend erscheinen. Je eine Tür befand sich zu beiden Seiten. Jutta blieb auf der letzten Treppenstufe stehen und drehte sich um: „Sind solch steile Treppen eigentlich noch erlaubt? Allzu oft kommst du hier wohl nicht herauf?"

„Eigentlich nie", entgegnete Werner und reichte ihr die Hand, „wir haben unsere Privaträume auf der anderen Seite des Gebäudes, am Haupteingang."

Er öffnet die Tür auf der rechten Seite und sie betraten einen länglichen Raum, durch dessen kleines Fenster nur wenige Sonnenstrahlen den Weg ins Innere fanden. Die Wände waren verputzt, aber der grüne Anstrich verblasst und der Mörtel bröckelte an einigen Stellen. An der schmalen Seite stand ein Holzregal mit zwei alten Uhren, einem Globus, einer Petroleumleuchte und einer schwarzen mechanischen *Urania-Schreibmaschine,* deren Typenschild nur noch teilweise zu lesen war. Genau gegenüber lehnte ein altes Damenfahrrad mit platten porösen Reifen und herabhängender Kette an der Wand. Dazwischen stapelten sich Kartonagen unterschiedlicher Größe. Die aufgewirbelten Staubflocken deuteten darauf hin, dass die Zeit hier stehengeblieben war.

Jutta musste niesen und fragte: „Zum Saubermachen kommt hier auch niemand hoch? Was ist eigentlich in den Kisten und Pappschachteln?"

Werner zuckte lediglich mit den Schultern, woraufhin Jutta verständnislos den Kopf schüttelte.

Das kleine Fenster war auf Brusthöhe und ermöglichte über den Hof einen direkten Blick auf die Eingangsfront des Gästehauses. Gerhard prüfte Blickwinkel und Entfernung und drehte sich dann zu Werner: „Hat Harry Bauer sein Zimmer auf dieser Seite?“

„Ja, im ersten Stock, das zweite Fenster links vom Eingang. Das Fenster ist aufgeklappt.“

„Gibt es noch einen anderen Zugang?“

„Eigentlich nicht. Bis auf den Notausgang auf der Rückseite des Gebäudes. Er lässt sich nur von innen öffnen und gibt ein Warnsignal ab, wenn die Verriegelung geöffnet wird. Siehst du die rote Signallampe über der Eingangstür?“

„Perfekt. Wie gehen wir nun vor?“

„Ich werde um 17:00 Uhr wieder die Gaststätte öffnen. Natürlich nur den kleinen Raum. Harry wollte auch kurz vorbeischauen, nachdem ich mich entschuldigt habe.“

Jutta schaute auf die Uhr: „Das heißt, du hast noch eineinhalb Stunden Zeit?“

„Eigentlich nicht. Ich muss noch Vorbereitungen treffen, bevor die ersten Gäste kommen. Außerdem will ich kurz bei Sabine in Kandel vorbeifahren. Ich wäre euch dankbar, wenn ihr euch den Job hier oben teilt.“

Gerhard, der immer noch aus dem Fenster spähte, trat plötzlich einen Schritt zurück, als ob er verhindern wollte, dass er gesehen wird.

„Harry Bauer hat gerade den Vorhang zugezogen“, flüsterte er.

„Er kann dich nicht hören und auch nicht sehen, solange du kein Licht anmachst", erwiderte Werner übertrieben laut und ergänzte im Hinausgehen, „jedenfalls wissen wir, dass er sich in seinem Apartement aufhält."

Sie hörten die Treppe hinunterhastende Schritte und wie die Tür ins Schloss fiel. Überrascht von dem plötzlichen Aufbruch von Werner standen sich die beiden zunächst verblüfft gegenüber, ehe Gerhard vorschlug: „Am besten wir bleiben solange gemeinsam hier, bis Harry in den Gastraum kommt. Dann gesellen wir uns wie zufällig dazu."

Nach einer halben Stunde, in der nichts geschah, war ein leises Piepsen zu hören. Gerhard zog seinen Meldeempfänger der Feuerwehr aus der Tasche, sah auf das Display und sagte achselzuckend zu Jutta: „Ich muss kurz ins Feuerwehrhaus. Ich werde mich beeilen. Ist das in Ordnung für dich oder sollen wir die Sache abbrechen?"

Sie atmete tief und erwiderte: „Ist schon in Ordnung. Ich kann dich ja per Handy erreichen, wenn sich hier etwas tut."

„Ich beeile mich", wiederholte Gerhard und war bereits in Richtung Tür unterwegs, „das Feuerwehrhaus ist nicht weit von hier." Im Widerspruch zu ihrer Antwort war es für Jutta nicht in Ordnung. Diese Blöße wollte sie sich jedoch nicht geben. Allein in diesem Haus, in diesem Zimmer mit ihrer Stauballergie. Und was, wenn sie pinkeln musste? Wer beobachtet dann den gegenüberliegenden Eingang?

Gerhard blieb ungewöhnlich lange weg. Sie hatte nicht auf die Uhr geschaut, aber mit der Zeit überkam sie ein mulmiges Gefühl. Sie ging zur Tür und lauschte nach unten. Es war still. Offensichtlich war auch Werner noch nicht aus dem Krankenhaus zurück. Mit zwei schnellen Schritten war sie wieder am Fenster. Gegenüber waren keine Auffälligkeiten zu erkennen. Harry hatte das Fenster geschlossen. Es war das einzige Mal, dass sie seinen Schatten sah. Seit Gerhard nach unten ging, hatte niemand das Gästehaus verlassen. ‚Wo blieb Gerhard? Er wollte doch gleich wieder zurück sein?'

Sie merkte wie sie zunehmend allergisch auf den Staub reagierte. Es war dieses kurze nervöse Husten, obwohl sie kein Kitzeln im Rachen empfand, und der leichte Juckreiz in ihren Augen. Unruhig kramte sie einen Spiegel aus ihrer Handtasche, prüfte ob ihre Augen geschwollen waren und steckte ihn wieder zurück, nachdem sie nichts erkennen konnte. Oder war es die Luft? Jedenfalls hatte sie das Gefühl weniger Luft zu bekommen. Vor allem hatte sie die Sorge, dass ihr jeden Augenblick schwindlig werden könnte. Wahrscheinlich war es nur die Anspannung.

Endlich Schritte auf der Treppe. „Gott sei Dank, " murmelte sie in sich hinein, „das muss Gerhard sein."

„Gerhard?"

Die Schritte wurden langsamer.

„Gerhard?"

Das Knarren der alten Treppendielen verstummte.

Jutta drehte ihren Kopf, lauschte einige Sekunden und war der Ansicht, ein leises Geräusch zu hören. Ein kaum hörbares Ein- und Ausatmen vor der Tür. Sollte sie auf dem Gang nachsehen? Sie zögerte zunächst, ging dann vorsichtig quer durch den kleinen Raum und hielt ihr Ohr an das Türblatt. Das gleichmäßige Schnaufen war nun deutlich zu vernehmen. Sie trat einen Schritt zurück, wartete einige Sekunden, wollte nochmals Gerhards Namen rufen, ließ es jedoch sein. Bedächtig streckte sie ihre Hand aus, drückte die Klinke herunter und öffnete die Tür. Ihre Blicke kreuzten sich nur für Bruchteile einer Sekunde und fuhren ihr dennoch sofort durch Mark und Bein. Mit einem gellenden Schrei taumelte sie zurück und sank vor den Kartonagen zu Boden.

Die nackte Angst hatte Jutta ergriffen und erfasste mit ihrem Würgegriff all ihre Sinne. Plötzlich waren da nur noch diese laut pochenden Schläge, die mit voller Heftigkeit das Blut in ihren Kopf pressten. Eine Dampflok, die schwerfällig ihre Fahrt aufnahm und dabei den Kesseldruck permanent erhöhte, bis das stoßweise Pfeifen und Zischen bei schneller werdender Fahrt durch ein gleichbleibendes Röhren ersetzt wurde. Ihr Herz fing an zu rasen. Der Schweiß in ihren Händen fühlte sich eiskalt an und sie begann am ganzen Körper zu zittern. Der Druck auf ihre Brust nahm unerbittlich zu, so dass sie kaum noch atmen konnte. Sie fühlte, dass etwas Schlimmes mit ihr passierte, was sie nicht kontrollieren konnte. Voller Panik dachte sie an Schlaganfall, Herzstillstand, an irgendetwas, was ihr in den nächsten Sekunden das Leben kostet würde. Sie war sich sicher, jetzt sterben zu müssen. Jetzt war sie dran, genau wie die anderen zuvor. Sinnlos, heimtückisch und beängstigend. Die Angst hatte sich bei ihr bis ins Unerträgliche hochgeschaukelt. Alles um sie herum begann sich zu drehen. Jutta wurde schwindlig und übel. Jeder Körperteil schmerzte. Es wurde schwarz vor ihren Augen. Sie fühlte, dass es mit ihr zu Ende ging.

26
Sonntag, 18. September — Keller von Thomas Lacher

Thomas Lacher wusste nicht wieviel Zeit verstrichen war, seit er den Kellerraum betrat. Er hatte das Gefühl für Zeit längst abgelegt wie seine seit Jahren nicht mehr benötigten Anzüge. Wiederholt nickte er seinem Gegenüber zu. Die beiden waren die Letzten in diesem Keller. Frank Arian, der untersetzte Grauhaarige, der mit zusammengekauert Beinen auf dem Boden saß und sich mit seinem Rücken an der weißen Wand abstützte und Thomas Lacher, der Alte aus der Wohnung im ersten Stock. Gemeinsam hatten sie das Vaterunser gebetet. Von da an lag ein seltsames Schweigen im Raum. Thomas Lacher schaute zu dem Grauhaarigen hinüber. Die letzten Minuten hatte dieser nicht mehr auf seine Gesten reagiert.

An und für sich sollte Thomas Lacher zufrieden sein, denn genau genommen lief es besser als er geplant hatte. Außer Gunther Müller hatten alle mitgemacht. Gunther war der Jüngste ihrer Gruppe und offensichtlich hatte ihn der Mut verlassen. Jedenfalls war er kurzfristig ausgestiegen. Frank Arian hob seinen Kopf und lächelte Thomas Lacher zu. Es war kein ängstliches Verziehen seiner Mundwinkel, sondern eher ein dankbares und zufriedenes Strahlen. Als ob er ihm mit seinem Lächeln nochmals sein Wohlwollen signalisieren wollte. Eigentlich passte diese versöhnliche Mimik seiner faltigen Mundwinkel nicht zu den Augen. Die Pupillen wirkten klein, starr, fast leblos. Vielleicht war dies der Blick, mit dem er auf sein Leben zurückblickte? In wenigen Minuten würde Frank Arian die Kontrolle über seinen Körper verlieren. Thomas Lacher sah es an dem leichten Zucken seiner Beinmuskeln. Seine Muskulatur würde sich entspannen, er würde langsam zu Boden sinken und flach auf der Matte liegen. Wie all die anderen in diesem Kellerraum.

Eine Kerze war erloschen. Nicht mit einem flackern, sondern ruhig und gleichmäßig wie von einem Dimmer gesteuert, bis nur noch ein dünner schwarzer Rauchfaden sich in leichten Pirouetten zur Zimmerdecke drehte. Ein letztes Ausatmen.

Sie hatten die Idee schon seit einigen Monaten in ihren Köpfen. Mal mehr Mal weniger. In den letzten Wochen trafen sie sich öfters. Nach dem Tod von Franks Frau war die Vereinsamung für ihn der am meisten bewusst oder unbewusst übersehene Faktor. Zurückgezogenheit und Leere kamen nicht sofort. Am Anfang wirkte das Alleinsein nicht bedrohlich, ja es war sogar eine Art neuer Freiheit, dachte er. Die Zeiten, als ihn der Beruf ausfüllte, waren längst vorbei und die von seiner Frau gepflegten Kontakte mit Nachbarn und Freunden begannen rasch zu verblassen oder sich aufzulösen. Verstärkt durch die eigene Gebrechlichkeit hatte sich die Beziehungslosigkeit bei ihm in den letzten Jahren zugespitzt. Das zunehmende Gefühl von anderen abhängig zu sein, war für Thomas Lacher zuletzt unerträglich. Ihm war klar, dass er handeln musste, sobald sein Dasein nur noch ein täglicher Kampf über den Sinn des Lebens sein würde. Und er hatte Mitstreiter, die ähnlich fühlten.

Eine einzige Frage war offen. Die Frage nach dem Zeitpunkt. Während der letzten Tage und Stunden hatte er oft überlegt, warum gerade jetzt? Warum entschieden sie sich fast zwanghaft innerhalb der letzten vierundzwanzig Stunden, nachdem sie schon monatelang darüber diskutiert und philosophiert hatten? Thomas Lacher fand keine Antwort, zumindest keine die ihm plausibel genug erschien. Vielleicht kam ein Entschluss schlagartig und unerwartet, wenn die Zeit reif war? Ein innerer Trieb hatte sich in ihn verbissen und das Verlangen, es jetzt zu tun, hatte alle anderen Gedanken verdrängt. Selbst für bewusste Ablenkungen durch liebgewonnene Tätigkeiten fehlte ihm in den letzten beiden Tagen die Konzentration. Der Gedanke, es zu tun, wurde zur zwingenden Notwendigkeit.

Thomas Lacher blickte wieder vor sich auf den Boden. Lediglich die oberste Kerze brannte noch und warf blasse Schatten auf die gekalkten Wände. Das Weiß, die Stille, die Leere. Warum fielen ihm diese drei Worte ein? Er wusste es nicht, aber es wurde Zeit, sich ebenfalls niederzulegen. Das letzte Geräusch, welches er vernahm, war das leise Aushauchen der Luft durch seine zusammengepressten Lippen.

Es war erst das zweite Mal, dass Gerhard Weiß den *Elefanten* verlassen musste, weil sein Signalempfänger ihm einen entsprechenden Hinweis gab. Das erste Mal vor zehn Monaten, als der mysteriöse, bis heute nicht vollständig aufgeklärte Unfall auf der B9 geschah. Die Strecke vom *Elefanten* zum Feuerwehrhaus war nur kurz, so dass Gerhard als einer der ersten den Einsatzraum im Obergeschoss über den Garagen erreichte. Ein Passant hatte CO_2-Alarm gemeldet. Nach wenigen Minuten waren sie mit dem Einsatzfahrzeug an der angegebenen Adresse.

Vor dem Haus wartete ein gedrungener Mann mit schwarzem Rollkragenpulli und beiger Tweetkappe. Er trippelte nervös von einem Fuß auf den anderen, blickte abwechselnd in beide Richtungen die Straße hinunter und hielt seinen Labrador-Retriever straff an der Leine. Gerhard Weiß ging auf ihn zu: „Sind sie Bernd Lohr? Haben sie den Notruf gewählt?"

„Ja, das bin ich. Ich hoffe, ich habe nicht leichtfertig und vorschnell gehandelt."

„Erzählen sie mir einfach was vorgefallen ist. Wir werden die Sache klären."

„Also, ich ging mit meinem Hund spazieren und bemerkte, dass die Kellertür im Haus meines Bekannten offen stand." Er machte eine halbe Drehung und zeigte auf den Eingangsbereich des zweigeschossigen Hauses, das längst die eine oder andere Renovierung notwendig hätte. „Ich habe geklingelt und als niemand öffnete, dachte ich, er wäre unten. Also ging ich die Kellertreppe hinunter, um ihm ‚Hallo' zu sagen. Ich rief ihn, bekam allerdings keine Antwort. Am Ende des Ganges erweckte ein großes handgeschriebenes Plakat an einer Tür meine Neugier. Ich ging ein paar Schritte näher und sah, dass wohl jemand mit dickem rotem Filzstift einen CO_2-Hinweis auf einen Karton geschrieben hat. Ich machte mir zunächst keine Gedanken darüber und versuchte die Tür zu öffnen. Sie war verschlossen. Als ich ein zweites kleineres Blatt Papier unterhalb des Warnhinweises sah, habe ich Panik bekommen, bin nach draußen gelaufen und habe den Notruf gewählt. Das war doch richtig, oder?"

„Aber natürlich", nickte ihm Gerhard Weiß anerkennend zu, „was stand auf dem Blatt?"

„Kann ich nicht genau sagen, ich habe nur so etwas wie ‚Hilfeverbot' gelesen und bekam es mit der Angst zu tun."

„Und der Hund? Hat er nicht ungewohnt reagiert?"

„Ich hatte ihn hier am Zaun angebunden. Mein Bekannter mag es nicht, wenn ich das Tier mit ins Haus nehme."

„Wie heißt denn ihr Bekannter?"

„Thomas Lacher. Wir kennen uns schon seit zwanzig Jahren. Unsere Frauen waren eng befreundet. Er ist über neunzig und schon ein wenig gebrechlich und lebt eigentlich sehr zurückgezogen. Ich klingele ab und zu, wenn ich hier vorbeikomme."

Unter Atemschutz bewegten sich zwei Brandschützer die Kellertreppe hinunter, um mit dem Messgerät den Kohlenwasserstoffgehalt festzustellen. Dieser war im Gang in Bodennähe sehr gering. Auch vor dem gekennzeichneten Kellerraum war die Konzentration nicht beängstigend. Beide nahmen ihre Masken ab und standen nun direkt vor dem verschlossenen Eingang des Kellers. An der Tür klebte unübersehbar in großen Druckbuchstaben ein

CO_2-Warnhinweis. Darunter ein maschinengeschriebener Hilfeverbot-Hinweis mit acht Namen und den dazugehörigen Unterschriften. Sie schauten sich kurz in die Augen: „Das sieht nach gemeinschaftlichem Suizid aus. Vielleicht können wir noch helfen."

Beide zogen ihre Atemschutzmasken wieder an und brachen die Tür gewaltsam auf. Als sie den Raum betraten zeigte das Display auf dem Messgerät einen extrem hohen Wert an, der sich jedoch kontinuierlich absenkte, nachdem sich das Gas im gesamten Kellergeschoss ausbreiten konnte. Als sie erkannten, dass jede Hilfe zu spät kam, leiteten sie unverzüglich Lüftungsmaßnahmen ein. Nachdem sie das Kellergeschoss mit all seinen Räumen auf verbliebene CO_2-Konzentrationen durchgemessen hatten, gaben sie die Räumlichkeiten für den inzwischen eingetroffenen Notarzt und die Polizei frei.

Der Kellerraum war relativ klein. Keine zwanzig Quadratmeter groß. Die acht leblosen Körper lagen auf Isomatten und Decken an den beiden Wänden links und rechts der Tür auf dem Rücken oder gekrümmt auf der Seite. In der Mitte des Raumes war eine zweistufige Trittleiter aufgestellt. Auf dem Boden und auf den Stufen waren dicke erloschene Kerzen drapiert. Der breite Schlitz zwischen Tür und Boden war mit selbstklebendem Dichtungsband verschlossen und mit breitem Abdeckband, wie es die Maler verwenden, überklebt. In gleicher Weise waren die seitlichen Türspalte sowie das kleine Kellerfenster präpariert.

Auf dem Boden zerstreut, befanden sich Tablettenröhrchen mit starkem Schlafmittel. Neben jeder Leiche stand ein zum Teil noch halbvolles Glas. Eine nicht unerhebliche Ansammlung von leeren Wein- und Schnapsflaschen ließen keinen Zweifel aufkommen, was sich vor kurzem noch in den Gläsern befand. Einer Leiche war offensichtlich ein Bündel Papiere aus einer Klarsichthülle gerutscht und verteilte sich nun neben dem leblosen Körper. Es stellte sich heraus, dass es sich um Todeserklärungen, Abschiedsbriefe und in zwei Fällen um Rentenverfügungen handelte.

Alles schien sorgsam vorbereitet. Die nachträgliche Berechnung ergab, dass ungefähr dreißig Kilo Trockeneis zum Einsatz kamen, um den gemeinschaftlichen Suizid durch freigesetztes Kohlenstoffdioxidgas im Raum herbeizuführen.

27

Sonntag, 18. September — Gasthaus *Zum Elefanten*

Werner schüttelte Jutta, die zusammengekauert und zitternd zwischen den Kartonagen in der Dachkammer saß und starr auf den Boden blickte: „Jutta, was ist mit dir los? Wo ist Gerhard?“

„Ich habe ihn gesehen, er war hier!“, antwortete sie monoton ohne den Kopf zu heben.

„Wer? Gerhard?“

Jutta erhob sich mühsam, fuhr sich durch ihr Haar und blickte aus dem Fenster: „Nein, Harry war hier. Ich habe ihm direkt ins Gesicht geblickt und bin dann hier rückwärts in die Kartons gestürzt.“

Sie klopfte sich den Staub von ihrem Kleid. „Ich hatte richtige Todesangst."

Werner legte seine Arme um ihre Schultern, drehte sie zu sich und fasste ihre Hände: „Beruhige dich, Jutta. Alles ist gut. Ich stand vor der Tür und wollte gerade eine *WhatsApp-Nachricht* absetzen, als du die Tür aufgerissen hast. Ich bin richtig erschrocken."

„Du? Das glaube ich nicht!"

„Doch. Ich bin langsam die Treppe hochgestiegen, weil ich noch die Meldungen auf meinem Handy gecheckt habe."

„Ich glaube, ich werde allmählich verrückt."

„Es ist für uns alle etwas viel. Komm' mit runter und hilf mir. Es ist gleich Fünf, ich muss das Lokal aufmachen."

„Wir müssen doch Harry beobachten!"

„Ich habe soeben mit ihm telefoniert. Er kommt später rüber."

Als sich nach Siebzehn Uhr die kleine Gaststube füllte, hatte sich das Ereignis längst wie ein Lauffeuer verbreitet. Sogar die TV-Nachrichten brachten einen kurzen Bericht über den gemeinschaftlichen Suizid in einer kleinen südpfälzischen Gemeinde. Gegen halb Sechs kam Gerhard von seinem Einsatz zurück, setzte sich zu Jutta an die Theke, bestellte per Handzeichen ein Pils und trank es, ohne ein einziges Wort zu sagen.

Nach einem zweiten Glas drehte er sich zur Seite und murmelte: „Hallo Jutta. Alles klar?" Jutta vermied es, von ihrem Problem zu berichten. Sie dachte sich, dass Gerhard die letzten beiden Stunden genug auf seinen Schultern zu tragen hatte und antwortete: „Ja natürlich. Ich denke mir geht es im Augenblick wesentlich besser als dir.“ Sie wusste, dass dies eigentlich nicht ihrem wahren Gemütszustand entsprach. Beide saßen eine Weile stumm vor ihren Gläsern, bis Jutta fragte: „Wie kann sowas geschehen? Was passiert mit diesen Menschen?“ Gerhard hatte sich spürbar wieder gefasst und erklärte ihr gelassen: „Der Herzschlag wird beeinträchtigt, die Atmung ebenfalls, du wirst müde, du schläfst ein, Herzschlag und Atmung werden langsamer und flacher bis sie schließlich ganz aussetzen. Das CO_2 geht selbstverständlich nicht schlagartig in dein Blut über, sondern kontinuierlich. Unterstützt und beschleunigt wurde das ganze durch eine Überdosis Schlafmittel und reichlichen Alkoholkonsum. Vor allem für ältere Menschen eine tödliche Kombination.“

„Konnte der Notarzt etwas über den Todeszeitpunkt sagen?“, fragte Jutta nach.

„Er hat sich sogar ziemlich eindeutig festgelegt. Es war zwischen halb Vier und Vier heute Nachmittag.“

„Um halb vier haben wir doch gesehen wie Harry den Vorhang in seinem Zimmer zuzog“, mischte sich nun auch Werner in das Gespräch ein.

„Ich habe ihn eine halbe Stunde später gesehen wie er das Fenster geschlossen hat“, Jutta machte eine kurze Pause, „jedenfalls glaubte ich, dass es Harry Bauer war, der hinter dem Vorhang stand.“

„Harry Bauer hat in der besagten Zeit das Gebäude mit Sicherheit nicht verlassen. Wir hatten den Eingang bis halb fünf immer im Blick“, bekräftigte Gerhard.

„Haben wir uns von einem Hirngespinst leiten lassen und gehen einer falschen Fährte nach?“ Werners Frage blieb an diesem Abend unbeantwortet.

28
Montag, 19. September — Der *Rote Weg*

Es war mal wieder einer dieser Montage, die man am liebsten aussparen würde. Der Montag ist bei vielen Menschen unbeliebt, für Gerhard war es eigentlich immer der wohl unangenehmste Tag der Woche. *I don't like Mondays* war seine Lieblingszeile aus einem Song der *Bangels*. Sich aufrappeln und sofort voller Energie sein, das war nicht sein Ding. Vor allem montags. Der Kaffee von Gerhard war tiefschwarz und stark. Das half meistens.

Dieser Wochenbeginn war allerdings noch weniger passend, um sich motiviert in den Alltag zu stürzen. Überall im Dorf waren die Aufregung und das Entsetzen zu spüren. Noch immer konnten die Bewohner nicht begreifen, was gestern Nachmittag passierte. Polizei und Kripo waren allgegenwärtig und befragten Angehörige, Bekannte und Nachbarn. Der Zugang zum Haus von Thomas Lacher war an beiden Enden der Straße abgesperrt, um Schaulustige abzuhalten. Nur Anlieger durften passieren. Fast alle Toten hatten Familienmitglieder, die im näheren Umkreis wohnten und sich nach und nach im Bürgermeisteramt einfanden, wo Polizei, Seelsorge und Feuerwehr einen provisorischen Informationsraum eingerichtet hatten.

Das überregionale Medieninteresse von TV, Radio und Presse war groß und führte dazu, dass die beiden einzigen Cafés, schon am Vormittag ein gutes Geschäft verbuchen konnten. Für beide ein selten guter Montag. Nicht so für den kleinen pfälzischen Ort im Süden der Pfalz, der innerhalb einer Woche bundesweit einen bizarren Bekanntheitsgrad erlangte. Ein Tag ohne mysteriöse Sterbefälle wäre inzwischen schon ein außergewöhnliches Ereignis.

Jutta, Werner und Gerhard hatten vereinbart, sich um Zwölf Uhr am Hintereingang des Friedhofes zu einem Spaziergang zu treffen. Die frische Luft würde ihnen gut tun, um den Kopf frei zu bekommen.

„Lass uns den *Roten Weg* über die Felder zum alten Ortsteil hinübergehen. Es ist eine schöne Strecke und wir können die Sauerstoffdusche in der Sonne genießen", schlug Jutta vor.

Die erste Viertelstunde liefen sie den betonierten Feldweg, ohne auch nur ein Wort miteinander zu wechseln. Links von ihnen zogen sich Wiesen mit vereinzelten alten Laubbäumen hin. Rechts davon säumten Pflanzungen und Ackerland den Weg. Jutta ließ ihre Arme baumeln, ließ die Luft mit einem sanften Pressen aus ihrem Mund wirbeln und meinte zwischen zwei Atemübungen: „Einfach tief einatmen, abschalten und auftanken."

Schon beim Treffpunkt hatte sie die innerliche Unruhe bemerkt, die Werner ausstrahlte. Die Begrüßung war distanziert, er wirkte in sich gekehrt, gereizt und einfach schlecht gelaunt. So war es nicht verwunderlich, dass er nur kurz zu Jutta hinüberblickte und leicht patzig entgegnete: „Ich zweifele, ob ich dadurch entspannter und ruhiger werde."

Gerhard hatte sich ein paar Meter abgesetzt, blieb stehen, bis die zwei aufgeschlossen hatten und fragte unerwartet: „Ist euch eigentlich aufgefallen, dass alle Verstorbenen männlich waren?"

Die Lust, die Geschehnisse jetzt und hier aufzurollen, war bei Werner nicht vorhanden, weshalb er ungewohnt barsch reagierte: „Ich habe nun wirklich nicht alle Opfer im Kopf. Vor allem nicht die von gestern!"

Als hätte es diese Antwort nie gegeben, fuhr Gerhard unbeeindruckt fort: „Bis auf die ersten fünf Opfer hat es sich ausschließlich um alte Menschen gehandelt. Ich war heute Vormittag mit einer Kopie der Hilfeverbotsliste und den Namen der Verstorbenen aus dem Seniorenheim auf der Gemeindeverwaltung" – er machte wieder eine seiner Kunstpausen – „und jetzt haltet euch fest, was ich entdeckt habe?"

Als seine beiden Begleiter nicht reagierten, spazierten sie noch ein paar Schritte stumm weiter und reihten sich dann hintereinander ein, da ihnen von vorne ein Pickup entgegenkam. Als dieser langsam die Gruppe passiert hatte, nutzten sie wieder die ganze Breite des Feldweges. Jutta wusste natürlich, dass Gerhard ungeduldig darauf wartete, seine Informationen loszuwerden und begierig auf eine entsprechende Nachfrage wartete. Also stieß sie ihn mit dem Ellbogen sanft in die Seite und sagte augenzwinkernd: „Du alte Nervensäge, nun sag schon, was du so bemerkenswertes entdeckt hast?"

Sie blieben stehen, Werner ging noch drei, vier Schritte und wartete mit verschränkten Armen, demonstrativ desinteressiert, mit einigem Abstand auf die Erläuterungen von Gerhard. „Die Personen auf meiner Liste waren überwiegend ohne Altersangabe. Deshalb ist es mir nicht sofort aufgefallen. Erst als ich meine Aufzeichnungen mit der Einwohnerstatistik verglichen habe, erkannte ich die ganze Tragweite. Die letzten Opfer waren die fünfzehn ältesten männlichen Bürger im Ort. Wisst ihr was das heißt? Die Todesfälle folgten exakt der Altersstruktur hier im Ort. Das älteste Opfer war 94 Jahre alt, das Jüngste 91. Spätestens jetzt steht wohl zweifelfrei fest, dass es keine irgendwie geartete Verkettung von unglücklichen Umständen sein kann. Da steckt System dahinter."

„Bist du dir sicher?", fragte Jutta nach.

„Ganz sicher. Die gestrigen Ermittlungen haben ergeben, dass ein gewisser Gunther Müller ebenfalls zu der Gruppe gehört hat. Er hatte sich bei der Polizei gemeldet, als er von dem gemeinschaftlichen Suizid hörte. Er war offensichtlich noch nicht dran. Er ist erst 85 Jahre alt."

Jutta tippte sich an die Stirn: „Das ist doch Wahnsinn. Ein planmäßiges Vorgehen?"

Jetzt war es an Gerhard, tief Luft zu holen, ehe er einen Zettel aus seiner Hosentasche zog und offenbarte: „Wenn wirklich Methode dahinter steckt, dann sind die nächsten drei Opfer August Gerber, Paul Gerstner und Manfred Schwarz."

Werner, der immer noch Abseits stand, senkte seinen Blick, ballte seine Faust und murmelte etwas Unverständliches in sich hinein, ehe er durchblicken ließ: „Mein Gott, Paul ist mein Schwager!"

„Was sollen wir tun", fragte Jutta unsicher in die Runde.

„Wir müssen alle drei aufsuchen und sie über unsere Erkenntnisse informieren", schlug Gerhard vor.

Inzwischen stand Werner wieder dicht bei den beiden und sah Gerhard starr an: „Du kannst ihnen doch nicht sagen, dass sie in den nächsten Tagen sterben werden!"

Jutta zuckte mit den Schultern: „Vielleicht sollte jeder eine Person unter besondere Beobachtung nehmen?"

Gerhard versuchte es mit einem anderen Gedanken: „Wir haben nicht gesehen, dass Harry Bauer das Gästehaus verlassen hat, richtig?"

Jutta nickte zustimmend, schränkte dann jedoch ein: „Wir haben freilich auch nicht gesehen, dass er dauernd in seinem Zimmer war. Die Vorhänge waren zugezogen."

Die Gruppe ging weiter und jeder spürte, dass der andere gedanklich damit beschäftigt war, die Auswirkungen der neuen Erkenntnisse einzuordnen. Werner war offenbar nach wie vor unwillig, konstruktive Beiträge zu leisten und meinte bissig: „Dann müsste er sich unsichtbar gemacht haben und durch Wände gehen. Die Eingangstür ging nicht ein einziges Mal auf", seine Stimme wurde lauter, „und der Notausgang wurde definitiv nicht benutzt!"

„Ich weiß nicht mehr, was ich glauben soll." Kaum ausgesprochen blieb Jutta stehen und war sich bewusst, dass sie diesen Satz nicht zum ersten Mal formuliert hatte.

„Wir müssen Harry Bauer einen Tag aus dem Verkehr ziehen", begann Gerhard seine Idee zu formulieren, „und ihn unter ständiger Beobachtung halten. Wenn in dieser Zeit die Totenglocken schweigen, haben wir das vielleicht entscheidende Argument und den Schlüssel für unsere These. Passiert trotzdem etwas, dann sind wir wohl in unserem Übereifer einem fatalen Trugschluss erlegen."

Werner war mit seinen Gedanken immer noch bei seinem Schwager und kommentierte sichtlich lustlos: „Wie sollen wir denn so etwas anstellen? Und vor allem, ohne dass er misstrauisch wird?"

Gerhard nahm Jutta bei der Hand und versuchte dabei sachlich zu wirken: „Jutta, du hast doch einen guten Draht zu ihm, ja, ich denke, er mag dich. Du könntest ihn doch unter einem Vorwand bitten, dich irgendwohin zu begleiten."

Augenblicklich zog sie ihre Hände zurück und entgegnete ungehalten: „Du meinst doch nicht, ich soll mich mit ihm intim einlassen?"

„Natürlich nicht, bitte lass' uns doch mal überlegen wie wir ihn dazu bringen könnten, einen Tag mit dir zu verbringen."

„Wir können Jutta doch nicht allein in den Klauen dieses Psychopathen lassen! Wenn ihr etwas zustößt! Unvorstellbar!" Werner war heute wirklich keine große Hilfe.

Gerhard versuchte sachlich zu bleiben: „Bisher deutet nichts darauf hin, dass er Frauen im Visier hat", er wendet sich an Werner, „hat er nicht Sabine gerettet?", dann dreht er den Kopf, „und du, Jutta, hat er nicht mehr als einmal mit dir geflirtet? Sein Muster erscheint mir eindeutig. Keine Ahnung warum, aber er hat es offensichtlich auf die alten Männer in unserer Gemeinde abgesehen." Er wartete einige Sekunden und ergänzte dann: „Habt ihr eine andere Idee? Dann heraus damit!"

29
Montag, 19. September — Drei Adressen im Ort

Die Natur hatte an diesem Spätsommertag ihre Türen noch weit aufgeschlagen. Die zu Ende gehende Vegetationsperiode prahlte mit ihren warmen Farben und zahlreiche Wildblumen säumten den Wegesrand. Überall summte und schwirrte es nach wie vor von emsigen Wespen und Hornissen und nichts schien die gute Laune zu trüben.

All diese Eindrücke gingen an den drei Spaziergängern spurlos vorüber. Sie gingen den Weg, vergraben in ihren Gedanken, ohne die wärmende Sonne wahrzunehmen. Genauso einsilbig wie der Hinweg begann, brachten Jutta, Werner und Gerhard den letzten Kilometer wortkarg hinter sich. Am Friedhof schließlich trennten sich ihre Wege. Unterwegs hatten sie sich nach teils heftigen Diskussionen dazu entschlossen, direkt nach Rückkehr die mutmaßlich nächsten Opfer aufzusuchen. Keiner hatte einen gut überlegten Plan, trotzdem wollten sie diese Menschen nicht einfach ihrem Schicksal überlassen. Vor allem Werner war fest entschlossen, seinen Schwager aufzusuchen, unabhängig davon wie sich die beiden anderen entschieden hätten. Er hatte bereits mit ihm telefoniert und sein Kommen angekündigt. Gerhard übernahm Manfred Schwarz, der seit mehreren Jahren im Seniorenheim lebte. Jutta sollte sich um August Gerber kümmern.

Der Schwager vom *Elefanten*-Wirt öffnete erst nach mehrmaligem Klingeln die Haustür. Es war eines dieser Einfamilienhäuser aus den zwanziger Jahren, dessen Hausfront bis an den Bürgersteig reichte. Das Gebäude war so schmal, dass man nur über die Küche, durch das Wohnzimmer, in den Schlafraum gelangte.

„Ach, du bist es!", begrüßte er Werner mürrisch.

Seit dem Tod seiner Frau vor einem Jahr war er unzugänglicher geworden und sollte eigentlich ins Seniorenheim, hatte dies bislang immer kategorisch abgelehnt. „Was willst du?"

Sie setzten sich in die Küche und Werner versuchte, ihm die Situation so gut es ging zu schildern. Am Gesichtsausdruck von Paul erkannte er, dass dieser weder aufgeregt noch ängstlich seinen Ausführungen folgte. Ja, er hatte den Eindruck, dass es ihn im Grunde nicht interessierte.

Werner schüttelte verwundert den Kopf: „Hast du nichts von den Sterbefällen der letzten Tage gehört?"

„Doch, das habe ich natürlich mitbekommen. Ich bin ein alter Knabe, da kann der Tod jeden Tag kommen. Du musst dir keine Sorgen machen, ich bin eben mal im Sterbealter. Weißt du, ich denke manchmal, es wäre gar nicht schlecht, einfach einzuschlafen und am nächsten Tag nicht mehr aufzuwachen. Meine einzigen Bedenken wären, dass ich hier tagelang liege und zu verfaulen beginne, ehe mich jemand findet."

„Bekommst du keinen Besuch?"

„Wie oft kommst du vorbei?"

„Ich will, dass du heute mit zu mir kommst."

„In diese stinkige Wirtschaft? Du weißt doch, dass ich den Rauch nicht vertrage."

„Hier wartet doch niemand auf dich."

Es dauerte eine volle Stunde, bis Paul Gerstner einwilligte, die Nacht im *Elefanten* zu verbringen. Er tat dies nicht, weil er von Werners Theorie überzeugt war. Er tat es einzig Werner zuliebe, wie er mehrfach betonte.

„Morgen bringst du mich wieder nach Hause! Abgemacht?"

Die Absicht, August Gerber aufzusuchen war nicht von Erfolg gekrönt. Er war nicht in seiner Wohnung und die Nachbarn wussten nichts über seinen Verbleib. Eine Frau, die gegenüber wohnte, hatte lediglich einen Mann vor seiner Haustür gesehen, der offensichtlich auch niemanden angetroffen hatte. Das musste etwa zwanzig Minuten her sein. Nachdem sich nur der Anrufbeantworter seines Festanschlusses meldete, heftete Jutta einen Zettel mit einem Hinweis an die Tür, sie doch bitte dringend zurückzurufen.

Unverrichteter Dinge kehrte Jutta in ihre Wohnung zurück. Sie versuchte sich einzureden, es sei nicht ungewöhnlich, dass Herr Gerber am frühen Nachmittag nicht zu Hause war. Ein Arzttermin, eine Besorgung machen oder nur das schöne Wetter bei einem Spaziergang genießen. Trotzdem hatte sie ein ungutes Gefühl. Sie ging unruhig im Zimmer auf und ab, nahm ihr Smartphone, welches sie auf dem Tisch abgelegt hatte, und tippte eine Nummer ein. Sie hielt das Gerät fest umklammert und lauschte. „Hallo?" drang es an ihr Ohr. Erschrocken drückte sie das rote Telefonsymbol auf dem Display und presste das Handy mit beiden Händen an ihre Brust.

„Ich möchte zu Herrn Manfred Schwarz“, erkundigte sich Gerhard bei der Dame im Eingangsbereich des Seniorenheimes.

„Zweiter Stock, Zimmer 302“, war die knappe Antwort. Die Ereignisse waren am Personal nicht spurlos vorüber gegangen. Gerhard war bereits auf dem Weg in das Treppenhaus, als er sich nochmals umdrehte und fragte: „Ist Frau Kunz auch da?“

„Unsere Leiterin?“

„Ja.“

„Die ist noch krank geschrieben. Frau Keller vertritt sie. Möchten sie sie sprechen?“

„Nein, ich wollte mich nur erkundigen wie es ihr geht.“

„Sie ist auf dem Weg der Besserung. Ich denke, sie fällt mindestens vier Wochen aus.“

Herr Schwarz saß zusammengesunken auf seinem Stuhl, hatte den Kopf gesenkt, den rechten Oberarm am Körper angelegt und zitterte mit der Hand unkontrolliert hin und her. Als er Gerhard bemerkte, begann er unverständlich vor sich hinzumurmeln und streckte seinen Kopf so weit nach hinten wie es ging.

„Herr Schwarz?“, versuchte Gerhard Kontakt aufzunehmen. Dieser verstummte und lächelte den Fragesteller zögerlich an. Gerhard streckte seine Hand aus: „Mein Name ist Weiß. Können sie mich verstehen?“

Eine Reaktion blieb aus, wobei Gerhard nicht einschätzen konnte, ob das apathische Verhalten seines Gegenübers an mangelndem Hörvermögen oder fehlendem Verständnis lag. Überraschend ergriff Manfred Schwarz Gerhards Hand und zog sie näher zu sich heran.

„Ich bin ein Gefangener", begann er zu flüstern. So leise und schwer verständlich, dass Gerhard ganz nahe, förmlich an seinen Lippen klebte. „Gefangen in meiner eigenen Gedankenwelt. Das Leben zieht an mir vorüber, mein ganzes Leben. Wieder und wieder. Ich kann meine Erinnerungen einfach nicht abschalten. Alle Menschen, die mir nahestanden, habe ich damit vergrault. Verstehen Sie?" Er drückte Gerhards Hand fester und druckste:

„Ich denke immer wie wundervoll es war und wie gut ich es hatte."

Er ließ die Hand los und lehnte sich zurück. Sie blickten sich noch eine Zeitlang stumm an. Gerhard fragte sich, ob es nicht besser sei, in der eigenen Gedankenwelt hängen zu bleiben? Bei all dem Leid welches sich außerhalb dieses Raumes abspielte? Er entschloss sich zu gehen. Noch einmal drückte er die Hand von Manfred Schwarz und ließ den Raum, das Seniorenheim und die Aufgabe, welche er übernommen hatte, hinter sich.

30
Montag, 19. September — Wohnung von Jutta Kroner

Jutta war in der letzten halben Stunde dreimal auf der Toilette und kaute an ihren Fingernägeln. Das kam eigentlich nur vor, wenn sie nervös, unsicher und in höchstem Maße ratlos war. Sie hatte das Gespräch weggedrückt, weil ein anderes Vorgehen vereinbart war, vor allem aber, weil Ihr auf einmal der Mut fehlte. Dennoch hatte sie seine Nummer gewählt. Wer drängte sie, dies zu tun? Sie wusste es nicht. Es war ihre Eingebung, eine spontane Entscheidung und eine vorschnelle dazu. Vor wenigen Minuten hatte sie einen Telefonanruf von Gerhard erhalten, der ihr von seinem Besuch im Seniorenheim berichtete. Sie und er konnten diesen Menschen nicht wie vorgesehen helfen. Nach Gerhards Theorie würde keiner seinem Schicksal entkommen. Am ehesten noch Werners Schwager, falls dieser sich bis morgen diszipliniert verhalten würde.

Das Telefon summte. Es war nicht der erwartete Rückruf, es war erneut Gerhard: „August Gerber wurde soeben gefunden. Er ist heute am frühen Nachmittag ums Leben gekommen. Man hat ihn leblos nach der Eisenbahnunterführung im Wald gefunden.“

Sie ließ das Handy sinken. „Hallo Jutta, bist du noch dran?“ Die Stimme klang weit entfernt. „Hallo Jutta, ist alles in Ordnung?“ Sie ließ sich auf einen Stuhl gleiten und nahm das Gespräch wieder auf: „Ich tue es.“

„Was tust du?“

„Du hattest Recht, Harry Bauer ist der Schlüssel.“

„Mach jetzt nichts Unüberlegtes, ich bitte dich!“

„Wir können nicht noch eine weitere Nacht verstreichen lassen.“

Ihre Stimme klang verbissen und ernüchternd: „Hast du eine Vorstellung, was in einer Nacht alles passieren kann? Sollen wir einfach abwarten, um dann morgen die Bestätigung zu erhalten, dass die drei gestorben sind? Wer sagte denn, dass es nur drei sind? Es waren die nächsten drei auf deiner Liste, aber es könnten auch zehn sein oder fünfzig.“

„Mal den Teufel nicht an die Wand."

„Ich hoffe, dass die Realität meine düsteren Erwartungen nicht übertreffen wird."

„Was hast du vor?"

„Ich will ihn treffen. Heute noch."

„Ich nehme an, euer Hauptgesprächsthema wird nicht das nach wie vor spätsommerliche Wetter in dieser zweiten Septemberhälfte sein?"

„Wir werden sehen. Ich will ihn so lange wie möglich an mich binden."

„Er wird misstrauisch werden. Du bist gereizt."

„Gerade das ist vielleicht meine Chance. Ich bitte ihn um Hilfe."

„Wie willst du das anstellen?"

„Weißt du Gerhard, es sind zum Teil die kleinen Themen. Die Gewohnheiten, Eigenarten und Vorlieben, die auf den ersten Blick unbedeutend erscheinen und deshalb vielfach unterschätzt werden. Ich bin eine Frau und ich denke ich werde diese Klaviatur spielen."

„Ich informiere Werner."

„Lass' ihn aus dem Spiel. Er ist ohnehin schon völlig durch den Wind."

„Versprich' mir Bescheid zu geben, was du vorhast. Ich bin über Handy immer erreichbar. Du hast doch meine Nummer eingespeichert?"

„Natürlich, mach' dir keine Sorgen. Ich halt' dich auf dem Laufenden."

Jutta legte auf und steckte das Telefon in ihre Hosentasche. Sie ging vor die Tür, sog mehrmals die noch laue Luft dieses zu Ende gehenden Tages ein und wählte seine

Nummer. Es dauerte länger als beim letzten Mal und sie hatte schon Sorge, dass er nicht abheben würde oder wollte. Er sah ihre Nummer. Genau genommen hatte er sie wohl bereits beim letzten Anruf bemerkt. Sie musste sich etwas zurechtlegen. Nach einigen Freizeichen war er dran:

„Hallo, Jutta“, meldete er sich mit freundlicher Stimme.

„Hallo Harry.“

„Du hattest schon einmal angerufen. Hast du dich verwählt?“

„Verzeih' mir bitte, ich war mir nicht mehr sicher ob ich dich mit meiner Sache belästigen soll und habe aufgelegt.“

„Was gibt es denn?“

„Ich weiß nicht so recht“, druckste Jutta herum.

„Willst du nicht darüber sprechen?“

„Doch, eigentlich schon, aber…“, hörte sie mitten im Satz auf.

„Aber?“

„Ich weiß nicht mehr weiter“, fährt sie schluchzend fort. Nicht übertrieben, jedoch so, dass es Harry nicht entgehen konnte, „alles wächst mir über den Kopf“, sie machte eine Pause, „ich glaube, ich bin mit meinen Nerven am Ende.“

„Willst du sprechen?“

„Kann ich ehrlich zu dir sein?“

„Ich höre dir zu.“

„Ich glaube, ich kann das nicht am Telefon. Können wir uns nicht lieber treffen?“

Die unmittelbare Antwort blieb aus und Jutta dachte

schon, er hätte sie durchschaut. Dabei hatte sie sich große Mühe gegeben, authentisch zu klingen.

„Sorry, mir war ein Stift vom Tisch gerollt. Natürlich können wir uns treffen.“

„In einer Stunde?“

„Wenn du willst. Im *Elefanten*?“

„Nein, lass uns irgendwo zusammenkommen, wo wir ungestört reden können.“

31
Wüstensand

Es war das zweite Mal innerhalb weniger Tage, dass Harry und Sabri sich persönlich trafen. Diesmal ging der Wunsch von Harry aus. In der großen zentralen Eingangshalle verlinkte er sich über die roten Lichtbahnen mit einer der kleineren Kuppeln. Hier waren die Konferenzräume des TOD-Hauptquartiers untergebracht. Der Raum, den man Harry zuwies, war kreisförmig und hatte gerade Platz für die beiden Drehsessel, die sich farblich kaum vom glänzenden Weiß des Kuppelraumes abhoben.

Als er sich in einem der Sessel niederließ, spürte er den sanften Druck, der ihn in den Sitz presste und sah wie sich das Weiß um ihn herum verflüchtigte und Orange und Zimt die Kulisse bestimmten. Für den Bruchteil einer Sekunde glaubte er nach vorne zu fallen, Schwindel und Übelkeit krochen in ihm hoch. Als er wieder aufsah, befand er sich inmitten einer Wüstenlandschaft. Sein Sessel sank in den flüchtigen Treibsand ein, so dass er Mühe hatte, das Gleichgewicht zu halten.

Über ihm brannte die Sonne menschenfeindlich und er roch den Schweiß, der langsam an seinen Wangen herablief. Vor ihm lag eine große Sanddüne, auf dessen Kamm in weiter Ferne eine weiß vermummte Person entlang zog. Der Wind hatte Wellen in den Sand modelliert und fächelte ihm warm ins Gesicht. Er spürte den scheuernden Sand und das Beißen in seinen Augen, die er schloss und den Sessel so drehte, dass er den Wind im Rücken hatte.

Als er wieder aufblickte, saß Sabri ihm gegenüber.

„Wie geht es dir, Harry? Ich freue mich, dass du den Weg zu mir gefunden hast. Wie gefällt dir die Umgebung?"

„Ich bin zugegebenermaßen erstaunt."

„Wir können hier virtuell jede Stimmung erzeugen. Je nach dem, was zu besprechen ist."

Sabri lächelte und drehte seinen Sessel einmal betulich im Kreis, als ob er das Wüstenszenario auskosten wollte. Dann rieb er sich mit den Fingern das Kinn und sagte: „Man kann in der Wüste überleben. Allerdings sind wir nicht von Natur aus an die dortigen Herausforderungen angepasst und müssen uns extrem einfügen. Du musst zum Beispiel das Wetter genau beobachten und den Regenwolken hinterherziehen, um an das kostbare Wasser zu gelangen. Du musst dir das Fruchtfleisch der Kakteen nutzbar machen, um wertvolle Vitamine zu erhalten. Du musst lernen, dich an großen Sanddünen und den Sternen verlässlich zu orientieren."

„Warum sagst du mir das?"

„Nun, ich frage mich, ob du ein guter Beobachter deiner Sache bist. Was gibt dir die notwendige Energie? Und vor allem, orientierst du dich an unseren Werten oder leiten noch vereinzelt menschliche Gefühle deinen Weg?"

„Du bist mein Mentor und hast gesagt, dass ich jederzeit zu dir kommen kann. Du kennst mein kleines Problem. Ich brauche deinen Rat."

Beiden war bewusst, worum es ging, so dass Sabri sofort zum Kern der Sache kam: „Als Todesbote musst du deine Gefühle unter Kontrolle bringen, um die Situation in der Hand zu behalten. Denn auf Gefühle kannst du nicht bauen, sie sind personenbezogen, verzerrt und wechselhaft. Auch sehr sparsam dosiert werden sie dich um deinen verdienten Lohn bringen."

„Du meinst meine Sympathien für Jutta?"

„Es steht auf der Kippe. Kommt Leidenschaft dazu, wird es wirklich kritisch. Leidenschaft ist unwägbar, heikel und mit dem Empfinden eines Todesboten nicht vereinbar. Wenn sich dein Gefühlsleben zu gefährlicher Leidenschaft steigert, kann es dich dazu bringen unvernünftig zu handeln. Dann solltest du lieber deinen Wunsch nach Dauer und Unsterblichkeit aufgeben."

„Du weißt, ich will meinen Job zu Ende bringen."

„Harry, warum hast du solche Angst vor dem Endgültigen, dem Unausweichlichen, dem Ewigen? Du liebst immer noch Dinge, die dein Selbstwertgefühl fördern. Dabei lebst du in einer Pseudorealität, ohne Aussicht, dem Schicksal ein Schnippchen zu schlagen. Du bist kein Erdenbürger mehr, aber auch noch kein Mitglied unserer Organisation. Deine Möglichkeiten sind klar und eindeutig. Entweder du folgst meinem Rat und beginnst nochmals von vorne, dann ist deine Zeit in Jockgrim sofort beendet. Oder dir bleiben noch zwei Tage Zeit, um dich für die Prüfung anzumelden. Wenn du sie bestehst, hast du dein Ziel erreicht. Wenn nicht, dann wird deine ver-

weste Leiche abseits des Unfallortes doch noch gefunden."

„Ich habe nicht vergessen, dass du mir empfohlen hast wie die anderen sieben Kollegen von vorn zu beginnen. Wenn ich dennoch meine Aufgabe in Jockgrim zu Ende bringen will, was muss ich ändern?"

„Du musst Jutta loswerden."

Harry saß wie versteinert auf seinem Sitz. Sabris Aussage hatte ihn sichtlich getroffen: „Wie meist du das?"

Erstmals, seit er seinen Mentor kannte, war Sabris Äußerung ungewohnt auffordernd und bestimmend: „Jutta ist die Nabelschnur, mit der du verbunden bist. Kappe sie und zeige, dass du dich von deinem Gefühl lösen kannst!"

Harry umfasste krampfartig die Lehnen seines Sessels und befeuchtete seine Lippen mit der Zunge. Sein Gegenüber ergriff erneut das Wort: „Du weißt ja, dass du die Todesursache eines Menschen nicht verändern kannst. Sie ist vorbestimmt. Du kannst lediglich das Datum korrigieren."

Nur zaudernd kam Harry die Antwort über die Lippen: „Deswegen habe ich mich auch auf die älteren Bewohner konzentriert, deren Zeit ohnehin bald abgelaufen wäre. Sie sind an ihrem Leiden gestorben, nur eben etwas früher." Harry schüttelte den Kopf: „Aber bei Jutta?"

„Du kennst doch gar nicht ihr Bestimmungsdatum. Vielleicht stirbt sie in der nächsten Zeit auch ohne dich? Merkst du nicht, dass dies ein Teil deines Problems ist? Es geht dir besser, wenn du dich auf die Alten im Sterbealter konzentrierst. Für uns Todesboten darf es jedoch keinen Unterschied geben, ob alt oder jung, ob männlich oder weiblich. Wir erfüllen neutral und ohne Auslese unsere zugewiesene Aufgabe. Das hat bei dir am Anfang mit den ersten Todesfällen auch

funktioniert, aber warum hast du Sabine verschont? Weswegen hängst du so an Jutta?"

Geistesabwesend blickte Harry in die Ferne, wo die weiße Gestalt nur noch als kleine Silhouette erkennbar war, deren Schatten sich durch die tief stehende Sonne, als ein Vielfaches ihrer Größe, auf der Düne abbildete. Harry dachte darüber nach, warum es überhaupt so weit kommen musste. Ihm war bewusst, dass, wenn er die Prüfung absagte, und damit Sabris Rat folgte, seine Zeit in Jockgrim beendet war. Jutta würde er wahrscheinlich nie wiedersehen. Er dachte auch darüber nach, die verbleibende Zeitspanne zu nutzen, um seinen Job zu machen und mit Jutta zusammen zu sein. Die nächsten Wochen würden allerdings sehr intensiv werden. Konnte er ihr weiteres Leid antun? Ganz sicher würde sie ihren Kontakt dann abbrechen. Wenn er sich zur Prüfung anmeldete, seine Aufgabe jedoch bewusst scheitern ließ, hätte er immerhin noch die neunzehn Tage mit ihr. Neunzehn Tage oder die Ewigkeit. Das war seine Wahl.

„Harry?" Die Stimme Sabris holte ihn aus seinen Gedanken zurück. *„Harry?"*, wiederholte er, *„ich merke, du bist unentschlossen. Das ist nicht gut. Folge meinem Rat."*

Noch einmal ging es Harry durch den Kopf. Lediglich neunzehn Tage oder die Ewigkeit. Auf seiner nackten Haut spürte er die winzigen Sandkörner, die der Wind vor sich hertrieb. Er blickte an sich hinunter und sah, dass der Sessel bereits knietief im verwehten Sand versunken war.

„Ich werde dich nicht enttäuschen, Sabri."

Sabri nickte und die Szenerie verblasste, bis die zarten Schimmer ihrer nackten Körper die einzigen Farbtupfer in der weißen Kuppel waren.

32
Montag, 19. September — Baggersee

Das Gittertor zum Baggersee stand offen. Das Kassenhäuschen war mit dicken Brettern verschlossen und bereit, der kommenden kalten Jahreszeit zu trotzen. Die Badesaison war vorüber. Der Sonntag vor einer Woche war der letzte warme Tag, an dem der Strand nochmals gut mit Badegästen gefüllt war. Es kam in den letzten Jahren nicht oft vor, dass sich die Badesaison bis in den September hinein zog. Die Sonne verwöhnte zwar immer noch mit herrlichem Wetter, aber vor allem nachts kühlte es erheblich ab.

Jutta ging durch das Tor, ein paar Stufen hoch und blickte über den leeren Stand. Das Gelände fiel sanft zum Wasser hin ab und war im oberen Teil mit einer Grasdecke überzogen. Dahinter breitete sich der feine Sandstrand aus, bevor er flach in den See abtauchte. Der Badesee zeigte sich glatt und unbeweglich und nur vereinzelt verursachten Enten lange glitzernde Risse auf der spiegelnden Wasserfläche. Die Sonne stand tief und die gleichmäßig aufgereihten grünen Abfalltonnen warfen lange Schatten auf die Grasfläche.

Eine einzelne Holzbank stand etwa in halber Entfernung zum Wasser. Obwohl er mit dem Rücken zu Jutta saß, wusste sie, dass es Harry war.

Er drehte sich erst um, als sie die Bank fast erreicht hatte, lächelte gut gelaunt, stand auf und reichte ihr die Hand: „Ich habe mich wirklich gefreut, als ich deinen Namen auf dem Display sah."

Harrys Begrüßung war entgegenkommend, fast charmant und Jutta glaubte seine Zuwendung zu spüren, als sie seinen warmen Händedruck erwiderte.

„Hallo Harry, schön, dass du spontan für mich Zeit hast“, antwortete sie und versuchte dabei ebenfalls zu lächeln, „setzen wir uns?“

„Weshalb willst du mich so ‚nicht öffentlich‘ treffen? Doch sicher nicht, um hier am See den Sonnenuntergang zu genießen?“

„Nein, natürlich nicht.“

„Muss ich mir Sorgen um dich machen?“

„Ich möchte einfach mal wieder normal durchatmen können, die Leichtigkeit des Spätsommers genießen und meine Gedanken frei bekommen. Heute Nachmittag habe ich versucht, die Schönheit des Tages zumindest für einige Minuten zu spüren. Die schrecklichen Ereignisse lassen es nicht zu. Ich weiß nicht mehr, was hier mit uns geschieht und habe den Glauben an mich verloren.“

„Was heißt dein Glaube? Bist du unsicher wie du dich verhalten sollst?“

„Ich weiß nicht, ob es richtig ist, was ich gerade tue.“

„Befürchtest du, es ist ein Fehler, sich mit mir zu treffen? Wie denken Werner und Gerhard darüber?“

„Ich habe sie nicht eingeweiht.“

„Du weißt, ich bin hier nicht mehr sehr willkommen.“

„Du meinst bei Werner und Gerhard?“

„Gerhard kenne ich nicht so gut, er ist immer sehr förmlich, aber Werner hat sich total gewandelt.“

„Was glaubst du, ist der Grund?“

Harry beugte sich zu Jutta und flüsterte ihr ins Ohr:

„Der Grund? Es wird weitere Tote geben und ich kann euch nicht helfen."

Sie schüttelte den Kopf: „Man muss kein Hellseher sein, um dies vorauszusagen. Was meinst du mit deiner Anmerkung? Helfen bei was?"

„Erwartest du nicht, dass ich in dieser Sache helfen kann? Warum wärst du sonst hier?"

„Kannst du?"

„Ihr denkt, ich bin die Wurzel allen Übels. Habe ich recht?"

„Wenn ich ehrlich bin, sprechen einige Indizien für diese Theorie."

„Würde es euch besser gehen, wenn ich weg wäre?"

„Die meisten wären wohl froh darüber."

„Du auch?"

„Würdest du gehen, wenn ich dich bitte?"

„Du meinst, dann wird alles von einem Tag auf den anderen vorbei sein? Die Schrecken verschwinden so unerwartet wie sie gekommen sind? Glaubst du das?"

Jutta schwieg.

„Glaubst du das wirklich? Natürlich glaubst du es wie auch die beiden Anderen! Und weißt du was? Ihr habt Recht", er hatte jetzt einen Ausdruck in der Stimme, der Jutta ängstigte, „ich habe in diesem Herbst in einem atemberaubenden Tempo für die wohl spektakulärsten Ereignisse in der Gemeinde gesorgt!"

Sie drehte ihren Kopf zu Harry: „Du brauchst nicht sarkastisch reagieren."

„Entschuldige bitte, es bringt uns nicht weiter", sagte er mit ruhiger Stimme.

„Kann ich dich was Diskretes fragen?“

Jutta nickte.

„Du hast nie richtige Trauer um deinen Mann gezeigt.“

Jutta erhob sich, machte drei langsame Schritte und blickte hinüber auf die inzwischen dunklen Konturen der zahlreichen Laubbäume, welche das Ufer der anderen Seeseite säumten. Sie überdachte ihre Antwort und begann ohne sich umzudrehen: „Es ist schrecklich einen nahestehenden Menschen zu verlieren und es ist würdelos seine Trauer nicht auszuleben. Du hältst mich sicher für eine herzlose, gefühlskalte Frau. Die Ereignisse haben mich einfach überrollt und anfangs war ich froh, abgelenkt zu sein.“

Harry stand inzwischen neben ihr.

Dessen ungeachtet fuhr Jutta fort, ohne ihre starre Blickrichtung zu verändern: „Du musst wissen, wir waren schon lange kein Paar mehr. Auch der gemeinsame Umzug nach Jockgrim vor einem Jahr hatte nicht den erhofften Schub gebracht.“

Harry und Jutta standen stumm nebeneinander, ohne sich anzublicken. Die letzten Sonnenstrahlen erzeugten glitzernde Effekte auf der Wasserfläche und in der Ferne sah man den Schatten eines einzelnen Mannes, der mit seinem Hund am Ufer entlang ging.

Harrys Frage klang nicht überrascht: „Ihr seid nicht aus beruflichen Gründen in die Pfalz gezogen?“

„Er hatte eine Affäre in Freiburg. Mit dem Umzug, war sie leider nicht wie versprochen beendet. Seit einem halben Jahr lebten wir in Scheidung und hatten getrennte Wohnungen. Er hatte mir und meiner Familie sehr weh getan. Ist dir nicht aufgefallen, dass von meiner Seite nur meine Mutter und mein Schwager bei der Beerdigung waren?"

Bevor Harry antworten konnte, signalisierte ihre abwehrende Handbewegung, dass sie kein Bedürfnis hatte, tiefer in das Thema einzusteigen: „Erspar' mir bitte weitere Details. Ich bin nicht hier, um mich auszuweinen. Ich weiß nicht woran ich bin. Ich mag dich, aber du machst mir auch Angst. Ich vertraue dir, aber du lässt mich immer wieder daran zweifeln. Ich weiß nicht, ob du für das Gute oder Böse stehst."

Sie setzten sich wieder auf die Bank und Harry seufzte: „Was weißt du schon über mich? Als ich vor wenigen Tagen herkam, wurde ich mit offenen Armen empfangen. Auch von dir. Und nun bin ich der Mensch, der sich in einen Werwolf verwandelt und den Menschen die Seele aushaucht."

„Beweis' mir das Gegenteil."

„In meinen ersten Tagen ist mir ein Artikel in eurer Zeitung aufgefallen. Ich glaube, die Staatsanwaltschaft Frankenthal hatte Anklage gegen drei Pfleger erhoben. Es ging um 40 ungeklärte Todesfälle in einem Seniorenheim, über einen Zeitraum von einigen Monaten."

„Meinst du, es spielt sich hier ähnlich ab? Es gab bisher keine entsprechenden Verdachtsmomente."

„Ich will damit nur sagen, dass es auch anderenorts mysteriöse Fälle gibt, bei denen nicht von vornherein klar ist, ob ein Verbrechen vorliegt oder ob es sich um eine zufällige Häufung von Sterbefällen handelt. Zu den unvermeidlichen Realitäten unseres Daseins gehören nun mal das Alter und der Tod. Das kannst du doch nicht leugnen?"

„Aber nicht diese Ballung oder der gemeinsame Selbstmord einer ganzen Gruppe."

„Es kommt hin und wieder vor, dass, wenn alte Menschen ihren nahenden Tod spüren, sie plötzlich scheinbar grundlegend ihr Verhalten verändern. Vielleicht wollten diese acht Männer mit ihrem Sterben ein Zeichen setzen und haben den Abschied von der Bühne des Lebens zu einer beeindruckenden Darbietung gemacht. Wer weiß das schon?"

„Bring' mir einen Nachweis, dass du nichts mit den Todesfällen zu tun hast."

Harry blickte ihr in die Augen und fragte: „Was passiert, wenn ich es nicht kann?", er schnippte mit dem Finger, „Ich kann dir hingegen sicher sagen, dass ich in weniger als drei Wochen nicht mehr hier sein werde. Mein Job ist dann abgeschlossen."

Jutta war sichtlich überrascht.

„Hast du das nicht gewusst? Ich habe das Zimmer im *Elefanten* exakt für diesen Zeitraum gebucht."

Sie versuchte ihre Gedanken zu sortieren und murmelte leicht verstört: „Welcher Job? Warum bist du eigentlich hier?"

„Ich arbeite für eine Unternehmensberatung und mache Prozessanalysen bei Daimler. Das Projekt ist auf vier Wochen terminiert."

Harry ging hinunter zum Ufer, suchte einen Stein und ließ ihn über das Wasser hüpfen. Zweimal sprang der flache Kiesel auf, ehe er versank und einen kurzlebigen Wasserring hinterließ, der sich rasch ausbreitete und verflüchtigte. Keine zwei Sekunden später war nichts mehr zu erkennen. Im Wasser verschwammen alle Spuren restlos, ohne einen Hinweis zu hinterlassen. Diesmal war es nur ein klitzekleiner Stein.

Er wusste, es blieben noch zwei Tage, um sich zu entscheiden. Spätestens Übermorgen war er gezwungen, den Termin für die Teilnahme an der Prüfung verbindlich zu bestätigen. Nie hatte er Zweifel dies zu tun. Er drehte sich um und blickte zu Jutta, die mit angezogenen Knien auf der Bank saß und seinen Blick erwiderte. Wollte er seinen Job zu Ende bringen, müsste er allerdings die Schlagzahl erhöhen. Der Sonntag hatte ihm gezeigt, dass er auf einem guten Weg war. Der heutige Montag war ein Rückschlag. Wegen Jutta. Wegen einem Gefühl, dass für ihn der wahre Werwolf war. Sein Werwolf. Die Frage war, was er ihm zum Fraß vorwarf. Seinen Ehrgeiz oder die Zuneigung zu Jutta.

Harry winkte freudig mit seinem rechten Arm und kam wieder auf sie zu. Jutta hatte immer noch ihre Beine angewinkelt, die Armen fest an ihren Körper gepresst und stütze sich dabei mit den Fersen auf der Kante der Bank ab. Sie hatte ihr Kinn auf den Knien aufgelegt, sah kurz zu Harry, der nun vor ihr stand. „Es wird langsam kühl. Hast du Lust auf ein Glas Wein?“, lächelte sie ihn an und ergänzte: „bei mir?“

33
Montag, 19. September — Wohnung von Jutta Kroner

Als sich die Wohnungstür hinter ihnen schloss, fühlte es sich für Jutta an wie das Klicken von Handschellen. Sie war sich nicht mehr ganz gewiss, ob es eine gute Idee war, Harry zu sich einzuladen. Am meisten wunderte sie sich selbst über ihr Verhalten und dachte darüber nach, ob solch eine Gemütslage aufkommt, wenn man chancenlos dem Abgrund entgegentreibt. Was um alles in der Welt hatte sie geritten, ihn in ihre Wohnung zu bitten? Plötzlich war sie sich nicht mehr sicher, ob sie Gerhards Nummer gespeichert hatte und kramte in ihrer Handtasche nach ihrem Smartphone.

„Suchst du etwas?"

„Hast du mein Handy gesehen?"

„Nein, seit wir hereingekommen sind, habe ich nicht bemerkt, dass du es in der Hand hattest."

„Kannst du mich kurz anrufen, vielleicht liegt es irgendwo?", fragte sie leicht nervös.

Harry wählte ihre Nummer und hielt das Telefon so, dass sie den Anruf erkennen konnte. Viermal kam das Freizeichen, dann sprang ihre Mailbox an. In der Wohnung war kein Klingelton wahrzunehmen.

Mit dem Daumen drückte Harry auf das rote Telefonsymbol: „Vielleicht ist es dir auf der Bank am See aus der Tasche gerutscht? Sollen wir nochmals nachsehen? Du hast doch sicherlich eine Taschenlampe im Haus?"

„Lass' mal gut sein, es findet sich bestimmt. Wahrscheinlich habe ich es wieder auf stumm geschaltet", entgegnete sie auf dem Weg in die Küche und bemerkte deshalb nicht die leichte Enttäuschung in Harrys Gesicht.

Sicherlich würde er jetzt ihren Herzschlag hören, wenn er neben ihr stehen würde. Sie atmete zweimal tief ein und aus, ließ sich ein Glas Wasser aus dem Hahn und blickte durch den Türspalt ins Wohnzimmer. Er hatte sich inzwischen auf den Sessel gesetzt, blickte kurz auf seine Armbanduhr und tastete scheinbar unruhig das Zimmer mit seinen Blicken ab. Jutta schielte zum Küchenfenster, ohne Harry aus den Augen zu lassen. Es war ebenerdig. Der Griff klemmte und ließ sich nur schwer bedienen. Es kostete Jutta einige Kraft, das Fenster zu öffnen. Das Scharnier knarrte bei jeder Bewegung des Griffes, so dass sie mehrmals einen Augenblick verharrte und in den Wohnraum blickte. Erleichtert lehnte sie das offene Fenster leise an, ohne es zu verriegeln. Sie trank das Glas Wasser in einem Zug, machte noch ein, zwei Atemübungen und holte Gläser und eine Flasche Rotwein aus dem Schrank.

Der weitere Verlauf entwickelte sich ganz anders, als sie erwartet hatte. Harry war überaus charmant, menschlich und verständnisvoll so wie sie ihn beim Leichenschmaus kennengelernt hatte.

An diesem denkwürdigen Abend waren die beiden überaus ausgelassen, sie scherzten und überboten sich mit fortschreitender Stunde gegenseitig in positiven Äußerungen über den jeweils anderen. Irgendwann stoppte Harry mitten im Satz, lehnte sich zurück und zuckte unruhig mit seinen Wimpern. Obwohl ihm nur eine einzige Träne über die Wange floss, hatte Jutta diese bemerkt.

Sie spürte, dass ihn etwas belastete. Etwas, was ihn hinderte den Satz auszusprechen. Harry schloss die Augen, denn er wusste es war ein einsamer Kampf, den er ausfechten musste. Er könnte sich in einen Taumel aus Leidenschaft, Hingabe und Begierde stürzen. Neunzehn Tage voller Verlangen, Lust und Sinnlichkeit mit ihr verbringen. Doch Sabris Worte klangen wie ein nicht endend wollendes Echo in seinen Ohren: ‚Du musst die Situation in der Hand behalten und Jutta loswerden'. Er musste stark bleiben. Schließlich war er trainiert und auf die Gefahren vorbereitet. Niemand hatte ihm allerdings gesagt, welche Schmerzen unerfülltes Verlangen mit sich bringen.

Unvermittelt stand Harry auf, streckte ihr beide Hände entgegen, zog sie zu sich hoch, umarmte sie zart und gab ihr einen scheuen Kuss auf ihre Stirn. Dann sah er ihr lange ins Gesicht: „Danke Jutta, es war ein schöner Abend. Wenn du willst, bin ich morgen früh weg. Dir zuliebe."

Jutta war zunächst verblüfft und sprachlos und ließ sich wieder auf den Sessel sinken. Sie betrachtete Harry wie er seine Jacke vom Stuhl nahm, sie über seinen Arm legte und ihr nochmals liebevoll zunickte. Er hatte die Wohnzimmertür fast erreicht, als sie ihm hinterherrief:

„Ich würde mich freuen, wenn du heute Nacht hierbleiben könntest. Ich möchte nicht allein sein."

Sie wusste nicht, ob sie dies sagte, um ihr Vorhaben zu Ende zu bringen oder aus Zuneigung zu Harry.

34
Dienstag, 20. September — Wohnung von Gerhard Weiß

Das Telefon klingelte bereits zum dritten Mal. Gerhard ließ seinen Arm auf den Nachttisch fallen und fingerte nach seinem Smartphone. Das Display kündigte ihm den eingehenden Anruf von Werner Trauth an. Bevor er das Gespräch annahm, blieb sein Blick bei der Uhrzeitanzeige hängen. Es war kurz vor halb neun. Gestern hatte er sich für den Rest der Woche frei genommen. Heute Nacht hatten ihn seine Gedankenketten auf der Suche nach einem Ausweg den Schlaf geraubt und er war erst gegen vier Uhr in der Frühe eingeschlafen. Mit dem Zeigefinger rieb er sich mehrmals die Augen, während er mit der anderen Hand das Telefon an sein Ohr hielt. Ehe er sich melden konnte, legte sein Gesprächspartner merklich motiviert los: „Hallo Gerhard, Harry Bauer ist ausgezogen."

Gerhard setzte sich auf die Bettkannte: „Wie meinst du das? Er wohnt nicht mehr bei dir?"

Werners Stimme klang überbetont heiter: „Heute Morgen hat er ausgecheckt."

„Hat er gesagt warum? Sagtest du nicht er hat für einen vollen Monat gebucht?"

„Ich war zu der Zeit noch nicht unten im Frühstücksraum. Nelly, meine Aushilfe, hat mit ihm abgerechnet. Ich bin heute später in die Gaststube gekommen. Mein Schwager hat bei mir übernachtet, da hat am Morgen alles etwas länger gedauert."

Gerhard war mittlerweile in die Küche gegangen, hatte auf den Netzschalter seines Kaffeeautomaten gedrückt und murmelte vor sich hin: „Meine tägliche Bluttransfusion."

„Was sagtest du?"

„Ach nichts. Paul Gerstner, dein Schwager, ist er wohlauf?"

„Ja, ich habe ihn nicht aus den Augen gelassen."

„Gut."

„Wie ging's mit deinem Schützling?", wollte Werner seinerseits wissen.

„Manfred Schwarz ist gegen 16:00 Uhr im Seniorenheim verstorben. Ich glaube allerdings, er wollte nicht mehr leben. Auch Jutta musste unverrichteter Dinge von ihrem Besuch bei August Gerber zurückkehren. Sie hatte ihn nicht angetroffen. Er war zu diesem Zeitpunkt bereits tot und wurde später im Wald gefunden."

„Weißt du wo Jutta ist? Ich wollte sie auch über die überstürzte Abreise von Harry informieren. Ich kann sie weder auf dem Handy, noch über den Festanschluss erreichen."

Nach einem zögerlichen: „Nein, ich ...", verstummte Gerhard und blieb eine sofortige Antwort schuldig, während sich die Tasse langsam mit Kaffee füllte.

„Gerhard? Bist du noch dran?", fragte Werner nach.

Zögerlich antwortete dieser: „Sie wollte sich gestern Abend mit Harry treffen."

Gerhard war zwar auf einen heftigen Vorwurf gefasst, trotzdem überraschte ihn der abrupte Stimmungswechsel: „Was bist du doch für ein hirnloser Trottel! Wie konntest du das zulassen! Warum hast du mich nicht sofort informiert?"

„Sie wollte es nicht", versuchte Gerhard ruhig zu antworten.

„Sie wollte es nicht? Ich kann's nicht glauben!"

„Du warst gestern nicht gerade gut drauf. Sie ließ sich nicht davon abbringen und hatte versprochen, telefonisch Kontakt mit mir zu halten."

„Hat sie das?"

„Nein", erwiderte Gerhard kleinlaut.

„Harry ist abgereist und Jutta nicht zu erreichen. Wenn da keine Verbindung besteht!" Werner war außer sich und ergänzte:

„Wir treffen uns in zehn Minuten vor ihrem Haus!"

35

Dienstag, 20. September —Vor dem Haus von Jutta Kroner

Auf dem Weg zu Jutta machte sich Gerhard ernsthafte Vorwürfe. Gegen achtzehn Uhr war er gestern noch langsam an ihrem Haus vorbeigefahren. Kein PKW parkte vor dem Anwesen und es hatte nicht den Anschein, dass sich jemand im Haus aufhielt. Natürlich wollte er nicht klingeln. Es wäre mehr als peinlich gewesen, wenn er Jutta und Harry angetroffen hätte. Was hätte er sagen sollen? Dass sie in Gefahr schwebt? Dass sie ihr Vorhaben abbrechen soll, weil ihn ein ungutes Gefühl plagte? Er hatte deutlich gespürt, dass sie sich nicht von ihrem Plan abbringen ließ und insgeheim gehofft, sie würde mit ihrem Manöver Erfolg haben. Er vertraute ihr und er vertraute seiner These. Das Muster erschien ihm eindeutig. Es richtete sich nicht gegen Frauen. Später in der Nacht hatte er Jutta eine Nachricht auf ihr Handy geschickt, aber keine Antwort erhalten. Vielleicht hatte sich das Muster ab heute geändert.

Gerhard war mit seiner schwarzen Mercedes C-Klasse als erster vor Ort und parkte auf der gegenüberliegenden Seite in einer Parktasche. Er stieg aus und musterte Juttas Haus. Aus dieser Perspektive sah es genauso verlassen aus wie gestern Abend. Auch die Rollläden waren noch immer heruntergelassen und verwehrten ihm den Blick ins Innere. Juttas silberner Golf stand weder im Hof noch auf der Straße. Natürlich könnte sie noch schlafen und ihr Auto könnte in der Garage stehen. Es war eher der Versuch, mit diesen Erklärungen weitaus beängstigendere Gedanken zu verdrängen.

Es dauerte keine zwei Minuten bis Werner mit seinem Wagen um die Ecke bog und direkt vor der Einfahrt parkte. Als Gerhard die Straße überquerte und auf Werner zuging, war er auf eine Fortsetzung der Moralpredigt gefasst. Doch es kam anders. Offensichtlich hatte sich Werner wieder beruhigt, ging zwei Schritte auf Gerhard zu, umarmte ihn innig und sagte fast flehend: „Entschuldige Gerhard, ich verstehe, dass du so gehandelt hast und ich weiß wie du dich fühlst. Es tut mir leid. Es tut mir leid, dass es mir gestern nicht gut ging und dir keine Hilfe war. Und es tut mir leid, dass ich dich dafür vorhin am Telefon angeschrien habe. Ich hätte genauso gehandelt."

„Ist schon gut", sagte Gerhard beschwichtigend und stupste ihn freundschaftlich mit der Faust: „Ich glaube wir sind alle überreizt und ein wenig dünnhäutig. Wie geht es Sabine?"

„Wahrscheinlich darf sie am Wochenende heim."

„Lass sie noch ein paar Tage dort. Ich glaube, in Kandel ist sie sicher und gut versorgt. In Jockgrim droht ihr möglicherweise Böses."

„Ich habe heute Morgen eine Facebook Meldung gelesen: Jockgrim, das Dorf, in dem die Alten wegsterben wie die Fliegen. Das ist doch pervers, oder?"

„Wem sagst du das", pflichtete ihm Gerhard bei, „die Hirnlosen sterben nicht aus. Als ich Manfred Schwarz gestern im Seniorenheim aufgesucht habe, konnte ich noch mit der stellvertretenden Leiterin sprechen. Fast vierzig Prozent der Insassen haben sich inzwischen in Einrichtungen anderer Orte verlegen lassen oder sind bei Verwandten im Umreis untergekommen."

„Meinst du, es ist wirklich auf die Ortsgemeinde Jockgrim beschränkt?"

„Es ist genauso spekulativ wie meine These, dass es nur die männlichen Alten trifft."

Werner legte seinen Arm um Gerhards Schulter: „Lass uns klingeln und nachsehen, ob Jutta zu Hause ist."

Es war ein kleines zweigeschossiges Haus im Neubaugebiet mit auffällig ockergelbem Verputz. Der von einem kleinen Satteldach mit roten Ziegeln geschützte Eingang war auf der Straßenseite. Die beiden weißen Fenster links und rechts davon waren symmetrisch angeordnet und wiederholten sich im ersten Stock. Die Rollläden waren außen angebracht und im unteren Stockwerk heruntergelassen. Zwischen Garage und Haus war ein schmaler

Durchgang in den Garten. Über drei ausladende Steinstufen erreichten sie die weiße Eingangstür mit ihrem schlichten senkrechten Edelstahlgriff. Links der Tür lugte die Tageszeitung aus dem Briefkasten.

Werner drückte die Klingel unterhalb der Sprechanlage zweimal. Als sich im Innern des Hauses nach einer kurzen Pause nichts regte, betätigte er mehrmals hintereinander den Knopf, so dass der Gong und sein Nachklang sich fast überholten. Die Beiden schauten sich an.

„Also wenn sie noch schläft, dann müsste sie nun wirklich hellwach sein", meinte Werner.

„Lass' uns mal zur Garage gehen", schlug Gerhard vor, „vielleicht können wir sehen, ob ihr Auto da ist. Auf der Straße stand nirgends ein silberner Golf."

„Das Tor ist abgeschlossen", bemerkte Werner, nachdem er an dem Schloss gerüttelt hatte, „vorne können wir nicht ins Haus blicken, wir sollten es auf der Rückseite probieren." Sie eilten hintereinander durch den engen Durchgang und blieben vor dem Küchenfenster stehen. Um etwas zu erkennen, drückte Werner seine Stirn fest an die Scheibe und erschrak, als er merkte, dass das Küchenfenster nur angelehnt war. Er drückte den Fensterflügel ganz auf und rief laut hinein: „Jutta! Bist du da!"

Im Haus blieb es still.

Werner drehte sich zu Gerhard: „Sollen wir durch das offene Fenster klettern und nachsehen? ... Hey, wo willst du hin?"

Gerhard zog das Fenster wieder heran, erreichte mit wenigen Schritten die Veranda, die von zahlreichen mediterran angehauchten Topfpflanzen belagert war und rüttelte sanft an der Terrassentür. Sie war verschlossen und der Vorhang zugezogen. Beim Zurückgehen entdeckt er im oberen Teil der seitlichen Garagentür eine kleine Scheibe. Nur eine Handbreit groß, eher eine Lichtblende, aber vielleicht eine Möglichkeit, in die Garage zu blicken.

Gerhard schirmte mit seinen Händen das Tageslicht ab und bemühte sich etwas zu erkennen: „Es ist zwar dunkel und ich kann nicht alles klar sehen, aber da drin steht garantiert kein Auto."

„Wenn ihr Auto weg ist, kann sie ja nicht da sein. Wir brauchen also nicht in ihre Wohnung eindringen", argumentierte Werner achselzuckend. Sie gingen zur Vorderseite des Hauses und setzten sich nebeneinander auf die oberste Stufe des Eingangsbereiches.

„Was sollen wir nun tun?", fragte Werner.

„Ich weiß nicht, wieso ich trotz allem ein ungutes Gefühl habe. Wir sollten doch im Haus nachsehen."

„Das ist Einbruch, das weißt du schon?"

Gerhard nickte und mutmaßte: „Meinst du es ist zu Ende?"

„Weil Harry Bauer weg ist?"

„Wenn Jutta die ganze Zeit mit Harry Bauer zusammen war…", überlegte Gerhard.

„Oder noch ist …", unterbrach ihn Werner, doch Gerhard ließ ihn nicht ausreden: „… so ist ihr Plan zumindest aufgegangen. Seit dem späten Nachmittag gestern bis heute früh gab es keine weiteren Opfer. Auch dein Schwager lebt ja, Gott sei Dank."

„Hab' ich das Jutta zu verdanken oder meiner Fürsorgepflicht? Ich weiß es nicht."

„Oder noch ist! Wolltest du nicht eben diese Vermutung aussprechen?", wiederholte Gerhard die Worte von Werner: „Vielleicht sind die Beiden noch in diesem Haus, während wir hier auf den Stufen sitzen?"

„Das ist doch absurd. Das glaubst du doch selbst nicht!"

„Nein, natürlich nicht."

Gerhard wechselte das Thema: „Wer sagt, dass Harry Bauer nicht mehr in Jockgrim ist? Vielleicht hat er nur die Pension gewechselt?"

„Das kann ich mit drei, vier Telefonaten herausbekommen."

Es dauerte nur ein paar Minuten, dann hatte Werner das einzige Hotel im Ort und die beiden anderen Gasthäuser mit Fremdenzimmer nach Harry Bauer befragt. Nirgends war dieser Name aufgetaucht. Nur das Hotel meldete überhaupt einen Zugang an diesem Morgen. Nach dem letzten Telefonat wurde Werner merklich blass und blickte Gerhard an: „Mein Gott! Es ist nicht vorbei. Meine Kollegin aus der Bahnhofswirtschaft hat mir soeben mitgeteilt, dass vor einer halben Stunde ein junger Motorradfahrer ums Leben gekommen ist."

„Wo?"

„Du kennst doch die abknickende Vorfahrt an der Wilhelmsruhe, wo früher immer das Waldfest stattfand?"

Gerhard nickte zustimmend: „Hart an der Grenze, aber immer noch innerhalb der Gemarkung Jockgrim."

„Ein junger Mann passt gar nicht ins bisherige Schema."

Gerhard klang sichtlich frustriert: „Mir rinnt die Aufklärung des ganzen Geschehens wie Sand durch die Finger."

„Was die Alten aus dem Seniorenheim machen ist gar nicht dumm. Vielleicht sollte man das Thema Evakuierung durchaus als einen möglichen Weg verfolgen. Du kennst dich als Wehrleiter doch bestimmt mit solchen Notfallplänen aus?"

„Das mit der Evakuierung ist nicht so einfach. Trotz aller Hysterie ist die Anzahl der bisher Verstorbenen keine Größenordnung, die es erforderlich macht, die öffentliche Ordnung und Sicherheit zu schützen. Ich denke wir können auch keine hinreichende Wahrscheinlichkeit nennen, wohin sich die Sache noch entwickeln wird. Im Gegenteil glaube ich, dass wir bereits im Ansatz mit einer solchen Planung eher eine Panik auslösen würden. Das müssen wir auf jeden Fall vermeiden. Es ist schon schwierig genug und viele Unwahrheiten sind im Ort unterwegs."

„Wenn es bei den Alten bleibt", bohrte Werner nach, „ist das durchaus eine überschaubare Geschichte. Natürlich müsste die Evakuierung auf freiwilliger Basis erfolgen."

„Was ist, wenn sich die Strategie geändert hat? Man kann doch nicht tausende Bewohner einfach umsiedeln. Und für wie lange?

Soll Jockgrim ein verlassener Ort werden? Dann wären wir schließlich auf dem Niveau deiner Facebook Meldung angelangt. Der Gedanke ist völlig absurd!"

„Ich hoffe, du behältst Recht", meinte Werner und tippt sich mit dem Finger an die Stirn: „Wir müssen aufpassen, dass die Gedanken nicht mit uns durchgehen."

Gerhard dachte still nach, legte seine Hand auf Werners Knie und sagte: „Jutta arbeitet doch auf der hiesigen Verbandsgemeinde im Bürgerbüro. Wahrscheinlich ist sie heute Morgen ganz normal zur Arbeit gefahren, während wir hier den abgefahrensten Überlegungen nachhängen."

Werner schüttelte den Kopf: „Was ist bloß mit uns geschehen, dass wir an das Naheliegende zuletzt denken?"

„Ich hoffe sehr, dass wir nicht enttäuscht werden. Willst du anrufen oder soll ich es tun?"

Die Handbewegung von Werner war eindeutig und hätte keiner verbalen Ergänzung bedurft: „Ruf' du an. Personensuche ist Sache der Feuerwehr."

Gerhard hatte Juttas Durchwahl nicht gespeichert und rief die Zentrale an, die sofort das Gespräch entgegennahm: „Verbandsgemeindeverwaltung Jockgrim, sie sprechen mit Frau Werlins. Was kann ich für sie tun?"

„Können sie mich bitte mit Frau Jutta Kroner verbinden?"

„Gerne. Einen Moment bitte."

Es dauerte länger als erwartet und Gerhard zuckte kurz zusammen, als sich eine Stimme meldete: „Kroner, guten Morgen."

„Gerhard Reiß, ich bin so froh, deine Stimme zu hören. Werner steht neben mir. Wir haben uns ernsthafte Sorgen um dich gemacht."

„Sorgen? Warum?"

„Du hast dich doch mit Harry getroffen. Oder nicht?"

„Ja, das habe ich."

„Die Rollläden sind noch heruntergelassen, das Küchenfenster war nur angelehnt. Du hast dein Handy nicht abgenommen. Wir hatten schon die schlimmsten Befürchtungen."

„Ich hatte verschlafen und musste mich beeilen. Mein Handy vermisse ich seit gestern Nachmittag."

„Harry hat heute Morgen ausgecheckt. Warst du lange mit ihm zusammen?"

Sie klang nicht überrascht: „Ja, die ganze Nacht. Er war allerdings schon verschwunden, als ich aufgewacht bin."

Werner nahm nun seinerseits das Handy in die Hand: „Hast du eine Ahnung, wo er sich aufhalten könnte?"

Ihre Stimme klang verhalten kühl, als ob sie damit gerechnet hatte: „Vielleicht ist er endgültig weg?"

Werner verneinte: „Das glaube ich nicht, es gab wieder einen Toten."

„Können wir uns heute nach Feierabend unterhalten? Ich habe viel zu tun", blockte Jutta das Gespräch ab und legte auf.

Werner schaute Gerhard unschlüssig an: „Das war nicht unsere Jutta, wie wir sie kennen."

36

Dienstag, 20. September — Zwischen Baggersee und B9

Es tat ihr weh wie sie am Morgen mit Werner und Gerhard umgesprungen war. Sie machte sich die ganze Zeit über Vorwürfe und war kaum in der Lage sich auf ihre Arbeit zu konzentrieren. Aber der gestrige Abend war anders verlaufen als geplant. Harry hatte ihr nahegelegt, sich nicht von den Beiden beeinflussen zu lassen und sie inständig gebeten, sich selbst ein Bild zu machen. Seine Erläuterungen klangen einsichtig und er zeigte Verständnis für ihre Sorgen. Dabei wirkte er besonnen und abgeklärt. Harry war kein schlechter Mensch. Oder doch? Für Jutta war es nach langer Zeit wieder eine Nacht, die bei ihr als wohlig, empfindsam und begehrt in Erinnerung bleiben würde. Trotzdem hatte sie am nächsten Morgen ein schlechtes Gewissen und als Werner mit der Nachricht kam, dass es wieder einen Toten gab, wusste sie weniger denn je, woran sie eigentlich glauben sollte. Sie musste sich Gewissheit verschaffen und verließ zwei Stunden früher als gewöhnlich ihr Büro.

Jutta fuhr den Wirtschaftsweg am Badesee entlang und bog unmittelbar vor der Bundesstraße links auf einen unbefestigten Pfad und parkte vor dem mannshohen Zaun, der den Zugang zum See blockierte. Er war an dieser Stelle nur für den Angelsportverein zugänglich. Sie stieg aus und folgte dem Zaun, bis sie wieder den von Rissen und Flicken gezeichneten Wirtschaftsweg erreichte. Von hier aus konnte sie den alten Teil des Ortes auf der kleinen Anhöhe, dem Hochufer, sehen. Wie ein Faust mit erhobenem Zeigefinger reckte sich die Kirche mit ihrem zartgelben Anstrich und dem dunklen Spitzdach im Hintergrund empor. Daneben kauerten die alten Ziegelhäuser unterwürfig und dicht gedrängt am Hang. Als ob sie das Genick eingezogen hätten, so wirkten die farblosen Gebäude durch ihre lang heruntergezogenen Dächer. Viel markanter war der riesige stählerne Telegrafenmast im Vordergrund, der mit seinen drei mächtigen Querträgern die dicken Stromtrassen umklammerte und weiterreichte.

Ein Wirrwarr aus unzähligen dunklen Linien zerteilte die Wolkendecke, die sich längst in ein schmutziges Grau verwandelt hatte.

Vor ihr lag ein Acker, der sich bis zu den Baumgruppen vor dem Hochufer ausdehnte. Die Erde wirkte fahl und hatte nicht diese satte und fette Ausstrahlungskraft eines frisch gepflügten Bodens. Einzig der runde rot-weiß gestreifte Pfosten, der den Verlauf der Gasleitung markierte, brachte einen Farbtupfer in die triste Kulisse. Links von Jutta zog sich ein Bewässerungsgraben hin, der von einem Schilfgürtel, dornigem Gestrüpp und groß gewachsenen Sträuchern überwuchert war. Rechts blinzelte ab und an ein kleines Stück des Badesees zwischen den Bäumen hervor.

Hier also hatte sich der schwere Unfall im vorigen November zugetragen. Sie blickte hinüber zur nahen Schnellstraße und sah, dass die Leitplanke an diesem Teilstück erneuert war. Im freien Feld konnte sie jedoch keinen Hinweis auf das Ereignis entdecken. Wenn es noch Spuren gab, so hatte die Natur diese längst vereinnahmt. Jutta ließ ihren Blick über die Niederung schweifen. Der Himmel hatte etwas Bedrohliches an sich. Nicht nur, weil sich die Wolken zunehmend dunkler färbten, sondern auch, weil der aufkommende starke Wind den Stromtrassen Leben einzuhauchen schien. Als Jutta aufblickte, war es ihr fast so, als würden sie kichern, die Leitungen, die sich in den Himmel schnitten.

Warum war sie eigentlich hier? Nach was suchte sie? Jutta war bemüht, sich zu erinnern. Harry hatte ihr gestern von dem Unfall erzählt. Er hatte ein paar Dinge erwähnt, die er nicht von Gerhard oder den offiziellen Berichten her kennen konnte. Er hatte etwas von einer schmalen Brücke über die Bundesstraße gesagt, die für die Land- und Forstwirtschaft genutzt wurde. Sie befand sich etwa einhundert Meter südlich. Die Zufahrt war durch Bäume und Gebüsch von hier aus nicht einzusehen. Des Weiteren war ihr in Erinnerung, dass er von einer Heckenhöhle sprach. Warum hatte sie gestern nicht nachgefragt oder besser zugehört?

Sie blickte auf ihre Schuhe und beschloss trotzdem, im Feld an der B9 entlang bis zur Brücke zu laufen. Das Gelände fiel an dieser Stelle steil von der Straße ab, und wurde durch einen wild wuchernden Streifen mit Gestrüpp vom dahinterliegenden Ackerland getrennt. Schnell merkte sie, dass sie auf der schmalen Böschung nicht wirklich vorankam. Sie entschied sich, lieber den Schmutz des Ackers in Kauf zu nehmen. Hinter den hohen Bäumen bog sie unmittelbar an der Brücke nach rechts ab. Hecken gab es hier genug, aber keinen Aufgang. Sie bahnte sich einen Weg durch das dichter werdende Strauchwerk und erreichte die Auffahrt zur Überführung. Sie ging bis in die Mitte der Brücke und spürte den Luftzug, wenn die Autos unter ihr hindurchrauschten. Sie lehnte sich an das rote Geländer und schaute über die Felder. Was mochte er mit dem Wort Heckenhöhle gemeint haben? Hatte sie sich etwa verhört? Sie sah nichts, was sie damit in Verbindung bringen könnte und ging wieder einige Schritte zurück, als ein großer Busch ihre Aufmerksamkeit erregte. Von der Brüstung aus hatte sie ihn nicht gesehen, da die Bäume entlang der

Auffahrt die Sicht versperrten. Dieses Gehölz wuchs nicht entlang des Bewässerungsgrabens oder der Ackergrenzen, sondern stand isoliert, auf einer brachliegenden Wiese.

Als sie den Fuß der Brücke erreichte, sah sie es deutlich vor sich. Rasch hatte sie das abgesondert wuchernde Gehölz erreicht. Das Unterholz war dicht und zum Teil mit Dornen bewachsen. Es war kein einzelner großer Busch, sondern ein in sich verwobenes Geflecht aus kleinwüchsig verwilderten Bäumen und undurchdringlichem Gestrüpp. Jutta ging einmal herum, konnte dabei nichts Ungewöhnliches feststellen. Sie drückte die Äste so gut es ging mit ihren Armen beiseite und fluchte leise, wenn sie sich wieder an einer der Dornen geritzt hatte. Sie wollte schon frustriert abbrechen, als sie mit ihrem Fuß einige trockene Äste abbrach und sah, dass sich im Innern ein Hohlraum befand.

Sie schlupfte vorsichtig durch die Verästelungen und konnte nun fast aufrecht stehen. Sie musste sich erst einige Augenblicke an die Dunkelheit gewöhnen, die durch das dichte Blätterdach und den regnerisch trüben Himmel bedingt war. Tatsächlich fühlte sie sich wie in einer kleinen Laube. Einer Heckenhöhle. Sie hörte ein Rascheln und bemerkte, dass etwas über den Boden nach draußen huschte. Oben im Geäst hatte sich ein Vogel verheddert und schlug wild mit den Flügeln, bis er laut piepsend durch ein Loch entfloh. Sie suchte angestrengt den harten Grund ab und sah an der Seite ein Bündel liegen. Mit den Händen drückte sie die Äste über sich auseinander, um etwas mehr Licht herein zu lassen. Vorsichtig drehte sie das Bündel mit ihrem Fuß um und erkannte im

Zwielicht einen menschlichen Körper. Sie beugte sich hinunter und erstarrte, als sie erfasste, dass die Gesichts- und Kopfmuskeln bereits unter der lederartigen Haut verschwunden waren. Sie sprang auf, hielt sich am dünnen Stamm des nächsten Baumes fest und übergab sich. Sie hustete, fuhr sich mit der Hand durch das Haar und drehte sich noch einmal um. Unter seiner schmierig zerfetzten Kleidung zeichneten sich die Rippen und das Becken scharf ab. Doch nicht dieser Umstand fand ihr Interesse. Es war die Kleidung. Die Leiche war männlich.

Sie spürte wie ihr Herz schlug, kroch aus dem Unterschlupf und rannte los. Sie lief blind und seelenlos, ohne irgendetwas um sich herum wahrzunehmen. Jutta bemerkte weder die dünnen Äste der Hecken, die sie wie Peitschenhiebe trafen, noch den lehmigen Boden, der an ihren Schuhen zerrte. Selbst an den Wassergraben, in dem sie bis über die Knie einsank, konnte sie sich später nicht mehr erinnern.

Erst als sie wieder auf dem befestigten Weg war hielt sie an, stemmte ihre Arme in die Hüften und wartete, bis ihre Atmung lockerer wurde. Sie blickte sich um und wollte sich orientieren. Der Kirchturm in der Ferne wurde inzwischen von Scheinwerfern angestrahlt und hob sich nun deutlich von der tristen Umgebung ab. Schwarze Wolken türmten sich schwerfällig über den Stromtrassen auf und die ersten dicken Tropfen tanzten auf dem staubigen Asphalt. Jutta suchte nach ihrem Handy und erinnerte sich, dass sie es noch immer vermisste.

Am anderen Ende des Weges sah sie ihren silbernen Golf. Ohne weitere Vorwarnung öffnete der Himmel seine

Schleusen und Jutta war bereits nach wenigen Metern nass bis auf die Haut. Der Kirchturm und die Strommasten wurden durch den dichten Regenvorhang verschluckt, der nun niederprasselte. Der Sturm peitschte ihr den Regen ins Gesicht, so dass sie ihren Kopf senken musste und dabei die Augen so gut es ging zusammenkniff. Für einige Augenblicke war das Unwetter so heftig, dass sie den Weg aus den Augen verlor und ins Stolpern geriet.

Endlich hatte sie ihr Auto erreicht, riss die Tür auf und ließ sich triefend auf den Sitz fallen. Das Wasser lief an ihren Haaren herunter, die Kleider klebten und sie spürte die kalte Nässe auf ihrer Haut. Das laute Trommeln auf dem Dach und das Krächzen der Baumwipfel waren die einzigen Geräusche und sie machten ihr Angst. Jutta fühlte sich in diesem engen Fahrgastraum eingesperrt, ohne Sicht nach draußen und gefährlich dicht am Rand des Sees. Sie spürte jedes leichte ruckeln, wenn der Wind am Auto zerrte und zuckte zusammen. So plötzlich wie er gekommen war, hörte der Wolkenbruch nach wenigen Minuten auf und ging in einen normalen Landregen über. Jutta startete das Auto, schaltete die Scheibenwischer auf die schnellste Stufe und fuhr los.

Zuhause angekommen ließ sie ihre Kleider im Bad auf den Boden fallen, frottierte hastig ihre Haare und warf sich den weißen Bademantel über. Zurück im Wohnzimmer wählte sie Gerhards Nummer und fuhr sie sich mit dem Handtuch nochmals über den Kopf, während sie angespannt wartete. Als dieser abnahm überschlug sich ihre Stimme: „Gerhard! Gerhard? Ich muss … ich muss dir was Wichtiges mitteilen. Hörst du?“

„Was ist los Jutta, warum bist du so aufgeregt?“

„Harry Bauer und Harry Sander sind nicht dieselbe Person!“

„Wie kommst du da drauf?“

Sie klang beunruhigt: „Ich habe den vor zehn Monaten verunglückten Mercedesfahrer gefunden.“

„Was erzählst du denn da? Geht es dir gut? Soll ich vorbeikommen?“

„Ich habe Harry Sanders Leiche gefunden. Ungefähr hundert Meter vom Unfallort, auf der Jockgrimer Seite!“

„Unmöglich. Wir haben damals das Gebiet weiträumig abgesucht. Mehrmals.“

„Er lag abseits in einer Heckenhöhle.“

„Wo?“

„Na, in so einem undurchdringlichen Buschwerk.“

„Verarsch' mich bitte nicht. Das ist das Letzte was mir heute noch fehlt.“

Sie fing an zu schluchzen: „Gerhard, bitte!“

„Und da bist du so rein zufällig vorbeispaziert?“

„Nein, natürlich nicht!“

„Sondern?“

Sie machte eine Pause, bevor sie antwortete: „Harry hat den Ort gestern beiläufig erwähnt“, sie schnäuzte sich die Nase und ergänzte, „Harry Bauer.“

„Und er sagte, dass dort die Leiche von Sander liegt?“

„Nein, von einer Leiche hat er nichts gesagt und auch nie den Namen Sander erwähnt.“

„Jutta, schon heute Morgen hast du dich seltsam benommen und jetzt diese Räuberpistole. Du treibst doch kein Spiel mit mir?“

Ihre Stimme klang flehend und zerbrechlich als sie ins Telefon flüsterte: „Gerhard, bitte ... hilf mir."

Er spürte wie kraftlos sie diese Worte aussprach und bereute seinen letzten schroffen Satz. Mit verhaltener Betonung antwortete er: „Ist schon gut Jutta, hör mir bitte zu. Ich rufe jetzt die Polizei an und hole dich ab. Dann zeigst du uns den Fundort und wir werden die Sache klären. Ich bringe Werner mit. Ist das für dich in Ordnung?"

Als keine Antwort kam wiederholte er: „Ist das für dich in Ordnung, Jutta?"

Nach einem knappen: „Ja, natürlich", legte sie auf.

37

Dienstag, 20. September — Wohnung von Jutta Kroner

Jutta saß auf dem Stuhl in ihrem Wohnzimmer und starrte ins Leere. Sie hätte es verdient, von Werner und Gerhard schlecht behandelt zu werden. Sie hatten es nicht getan. Im Gegenteil, beide hatten aufmunternd und verständnisvoll versucht, sie zu trösten und ihr Mut zuzusprechen. Kein Vorwurf kam über ihre Lippen.

Und doch hatte sie versagt. Es war ihre Schuld, dass die Situation sich grundlegend geändert hatte. Sie war diejenige, die Harry von ihren gemeinsamen Erkenntnissen erzählte und deshalb hatte er seine Strategie geändert. Die fünf Opfer am späten Nachmittag hatten bereits nicht mehr in das bisherige Schema gepasst. Er hatte sein Vorgehen korrigiert. Fünf Opfer, die scheinbar zusammenhanglos sterben mussten. Mit dem jungen Motoradfahrer heute Morgen waren es sechs. Hatten Werner und Gerhard ihr nicht geraten, es so anzustellen, dass Harry keinen Verdacht schöpft? Waren all ihre Bemühungen der letzten Tage mit dieser einen Nacht zunichte gemacht? Die Sache war außer Kontrolle geraten. Wie ihre Ehe. Sie fühlte sich schuldig und wertlos.

Sie fühlte sich zu Harry hingezogen und empfand sich in seiner Nähe begehrenswert und wertvoll. Sollte sie sich so in ihm getäuscht haben? Sollte er sie nur für seine Zwecke ausgenutzt haben?

Der Ortstermin unten am Baggersee hatte ihr am späten Nachmittag den Rest an Glauben geraubt. Die gerichtliche Obduktion der Leiche wird noch einige Tage in Anspruch nehmen, um den exakten Todeszeitpunkt und die Todesursache zu bestimmen. Eine erste, grundlegende Feststellung gab es jedoch bereits am Fundort: Vom Zustand her lag der leblose Körper höchstens ein halbes Jahr in diesem Versteck. Die Identität zu klären, wird die Rechtsmedizin und Kriminologen beschäftigen. Es war eindeutig, dass es sich nicht um die Leiche von Harry Sander handeln konnte. In diesem Punkt blieb Gerhards Vermutung bestehen.

Jutta füllte den Cognacschwenker ein weiteres Mal bis zur Hälfte, legte drei Tabletten auf ihre Zunge und spülte sie mit einem einzigen Zug hinunter. Sie spürte den Alkohol nicht. Nicht wie sonst. Es war Zeit ins Badezimmer zu gehen. Ihre Kleider legte sie ordentlich auf dem Hocker zusammen und öffnete den Hahn, so dass das Wasser mit lautem Gurgeln in die Wanne floss. Sie hatte einige Teelichter aufgestellt, weil sie es in einem Film so gesehen hatte. Es war zwar kitschig, aber gab ein weiches Licht um die Wanne herum, im ansonsten dunklen Raum. Musik wollte sie keine hören und war ihr zu theatralisch. Sie wollte ihre Ruhe haben. Jetzt, in dieser letzten Phase. Behutsam stieg sie in die Wanne und tauchte in das wohlige Warm, welches ihren Körper umspülte. Sie konnte es nicht genießen. Die Verzweiflung blickte aus ihren leeren Augen. Es war allein ihre Schuld, dass der gemeinsame Plan scheiterte. Sie hatte Werner und Gerhard verraten. An Harry.

Noch einmal huschte ein Lächeln über ihr Gesicht, als sie das kleine Päckchen in ihrer Hand hielt. In der Tat war es das erste Mal, dass sie Rasierklingen kaufte. Sie musste die Verkäuferin um Hilfe bitten, um das richtige Regal zu finden. Wahrscheinlich wollte die Mitarbeiterin besonders aufmerksam sein, als sie danach fragte, für welche Marke und ob mit zwei oder drei Klingen. So kompliziert hatte sie sich das nicht vorgestellt. Sie konnte ja nicht sagen, für was sie die Klingen brauchte. Sie war froh, dass die Angestellte von einem anderen Kunden gerufen wurde, so konnte sie ohne Druck auswählen. Sie legte ein Päckchen mit fünf einzeln verpackten Rasierklingen in ihren Einkaufskorb zu den übrigen Sachen. Als sie an der Kasse in der Schlange stand und ihre Waren auf das Band legte, hatte sie das Gefühl, jeder würde ihre Absicht erkennen. Sie wusste, dass dies natürlich nur Einbildung war. Keiner konnte ahnen, was sie mit diesem alltäglichen Artikel vorhatte. Es hatte geklappt und sie lagen bereit.

Jutta nahm den Cognacschwenker vom Rand der Wanne, machte eine kreisende Bewegung mit dem Glas und versetzte die braune Flüssigkeit in eine wellenartige Bewegung. Sie hielt das Glas am ausgestreckten Arm vor ihr Gesicht, als ob sie sich selber zuprosten wollte. Sie hielt inne und zwinkerte mit ihren Augen. War es der Alkohol und die Tabletten, die bereits ihre Sinne vernebelten? Sie glaubte, Harrys Spiegelbild auf dem gewölbten Glas zu erkennen. Nur blass und etwas verzerrt, aber deutlich genug um ihren Puls zu erhöhen. Sie senkte langsam das Glas ab und das Abbild verschwand. Als sie es wieder in der ursprünglichen Position hielt, war es wieder da. Ihr Arm begann zu zittern und sie drehte langsam ihren Kopf. Vor Schreck rutschte ihr das Glas aus der Hand und zersprang klirrend auf den Badfliesen.

In der Ecke stand Harry im Halbdunkeln und blickte sie an.

„Hallo Jutta“, sagte er leise.

Mit versteinertem Blick erwiderte sie: „Du treibst ein perverses Spiel. Bin ich die nächste auf deiner Liste?“

„Ich habe gespürt, was du vorhast. Deshalb bin ich hier.“

„Wie bist du hereingekommen?“

„Die Tür war nur angelehnt. Vielleicht wolltest du, dass dich jemand rechtzeitig findet.“

Das Wasser stieg kontinuierlich.

Sie klang verzagt: „Ich begreife nicht, worum es dir geht. Kennst du keine Reue?“

„Ich bedauere, dass ich so handeln muss und Euch das Leid nicht ersparen kann. Bereuen? Nein, Reue habe ich nicht verspürt.“

Harry war sich nicht sicher, ob diese Antwort der

Wahrheit entsprach oder doch ein Rest an Zurückhaltung sein bisheriges Handeln bestimmte.

Jutta formte ihre Handflächen zu einer Schale, hielt sie unter den Zulauf und sah bedächtig zu wie das Wasser zwischen ihren Fingern unkontrolliert hindurchrann. In sich gekehrt und ohne den Blick von ihren Händen zu nehmen, sagte sie: „All die Unschuldigen Menschen. Und warum?"

„Weißt du Jutta, jeder wird sterben, mancher qualvoll, mancher schläft ruhig ein. Ist es nicht besser sie werden ohne Qualen erlöst? Bei allen Opfern war es der schmerzloseste Tod, den sie erhalten konnten."

Harry wusste, dass jetzt die Gelegenheit gekommen war. Er dachte an Sabris Worte: Leidenschaft kann dich dazu bringen unvernünftig zu handeln. Es wäre jetzt so leicht, einfach abzuwarten. Hatte Sabri nicht auch erwähnt, dass er gar nicht ihr natürliches Bestimmungsdatum kannte? Vielleicht würde sie in nächster Zeit auch ohne sein Zutun sterben? Vielleicht war dieser Zeitpunkt nun erreicht? Er blickte zu Jutta, die inzwischen das Wasser abgestellt hatte und sich in die Wanne rutschen ließ, bis nur noch ihr Gesicht über der Wasseroberfläche war.

„Du hast einen schönen Körper" sagte Harry, ohne sich aus der halbdunklen Ecke heraus zu bewegen.

Jutta hob ihren Oberkörper aus dem Wasser und legte ihre Arme auf den Wannenrand.

Sie blickte zu Harry und fragte: „Kannst du mir sagen wie sich der Tod anfühlt?"

„Er hat viele Gesichter – niemand hat sie bisher gezählt."

„Was glaubst du geschieht mit mir?“

„Willst du das wirklich wissen?“

„Sag es mir.“

Harrys ruhige Stimme klang emotionslos: „Deine Hirnaktivität wird sich verringern und deine Wahrnehmung einschränken. Deine Atmung wird flacher. Zuerst merkst du wie dein Sehvermögen nachlässt, dann hörst du meine Stimme nur noch phasenweise. Der Schein der Teelichter wird erlöschen, dein Herz setzt aus und das Hirn bekommt nicht mehr genügend Sauerstoff.“

„Was mir Angst macht, ist der erste Schritt, sind die Rasierklingen. Lässt dich dies alles kalt? Empfindest du gar nichts für mich?“

„Du hättest mich gehen lassen sollen, als ich auf dem Weg zur Tür war.“

„Wie kannst du nur so kalt sein!“

„Ich bin schon zu weit gegangen. Die Nacht mit dir war wunderschön und ich würde mir nichts sehnlicher wünschen, als dich in den Armen zu halten. Es geht nicht. Ich habe damit eine Grenze überschritten.“

„Wie meinst du das?“

„Es geht nicht darum, dass wir miteinander geschlafen haben. Es geht um meine Gefühle.“

„Die du offensichtlich nicht hast.“

Harry schüttelte den Kopf: „Ich kann es dir nicht erklären, aber ich wäre froh, es wäre so.“

„Bitte Harry, sei wenigstens einmal ehrlich zu mir. Bist du hier, um mich sterben zu sehen? Um auf Nummer sicher zu gehen?“

Sie vermieden es, sich anzusehen.

Sie hörte, dass sich Harry leise räusperte und mehrmals ansetzte, um etwas zu sagen. Schließlich antwortete er: „Dein Tod könnte meine Zukunft sein."

„Mein Tod würde dir helfen? Bei was?"

„Er würde mich befreien."

„Von mir?"

„Von einer Verbundenheit, die mich hindert meinen Auftrag zu erfüllen. Ich habe dir gestern zu viel erzählt."

„Nein, ich habe uns verraten. Wir waren auf dem richtigen Weg um dich aufzuhalten."

„Keiner kann mich aufhalten. Weder du, noch Werner oder Gerhard. Nenne es Schicksal, dass ich hier bin."

„Und du? Könntest du es beenden?"

„Wenn ich mein Ziel erreicht habe."

„Und wenn nicht?"

„Was hätte ich davon?"

Jutta überlegte, was sie ihm anbieten könnte. Außer einer scheinbaren Zuneigung zu ihr hatte sie keinen Anhaltspunkt. Dabei wusste sie nicht einmal, ob diese Sympathie echt war oder nur Teil seines perfiden Spiels. Sie hatte keine Zeit, um lange darüber nachzudenken und schlug vor: „Wir könnten Zusammensein. Keiner kann dir bis jetzt etwas nachweisen. Kein Opfer ist durch ein Gewaltverbrechen ums Leben gekommen. Ich bin die einzige, die davon weiß."

„Und Werner und Gerhard?"

„Ich habe ihnen nicht alles erzählt."

„Selbst du kennst längst nicht meine vollständige Geschichte."

Es war ein Versuch. Ein letztes Bemühen von Jutta die

Sache doch noch irgendwie in den Griff zu bekommen. Er hatte nicht angebissen. Ihre Beine waren schwer und sie versuchte ungelenk, ihre Zehen aus dem Wasser zu strecken. Es wurde für sie zunehmend mühevoller, sich mit den Armen aufzustützen. Die Tabletten begannen ihre Wirkung zu entfalten und bildeten mit dem warmen Wasser einen betäubenden Pakt. Jutta drehte ihren Kopf zu Harry und sagte: „Ich kann nicht weiterleben, wenn es nicht aufhört. Ich fühle mich mitschuldig, weil ich dir vertraut habe."

Die Antwort war knapp und kühl: „Es ist allein deine Entscheidung."

Harry ging schweigend aus dem Badezimmer. Jutta spürte den kalten Luftzug, als sich die Haustür öffnete und wieder schloss. Eines der Teelichter erlosch und ein dünner Rauchfaden stieg empor.

38

Dienstag, 20. September — Bürgerhaus

Kunst hatte Tradition in der Gemeinde und noch immer einen hohen Stellenwert. Dass in Sachen Kunstverständnis die Meinungen der Bürger auch in Jockgrim auseinander gingen, war normal und förderte eher den Prozess, sich mit unterschiedlichen Kunstgattungen auseinanderzusetzen. Heute sollte eine Abendveranstaltung zur Erinnerung an drei große Künstler der Gemeinde im *Zehnthaus* stattfinden. Dieses liebevoll restaurierte Fachwerkhaus im engen, alten Ortsteil war Mittelpunkt der Kunstszene und Sitz des Kuratoriums für Kunst- und Denkmalpflege.

In unmittelbarer Nähe lebte und wirkte früher der Maler Albert Haueisen. Auch der verträumte kleine Lina-Sommer-Platz lag in Sichtweite des Zehnthauses. Die Dichterin war bei ihrer großen Lesegemeinde unvergessen. Ihr literarischer Nachlass umfasste mehr als 20 Bücher. Sie galt neben Paul Münch und Ludwig Hartmann als die Klassikerin Pfälzer Mundart.

Der Bildhauer Franz Bernhard lebte und arbeitete über vierzig Jahre in Jockgrim. Der mit vielen Preisen ausgezeichnete Künstler war als einer der bedeutenden Bildhauer der Gegenwart international bekannt. Allen dreien sollte die geplante Würdigung, Ausstellung und Lesung gelten.

Gegen Abend hatte der Regen wieder zugenommen und es war merklich kühler. Es waren heute nicht die ungemütlichen Wetterbedingungen, die für eine kurzfristige Absage der Veranstaltung im *Zehnthaus* sorgten. Die Menschen strömten in der Dämmerung, unter dem Schutz ihrer Schirme, in das Bürgerhaus neben der Verbandsgemeindeverwaltung. Keiner schien sich an diesem Abend für Kunst zu interessieren, die auch am Bürgerhaus deutlich und plastisch zu sehen war. Die großflächigen vegetativen Werke des Jockgrimer Bildhauers Karl-Heinz Deutsch verschmolzen mit der Architektur und prägten dadurch Draußen und Drinnen das Gesicht des großen Backsteingebäudes. Davon unbeeindruckt drängten die Besucher ins Innere. Kunst war im Augenblick unbedeutend und nebensächlich.

Die vierhundert Stühle, welche die Gemeindearbeiter kurzfristig aufgestellt hatten, reichten bei weitem nicht aus. Schulter an Schulter standen die Besucher im hinteren Teil und an den Seiten. Der Zugang zum großen Saal blieb offen, so dass sich die Menschen im Foyer vor den breiten Flügeltüren drängten, um die Ansprachen und Dialoge von hier aus zu verfolgen. Es war laut, fast tumultartig und der immer noch nicht enden wollende Zustrom führte zu heftigem Geschiebe. Mitglieder der Freiwilligen Feuerwehr versuchten das Gewühl so gut es ging zu ordnen. Schließlich mussten die Zugänge geschlossen werden, obwohl vor dem Eingang immer noch viele Menschen Einlass begehrten. Das Interesse hatte alle überrumpelt: Die Initiatoren, die Feuerwehr, das Rote Kreuz und letztlich auch die Besucher.

Um zwanzig Uhr sollte die Versammlung beginnen. Der unerwartete Andrang führte jedoch zu einer Verzögerung von mehr als fünfzehn Minuten. Auf der Bühne stand ein Tisch mit zwei Mikrofonen, einer Flasche Mineralwasser und vier Gläsern. Dahinter hatten die Ortsbürgermeisterin Katherina Böhringer, Werner Trauth und Gerhard Weiß Platz genommen.

Frau Böhringer saß in ihrem anthrazitfarbenen Kostüm zwischen den beiden Männern. Ihr ovales Gesicht mit spitz zulaufendem Kinn wirkte trotz der roten Lippen blass. Vielleicht lag es auch an ihrem pechschwarzen, leicht lockigen und etwas struppigen Pagenschnitt, der mit den Haarspitzen ihren Nacken berührte. Sie spielte nervös an ihrem goldenen Kettchen, mit dem zwei Euro großen Amulett, erhob sich und versuchte mit ihren

Armbewegungen anzudeuten, dass die Gespräche verstummen sollten. Es überraschte alle wie schnell Ruhe einkehrte. Hatte man soeben sein eigenes Wort kaum verstanden, so war die plötzliche Ruhe fast unheimlich. Hinten im Saal weinte ein kleines Kind, hier und da ein verstohlenes Husten und das hastig verstummende Klingeln eines Handys. Ansonsten herrschte eine erwartungsvolle Stille. Alle Blicke waren auf die Bühne gerichtet, wo sich Katharina Böhringer wieder setzte und sich mit ihrem Oberkörper näher ans Mikrofon beugte.

Werner hatte die Idee gehabt und heute am frühen Nachmittag die Bürgermeisterin um ein Gespräch gebeten. Eindringlich vertraute er ihr die Tatsachen, Vermutungen und Schlussfolgerungen an, mit denen er, Jutta und Gerhard sich die letzten Tage auseinandergesetzt hatten. Er war sich sicher, dass es nach der neuerlichen Eskalation nicht mehr nur ihr Thema sein konnte. Für ihn war es ein Kampf gegen Windmühlen und er war sich nicht einmal sicher, ob diese Windmühlen nur in seiner Einbildung existierten. Es fiel Werner zunehmend schwerer, Reales von Fiktivem zu unterscheiden.

Frau Böhringer war nicht der Typ, die schnell für eine Sache zu gewinnen war. Schon gar nicht für solche, in ihren Augen ‚abenteuerlichen Berichte'. Sie wollte keine Hexenjagd auf einen Harry Bauer, den sie im Übrigen gar nicht kannte. Sie handelte viel zu sehr überlegt und hielt die Todesfälle unter den Alten für bedauerlich, die Häufigkeit für extrem, aber immer noch irgendwie erklärbar. Es war die Hartnäckigkeit von Werner und die letzten fünf Opfer, die ihre Meinung änderten. Noch nie wurde eine Bürgerversammlung innerhalb weniger Stunden organisiert. Ohne Vorankündigung im Amtsblatt und ohne dies mit den zuständigen Gremien abzustimmen. Katherina Böhringer telefonierte den ganzen Nachmittag mit ihren Gemeinderatsmitgliedern. Die Bevölkerung wurde per Telefon, E-Mail, *Facebook*, *WhatsApp* oder durch Mund-zu-Mund-Propaganda informiert.

Man merkte der Bürgermeisterin an, dass sie nervös war. „Liebe Mitbürgerinnen und Mitbürger, ich bin wirklich überwältigt von ihrer Resonanz auf diese Einladung", begann sie ihre Begrüßung. „Lasst uns zunächst eine Minute in Stille den Verstorbenen der letzten beiden Wochen gedenken. Es soll uns darin erinnern, dass unser Leben endlich und vergänglich ist."

Diejenigen, welche einen Sitzplatz hatten, erhoben sich. Die Mehrzahl senkte ihre Häupter, einige falteten ihre Hände.

„Ich danke ihnen und möchte meine beiden Partner auf der Bühne vorstellen", fuhr Katherina fort, „beide sind wohl den meisten bekannt. Links von mir, der Wirt des *Elefanten* Werner Trauth, auf der anderen Seite unser Leiter der Freiwilligen Feuerwehr, Gerhard Weiß. Was wir zu berichten haben ist nicht einfach. Vielleicht fühlt sich der eine oder andere seltsam berührt. Wir wollen sie keinesfalls mit unseren Theorien über die Sterbefälle in unserer Gemeinde bevormunden. Jeder soll sich selbst eine Meinung bilden. Wir sind jedoch der Ansicht, dass wir unsere Vorstellungen mit ihnen teilen müssen. Herr Weiß wird ihnen erklären, warum wir uns heute hier versammelt haben."

Werner beugte sich hinter dem Rücken von Katherina zu Gerhard und fragte flüsternd: „Hast du was von Jutta gehört? Wo bleibt sie denn?" Dieser zuckte mit den Schultern: „Sie wollte rechtzeitig hier sein."

Gerhard hatte es übernommen die Anwesenden zu informieren und berichtete zunächst nochmals ausführlich von dem schrecklichen Unfall vor zehn Monaten auf der B9. Er stellte fest, dass der verunglückte Fahrer bis heute nicht gefunden wurde und wies auf die frappierende Ähnlichkeit zwischen Harry Sander und Harry Bauer hin: „Seit dem 10. September hält sich Harry Bauer bei uns in der Gemeinde auf. Dieses Datum fällt mit dem Beginn der Todesserie zusammen. Bis heute haben wir 28 Opfer zu beklagen. Kein einziger Fall war, den Untersuchungen zu Folge, ein Gewaltverbrechen. Es ist genauso unerklärlich wie das Verschwinden des Unfallopfers. Es ist genauso rätselhaft wie die Verbindung zwischen Harry Sander und Harry Bauer und es ist genauso spekulativ wie die Frage nach dem ‚Warum?'. Für diese Geschehnisse gibt es keine reale Erklärung."

Als Gerhard von den Fällen berichtete, bei denen Harry ganz offensichtlich in unmittelbarer Nähe war, wurde es unruhig im Saal. Er ließ sich davon nicht irritieren und redete weiter: „Natürlich kann man versuchen die Häufung von Todesfällen zu erklären. Nicht erklärbar ist jedoch die Tatsache, dass sich unter den Opfern ausgerechnet die sechzehn ältesten männlichen Mitbürger befanden. Soviel Zufall kann es nicht geben."

Es wurde nun laut im Saal und die drei auf der Bühne hatten Schwierigkeiten, wenigstens einige der Wortfetzen zu verstehen, die ihnen entgegengeschleudert wurden.

„Sollen wir jetzt an Hexerei glauben?“, stichelte eine junge Frau.

„Oder Höllenkunst?“, feixte ihre Nachbarin.

Ein älterer Mann blickte auffordernd zum Podium: „Meinen sie, dieser Herr Bauer verkörpert eine böse Macht und verfügt über überirdische Kräfte?“

Noch ehe Gerhard Weiß antworten konnte, rief eine dunkle männliche Stimme aus der Mitte des Raumes: „Was meint denn unser Pfarrer zu diesen Theorien?“

„Ja, es sind doch auch seine Schäfchen!“, pflichtete ihm eine ältere Frau von der Seite bei.

Immer mehr gleichartige Zwischenrufe hinderten Gerhard daran, in seinen Ausführungen fortzufahren.

Der kräftige, etwas mollige Geistliche saß in der dritten Reihe, erhob sich und ging über eine seitliche Treppe auf die Bühne. Werner reichte ihm ein Mikrofon. Der Pfarrer blickte über den proppenvollen Versammlungsraum und wartete bis wieder Ruhe einkehrte.

„Solch einen Andrang wünschte ich mir mal in der Kirche“, bemerkte er mit Blick zur Bürgermeisterin, ehe er sich dem Publikum zuwandte und das Wort ergriff: „Liebe Gemeinde, egal welche Schlussfolgerungen ihr für euch persönlich zieht, nur Gott kann über Leben und Tod entscheiden. Gott gibt den Atem, Gott nimmt den Atem, aber nicht immer ist es sein Wille, sondern es spielen auch viele Einflüsse in ein Leben der Menschen hinein. Die Frage ist doch wie können wir dem Tod begegnen? Wenn Gott auf unserer Seite ist, dann brauchen wir vor dem Tod keine Angst zu haben. Auch wenn er so mächtig Auftritt wie bei uns in den letzten beiden Wochen. Wenn ich alles richtig verstanden habe, könnte man glauben, Harry wäre eine Art Racheengel. Warum gerade Jockgrim? Lastet irgendeine Schuld auf unserer Gemeinde? Ich bin mir sicher, dass weder Tod noch Leben, weder Engel noch dunkle Einflüsse oder eine andere Macht uns von der Liebe Gottes trennen können. Schon gar nicht ein Harry Bauer."

„Wegen solchen Humbugs hat man die Veranstaltung im *Zehnthaus* abgesagt?", wurde der Pfarrer aus dem Publikum bissig unterbrochen.

„Wer ist denn dieser Herr Bauer? Ich habe noch nie von ihm gehört und wahrscheinlich noch nicht zu Gesicht bekommen", wollte ein weiterer Besucher lauthals wissen.

„Sollen wir etwa alle in den Nachbarort nach Rheinzabern gehen und um Asyl bitten?", scherzte eine Stimme aus dem hinteren Bereich. In der ersten Reihe erhob sich eine Frau und rief: „Das ist doch alles nur esoterischer Quatsch. Vermutungen, Unterstellungen und Argwohn. Hirngespinste einiger übergeschnappten Weltenretter!"

Einzelne Beiträge gingen ab diesem Zeitpunkt im allgemeinen Gejohle unter.

Es war spürbar: auf die meisten Besucher der Bürgerversammlung wirkten die Ausführungen absurd und weltfremd. Es gelang den Initiatoren nicht, die Ereignisse und Folgerungen, mit denen Gerhard, Werner und Jutta die letzten beiden Wochen konfrontiert waren, hier im Bürgerhaus einem wenig homogenen Publikum nahe zu bringen. Und sie hatten durchaus Verständnis für diese Sachlage. Die große Mehrzahl der Zuhörer war offensichtlich überfordert, den unvorstellbaren Gedankengängen zu folgen. Werner wusste, selbst bei Katherina Böhringer hatte es mehr als zwei Stunden gedauert. Doch welche Alternative hätten sie gehabt? Der Pflock war eingeschlagen. Egal wie jeder einzelne darüber dachte, er würde sich mit dieser Deutung auseinandersetzen müssen und es gab bisher keinen, der an diesem denkwürdigen Abend eine andere Erklärung vorzuweisen hatte.

Katherina Böhringer erhob sich und nahm das Mikrofon aus der Halterung: „Ich verstehe ihre Zweifel. Auch mir fällt es schwer, mich mit Theorien auseinanderzusetzen, die sich jenseits unserer bisherigen Vertrautheit und Lebenserfahrung bewegen. Wenn sie mich fragen, was ich von den Schilderungen unseres Feuerwehrhauptmannes halte, kann ich mich noch nicht eindeutig festlegen. Ich kann ihnen aber versichern, dass ich die Entwicklung mit Sorge verfolge und allen Erklärungsversuchen aufgeschlossen und vorurteilsfrei gegenüberstehe." Sie machte eine ausladende Armbewegung in Richtung Publikum: „Letztlich wird es an ihnen liegen, Wege zu finden, wie sie persönlich mit der Situation umgehen. Wir können hier und heute die Ursachen der Sterbefälle nicht gemeinsam lösen. Jeder Einzelne kann aber dazu beitragen, die Unsicherheit in der Bevölkerung nicht weiter zu fördern. Lassen sie es nicht zu, dass immer neue Spekulationen unsere einträchtige Dorfgemeinschaft gefährden. Die Frage ist, ob wir durch die Ereignisse in Panik verfallen oder mutig und geschlossen die Situation analysieren? Auch wenn einige nicht davon überzeugt sind, es sind die Menschen, die hierbei den Unterschied ausmachen. Sie hier im Saal und natürlich alle unsere Mitbürger."

Katherina Böhringer hatte es geschafft, dass die allgemeine Aufmerksamkeit wieder auf das Podium gerichtet war.

Werner Trauth griff mit seiner rechten Hand in den Karton, der die ganze Zeit neben seinem Stuhl auf dem Boden stand, holte ein bedrucktes Blatt Papier heraus und hielt es hoch. Es war das erste Mal, dass er sich dem Mikrofon zuwandte und erklärte: „Der Copy-Shop hat freundlicherweise kurzfristig eintausend Fotokopien mit dem Bild von Harry Bauer erstellt. Unten sind die Mobilfunknummern von Gerhard Weiß und die der Bürgermeisterin angegeben. Wenn sie Herrn Bauer sehen, informieren sie uns bitte umgehend. Wir wissen im Moment nicht, wo er sich aufhält. Versuchen sie in Gruppen oder zumindest in Begleitung zu bleiben. Die Kollegen von der Freiwilligen Feuerwehr verteilen die Flugblätter am Ausgang, wenn sie nach Hause gehen."

Für die Bürgermeisterin war der Zeitpunkt gekommen, die Versammlung aufzulösen: „Die überwältigende Resonanz hat mir gezeigt, dass die Ereignisse der letzten zwei Wochen uns alle tief getroffen haben. Scheuen sie sich deshalb nicht, mich persönlich anzusprechen, wenn ihnen was am Herzen liegt, was heute nicht zur Sprache kam. Es ist schwer, in solch einer Veranstaltung die Anliegen Einzelner sinnvoll zu diskutieren. Trotzdem stelle ich die Frage, ob jemand in diesem Raum noch zwingend etwas loswerden möchte, bevor wir die Veranstaltung beschließen?"

Die Antwort kam aus dem Hintergrund des Saales:

„Ich!"

Die meisten drehten sich um, und sahen wie sich eine Person an der Seite durch das Publikum in Richtung Bühne drängte. Etwa in der Mitte erklärte er mit erhobener Stimme:

„Mein Name ist Harry Bauer!"

Gerhard und Werner saßen wie versteinert auf ihren Stühlen.

Nach einigen Schritten redete Harry weiter: „Nur, weil zum ersten Mal irgendetwas außerhalb der Norm läuft, fangen einige Spinner an, sich eine fantastische Geschichte auszudenken. Werde ich steckbrieflich gesucht? Hat die Polizei mich in Verdacht? Nichts von dem trifft zu. Ich sollte vielleicht gegen die Herren Trauth und Weiß wegen übler Nachrede vorgehen. Ich dachte wir leben in einem Rechtsstaat, in dem nicht auf bloßem Verdacht hin eine Hetzjagd veranstaltet wird?"

Es war mucksmäuschenstill als Harry die vier Stufen der Bühne erklomm. „Glauben sie mir", fuhr er fort, „ich kann mit ihnen fühlen. Hinter jedem Todesfall steht ein einzelnes bedauernswertes Schicksal. Diese Veranstaltung hat mir gezeigt, dass die meisten von ihnen nicht den kranken Gedanken dieser beiden Herren folgen. Selbst der Pfarrer hat nur allgemeine Floskeln und keine Erklärung. Fragen sie doch mal Werner Trauth, wer seine Frau gerettet hat? Fragen sie ihn, woher die Schnittwunden an seinen Händen kommen? Ich bin aus dem *Elefanten* ausgezogen, weil ich mich unwohl fühlte. Ich hatte Angst, dass er wieder ausflippen könnte. Angst um mein Wohlergehen. Diesen Mann plagen Schuldgefühle und Wahnvorstellungen. Er benötigt eigentlich ärztliche Hilfe."

Werner verzog das Gesicht und gab sich Mühe nicht sofort vehement zu widersprechen. Mit allem hatte er gerechnet, nur nicht mit dem Auftauchen von Harry.

Dieser deutete auf Gerhard und sagte: „Und dieser Herr verbeißt sich rücksichtslos und geltungsbedürftig in Hypothesen, die durch keinerlei Fakten offizieller Stellen erhärtet sind. Sicher kann er auch erklären, warum der eine Stuhl frei ist. Ich nehme an, er war für Jutta Kroner gedacht."

Ohne sich nochmals umzudrehen verließ Harry Bauer das Podium und verschwand hinter der großen Flügeltür in der Menge. Gerhard sah die Zuhörer auffordernd an. Unbeweglich, still und überrascht starrten sie auf die Bühne. Langsam leerte sich der Saal. Ohne die lauten Gespräche und das Gepolter wie beim Einlass vor einer Stunde. Eher bewegt wie nach einer feierlichen Beisetzung.

Eine kleine Gruppe von etwas mehr als zwanzig Personen scharte sich um Katerina, Werner und Gerhard, als diese ebenfalls die seitlichen Stufen zum Saal herunterkamen. Einer klopfte Gerhard aufmunternd auf die Schultern. Andere schüttelten Hände, bedankten sich und bekundeten ihre Verbundenheit mit den vorgestellten Theorien.

39
Dienstag, 20. September — Wohnung von Jutta Kroner

Das kleine Ruderboot schaukelte führerlos auf den Wellen. Sie lag still auf den feuchten Planken und hörte wie die Gischt an die dünne, hölzerne Außenwand klatschte, als wollte sie sich mit ihr verständigen. Über sich sah sie nur den Himmel. Ein nächtlicher Himmel, der nicht mit seinen funkelnden Sternen geizte. Einige Wogen schafften es über den Rand und schleuderten ihre nassen Tropfen überschwänglich ins Boot. Die Perlen zersprangen auf ihrem nackten Körper. Doch es war kein angenehmes, wohliges kitzeln. Die Spritzer waren eisig und nass. Sie fühlte sich klamm, gefühllos und mehr oder weniger gleichgültig. Irgendwann konnte sie die Kälte nicht mehr ignorieren und fing an zu zittern. Eiskristalle begannen sich wie Schimmel auf ihrer Haut zu bilden und ließen ihre Zähne schnell aufeinanderschlagen. Sie hatte ihre Körperkontrolle verloren. Sie hatte überhaupt jegliche Kontrolle verloren.

Jutta öffnete schwerfällig ihre Lider. Hatte sie geträumt? Es dauerte ein paar Minuten, bis sich die Augen an die Umgebung gewöhnt hatten. Lediglich ein einzelnes Teelicht flackerte bedenklich an ihrem Fußende und versuchte standhaft nicht auszugehen. Durch die offene Tür drang schwaches Licht aus dem Nebenraum. Das erste, was sie bemerkte, war das mörderische Pochen in ihrem Kopf, dann den trüben Schleier vor ihren Augen und zuletzt die Kälte, die ihren Körper ergriffen hatte. Schlagartig war ihr bewusst, dass sie im kalten Wasser ihrer eigenen Badewanne lag. Noch war sie nicht fähig, sich aus dem kühlen Nass zu erheben und nur langsam kehrte die Erinnerung zurück. Sie betrachtete ihre beiden Unterarme und fand keine Spuren einer Verletzung. Sie suchte die Ränder der Wanne nach dem Päckchen Rasierklingen ab und auch den Boden davor. Als dies ergebnislos blieb, tauchte sie ihre Arme ins Wasser und versuchte dort ihr Glück.

Schließlich stieg sie behäbig und ungelenk aus dem Badewasser, klammerte sich am Wannenrand fest und ließ sich kraftlos auf den Fliesenboden fallen. Nach einer kurzen Atempause, robbt sie die zwei Meter bis zum Eingang, richtet sich an der Türfassung auf und betätigte den Lichtschalter. Sie griff sich den Bademantel vom Haken, warf ihn um ihre Schultern und sank an der Wand in die Hocke. Dort verharrte sie eine geraume Zeit, bis sie spürte, dass ihre Lebensgeister langsam zurückkehrten.

Jutta war sich sicher, dass sie das Päckchen Rasierklingen noch in der Hand hatte, als sie bereits in der Wanne lag. Sie hatte es nirgends gefunden. Auch nicht, nachdem sie das Wasser abgelassen hatte. In ihr wuchs die Erkenntnis, dass die einzige Erklärung bei Harry lag. Er musste die Klingen unbemerkt mitgenommen haben, als er aus dem Bad ging. Je länger sie darüber nachdachte, desto plausibler erschien ihr der Gedanke. Sie dachte darüber nach, ob ihre Zweifel an Harry nicht doch unzutreffend waren. War er Monster oder Schutzengel? Oder beides?

Heute wollte sie nicht weiter darüber nachdenken. Sie war müde und erschöpft. Sorgsam verriegelte Jutta die

Eingangstür, stellte die Klingel aus und zog den Stecker des Telefons heraus. Sie wollte nur noch schlafen und nicht mehr gestört werden. Weder heute Nacht, noch am nächsten Morgen. Eigentlich würde sie am liebsten alles hinter sich lassen. Sich einfach in den Zug setzten und zurück nach Freiburg fahren. Ihre Mutter würde sich freuen. Morgen würde sie darüber nachdenken. Sie kuschelte sich in ihr Deckbett und lächelte. Nicht für andere, nur für sich selbst. Zum ersten Mal in den letzten Wochen war sie fast ein wenig glücklich. Sie lebte noch.

40
Dienstag, 20. September — Gasthaus *Zum Elefanten*

Werner eilte nach der Veranstaltung schnell aus dem Saal. Er vermied es, mit jemandem ins Gespräch zu kommen und war froh, als er in die nächste Querstraße einbog und den Weg nicht mehr mit anderen Passanten teilen musste. Die Fenster seines Gasthauses waren dunkel, die Tür verschlossen. Der handgeschriebene Hinweis auf die Veranstaltung hing noch neben dem Eingang. Er riss den Zettel herunter, ballte ihn zu einer kleinen Kugel und schnippte sie mit dem Finger in den Hof. Er knipste das Licht hinter der Bar an, öffnete den Schrank unterhalb der Anrichte und holte eine dunkelbraune Flasche hervor. Seinen Rum aus Antigua, nur für besondere Anlässe. Eigentlich für besonders erfreuliche Anlässe. Werner war noch immer völlig beklommen und fassungslos über das, was er soeben erlebt hatte. Da kam ihm der Rum gerade recht.

Er wusste nicht, ob es am Alkohol lag oder ob es wirklich geklopft hatte. Behutsam setzte er das Glas ab und lauschte. Erneut vernahm er das Pochen an der Tür, diesmal etwas heftiger. Ein beiläufiger Blick auf seine Armbanduhr zeigte ihm, dass es kurz nach 22 Uhr war. Er ging zum Eingang und fragte durch die verriegelte Tür hindurch: „Wer ist da? Wir haben geschlossen!"

„Harry Bauer", kam als Antwort.

„Du kennst wohl gar keine Scham!", fluchte Werner.

„Lass' mich bitte rein, ich muss mit dir reden", drängelte es von draußen.

„Verschwinde, du hast uns schon genug Unglück gebracht."

„Bitte!", flehte Harry.

Da Werner nicht reagierte, gab Harry ihm zu verstehen: „Entschuldige, dass ich dich in der Veranstaltung so attackiert habe, aber ich durfte bei Gerhard keinen Verdacht erregen."

Im Grunde war es Werner egal, weshalb Harry ihn sprechen wollte. Was konnte nach solch einem Abend noch an verleumderischen Äußerungen dazukommen? Allerdings hatte der Hinweis auf seinen Kollegen auch ein klein wenig seine Neugier geweckt. Er öffnete die Tür und ließ den späten Gast herein.

Harry streckte Werner seine Hand entgegen: „Ich danke dir."

Ohne diese Geste anzunehmen, ging der Wirt an den Tresen zurück. Harry folgte und nahm auf dem Barhocker neben ihm Platz.

Einige Zeit saßen sie stumm nebeneinander, bevor sich

Harry an Werner wandte: „Du erinnerst dich sicher noch gut an die Opfer des ersten Wochenendes?“ Da Werner auf diese Frage nicht reagierte, fuhr Harry fort: „Entgegen euren Aussagen habe ich mir das Fußballspiel nicht angesehen. Ich war nicht dort.“

„Es gibt ein Foto von dir“, murmelte Werner mürrisch zurück.

„Habt ihr es überprüft?“

„Warum sollten wir?“

„Das digitale Foto wurde nachträglich bearbeitet, nachdem es der Fotograf an Gerhard gesendet hatte. Ich muss anerkennen, es war nicht einmal schlecht ausgeführt. Man merkt es kaum, da meine Gestalt nur relativ klein und unscharf im Hintergrund sichtbar ist.“

„Hast du das Original?“

„Leider hat es der Fotograf gelöscht. Er archiviert nur Bilder, die für ihn brauchbar sind.“

„Nicht gerade erstklassiges Entlastungsmaterial“, entgegnete Werner schnippisch.

Harry ließ sich hiervon nicht beeindrucken und redete weiter:

„Ich war zu der Zeit, als das Spiel stattfand, nicht einmal in der Nähe des Sportplatzes. Um 15:00 Uhr habe ich Herrn Paul Müller auf dem Bürgerplatz getroffen.“

„Paul Müller?“, staunte Werner.

„Ja, an jenem Sonntagnachmittag fragte ich ihn, wo man gut zu Abend essen kann. Darüber sind wir ein wenig ins Gespräch gekommen. Er war auf dem Weg zu einer Ausstellung ins *Zehnthaus* und hat mich gefragt, ob ich auch an Kunst interessiert bin. Da ich nichts Festes vorhatte, ging ich mit und kehrte gegen 17:00 Uhr wieder in den *Elefanten* zurück. Das Foto entstand bereits um 16:10, kurz vor der Halbzeit."

Werner zweifelte: „Du warst es auch, der am nächsten Abend den toten Paul Müller gefunden hatte. Zusammen mit seinem Sohn Ralf. Ist es nicht sonderbar, dass deine Person so oft mit den Opfern in Beziehung kommt?"

Harry atmete tief durch: „Ich bin mir sicher, dass Gerhard den Sohn von Paul Müller gewollt in deine Gastwirtschaft geschickt hat. Er wusste, dass ich abends auch da sein würde und er konnte sicher sein, dass sich die übrigen Gäste nicht allzu sehr um das Verschwinden des ungeliebten Alten kümmern würden. Herr Müller war mein Alibi. Mit ihm wäre bereits im ersten Schritt alles aufgeflogen."

„Ist das alles? Nach allem was geschehen ist, fällt es mir schwer, dir diese Geschichte abzukaufen."

„Es war doch Gerhard, der Jutta vorgeschlagen hatte, sie sollte August Gerber aufsuchen?", deutete Harry an.

„Ja, ich glaube schon."

„Dabei wohnte Herr Gerber ganz in seiner Nähe. Es hätte also Sinn gemacht, wenn er ihn besucht hätte. Gerhard Weiß hatte also genügend Zeit, August Gerber noch vor Jutta aufzusuchen und danach ins Seniorenheim zu fahren."

„Kannst du das belegen?"

„Nun, nach Juttas Aussage wussten die Nachbarn nichts über seinen Verbleib, konnten sich aber daran erinnern, dass kurz vorher schon ein Mann an der Tür geklingelt hatte."

Werner sah seinen Nebenmann auffordernd an: „Und mein Schwager?“

„Ich denke, das war ihm dann doch zu heikel.“

Werner goss sich ein wenig Rum nach. Er blickte zögernd zu Harry, raffte sich dann auf und holte einen zweiten Cognacschwenker aus dem Regal hinter der Theke. Während Werner einschenkte, stellte Harry fest: „Gerhard war über alle eure Schritte informiert. Es war ein leichtes, den Fortgang in die richtige Richtung zu lenken.“

„Du musst verrückt sein.“

Harry sah Werner fragend an: „Warum hat sich Gerhard diese Woche frei genommen? Hast du schon mal darüber nachgedacht? Könnte es nicht mit den neuerlichen Opfern zusammenhängen?“

Ohne eine Miene zu verziehen hob Werner sein Glas zwischen Zeige- und Mittelfinger am Stiel und ließ den bauchigen Kelch in seiner halb geschlossenen Hand langsam kreisen. Schweigsam nippten beide verhalten an dem hochprozentigen Inhalt.

„Aber die frappierende Ähnlichkeit zwischen dir und diesem Harry Sander?“, fragte Werner, nachdem er sein Glas wieder abgestellt hatte.

„Vermutlich Zufall.“

„Du willst mir weismachen, dass Gerhard seine Finger im Spiel hat?“, stellte Werner erstaunt fest.

„Zumindest teilweise.“

„Gerhard Weiß lebt schon lange in unserer Gemeinde und hat große Verdienste bei der Freiwilligen Feuerwehr.“

„Das wäre wahrscheinlich auch so geblieben, wenn ...“

„Wenn was?“, drängelte Werner.

Harry starrte zur Decke und drehte dann seinen Blick zu Werner: „Es tut mir wirklich leid, ich kann dir im Moment leider nicht mehr dazu sagen."

„Du enttäuschst mich."

„Habe ich dich jemals schon vor den Kopf gestoßen? Bitte vertrau' mir. Wenigstens dieses eine Mal. Ich bin nicht dein Feind."

Werner wusste nicht, warum er sich gerade in diesem Augenblick daran erinnerte: „Wo steckt eigentlich Jutta?"

„Habt ihr euch je wirklich um sie gekümmert oder hat sie nur bei euren Spekulationen eine Rolle gespielt?"

Werner klang besorgt: „Ist ihr etwas zugestoßen, sie war nicht bei der Versammlung?"

„Ich wüsste es, wenn es so wäre."

„Du machst mir Angst."

„Gerhard sollte dir Angst machen."

„Jutta vermisst seit gestern ihr Smartphone und ist deshalb kaum erreichbar", merkte Werner an.

„Ich habe es gefunden."

„Wo?"

„Bei Gerhard."

„Du bist doch wohl nicht bei ihm eingestiegen?"

„Du kannst es ihr geben, wenn du sie das nächste Mal triffst."

Harry griff in seiner Jackentasche und legte nach kurzem Suchen ein Handy auf die Theke.

Werner war erstaunt: „Was erwartest du eigentlich von mir?"

„Stopp' seinen krankhaften Zwang und beende die Hetzjagd nach mir. Denk mal drüber nach, wer derjenige war, der dir und deiner Sabine wirklich geholfen und beigestanden hat. Ich glaube mit Jutta hättest du eine gute Verbündete."

Mit diesen Worten stand Harry auf, kippte den Rest des Glases hinunter und drückte Werners Hand. Im Hinausgehen drehte er sich noch einmal um und lächelte: „Denk nach, mein Freund. Wir sehen uns."

Für Werner glich der heutige Abend einer Runde mit der Achterbahn. Und er wusste nicht, ob es gerade bergauf ging oder er sich auf steiler Schussfahrt befand. Konnte er sich so in Gerhard getäuscht haben? Natürlich war es Gerhard, der den Verdacht überhaupt erst auf den Fremden gelenkt hatte. Vorher verstanden Harry und er sich prächtig. Fast wie zwei alte Freunde. Was war geschehen, dass Gerhard veranlasst haben könnte, aus seinem seriösen Leben auszubrechen?

Die Leere der Gaststube war für Werner mit einem Mal befremdlich. Ohne Sabine, ohne Jutta und eigentlich auch ohne Gerhard. Noch schlimmer war der Druck in seinem Kopf, der ihn daran hinderte, auch nur annähernd einen klaren Gedanken zu fassen. Alles schien durcheinander. In seinem Kopf pulsierte es, als ob sein Gehirn nur noch ein zuckender Knäuel dicker Würmer wäre, die spürbar damit beschäftigt waren, sich gegenseitig zu verschlingen. Er konnte sich nicht erinnern, jemals unter derartigen Kopfschmerzen gelitten zu haben.

41
Seelengläser

Als Harry dieses Mal das Tor der Halbkugel durchschritt, gewann er den Eindruck, dass sich der große Eingangsbereich merkwürdig verändert hatte. Er blickte sich um. Die Balustraden, welche als Verbindungswege dienten, verliefen unverändert auf unterschiedlichen Höhen rund um die Kuppel. Auch die farbigen Lichtbänder, mit denen man die einzelnen Stokkwerke überwinden konnte, funktionierten wie eh und je. Die Schleuse vor ihm, durch die er gleich gehen würde, war stark frequentiert. Alles war eigentlich wie immer.

Dann fiel es ihm auf.

Zunächst glaubte er, dass ihm seine Sinne wieder einen Streich spielten und rieb sich die Augen. Es half nicht. Alles was Harry sah, wirkte blass, ja fast farblos. Vor allem die Lichtbänder hatten ihre Leuchtkraft verloren. Die verbliebenen Farbabstufungen waren minimal und in vielen Teilen der Halbkugel überwiegten die Grautöne.

Sabri erwartete ihn in einer kleineren Nebenkuppel. Er schaute angestrengt durch ein kleines rechteckiges Fenster, als Harry eintrat. Die Begrüßung verlief förmlicher als bei den letzten Treffen. Der weiße Schreibtisch wirkte auf Harry wie eine erzwungene Barriere. Eine Sperre zwischen Mentor und seinem Schützling.

Harry blickte sich um: „Warum ist hier alles so blass?“

Gewohnt ruhig erläuterte Sabri: „Es hat sich nichts verändert. Es ist deine subjektive Sicht wie du uns siehst.“

Harry rutsche unruhig auf seinem Sessel hin und her und schluckte: „Muss ich mir Sorgen machen?“

„Ich glaube schon. Du bist auf keinem guten Weg. Du entfernst dich langsam von den Idealen eines Todesboten."

„Und was hat das mit meinem Sehvermögen zu tun?"

„Zuerst trüben sich die Farben ein und alles was du siehst wird blass. Dann verlierst du langsam die Fähigkeit, Formen und Gestalten so zu sehen wie sie sind. Die Welt um dich herum wird zunehmend transparenter und verschwindet irgendwann ganz. Erinnerst du dich noch an deine Zeit vor dem Unfall? Hattest du damals nicht manchmal das Gefühl wie bei einer Doppelbelichtung ein transparentes, weiteres Bild wahrzunehmen? Die Landschaften, die du gesehen hast waren dir nicht bekannt. Es war die Brücke zu unserer Welt und der erste Schritt für deine Auswahl."

„Und jetzt geht es genau in die andere Richtung?"

„Mit dem Unterschied, dass dich in der anderen Welt nichts mehr erwartet."

„Wie lange wird dieser Prozess dauern?"

„Du allein bestimmst mit deiner Einstellung, Zeitpunkt und Richtung. Ich befürchte, dass deine Uhr in Kürze ablaufen wird." Sabri stand auf, ging zu der kleinen Glasscheibe in der Wand und winkte Harry zu sich. „Sieh' hinein, das ist es, wofür wir arbeiten, weshalb wir hier sind."

Harry blickte durch die dicke Scheibe und sah eine akkurate Reihe mit Reagenzgläsern, die augenscheinlich frei hinter der Scheibe schwebten. Die meisten Röhrchen wiesen einen unterschiedlich hohen Füllgrad auf. Das Reagenzglas mit der Nummer zwanzig leuchtete blau und wurde offensichtlich gerade mit einem gasförmigen Stoff befüllt. Jedenfalls sah Harry die kleinen Verwirbelungen im Innern des Tubus. Die restlichen Röhrchen waren allem Anschein nach leer.

„Was ist das?", fragte Harry interessiert.

„In diesen kleinen Glaskolben befinden sich die von uns abgeholten Toten."

„Du meinst ihre Seelen."

„Nenn' es, wie du willst. Für uns ist dies die Essenz, die übrigbleibt, wenn ein Mensch stirbt."

„Dann muss es ja eine Unmenge solcher Reagenzgläser geben."

„Du siehst hinter der Scheibe exakt 31 Stück. Eins für jeden Tag im Monat. In jedem einzelnen Glas befindet sich das Vermächtnis von mindestens 150 000 Verstorbenen. Meistens sind es mehr. Unsere Systeme registrieren und bearbeiten jeden einzelnen Fall. Einmal monatlich werden die Inhalte der Röhrchen entsprechend den in der Essenz enthaltenen Filterkriterien an ihren Bestimmungsort verbracht."

„An unsere Kunden?"

„An unsere Auftraggeber wie beispielsweise die Gottheiten aus dem Christentum, Buddhismus, Hinduismus oder dem Islam. Aber auch die Atheisten werden ihrer Bestimmung zugeführt."

„Das ist ja Wahnsinn", kommentierte Harry.

Sabri erklärte weiter: „Unsere Statistiken sind wesentlich genauer, als die der Menschen, auch wenn wir bis dato nur 95 Prozent der Toten erreichen. Unsere Todesboten liefern immer die exakte Todesursache mit. Die Menschen beurteilen hier oft ungenau. Mehr als ein Drittel der Todesfälle gehen auf Herz- und Kreislauferkrankungen zurück."

„Und die Kriege in der Welt?"

„Du wirst es nicht glauben, aber es ertrinken mehr Menschen als durch Bomben getötet werden. Bedauerlich ist immer

noch die Unterernährung in weiten Teile der Erde. Fast jeder zehnte in unseren Reagenzgläsern ist einer Hungersnot zum Opfer gefallen."

Fasziniert blickte Harry auf die kleinen Glasbehälter, die solch erstaunliche Substanzen enthielten.

„Und die Nummer 20, was ist damit?"

„Hier wird gerade der 20. September befüllt. Ist es nicht wirklich ein Geschenk, an sowas teilhaben zu dürfen? Wie kleinkariert ist demgegenüber doch die Welt da draußen. Gläubig oder ungläubig, farbig oder weiß, arm oder reich, wir kennen keine Unterschiede. Wir lassen uns nicht von Vorurteilen, Hass oder Missgunst leiten."

Harry war sichtlich beeindruckt. Ohne seinen Blick von dem schwebenden Gebilde zu lösen, flüsterte er pietätvoll: „All die Opfer dieser Welt stecken in diesen kleinen gläsernen Behältern."

„Lass dich nicht von den Todesraten irritieren, denn die Weltbevölkerung wächst. Am Ende eines jeden Tages gibt es eine viertel Million mehr Menschen auf der Erde. Du siehst, der Bedarf an Todesboten ist enorm. In dich hatten wir große Hoffnungen gesetzt."

Sie gehen zum Tisch zurück. Sabri setzt sich nicht auf seinen Sessel, sondern stellt sich direkt hinter Harry, der bereits Platz genommen hatte. Er legte seine Hände auf Harrys Schultern und gab mit ernster Stimme zu bedenken: „Es besteht die reelle Gefahr, dass deine Identität aufgedeckt wird. Du weißt, dass wir in diesen Fällen unsere Mitarbeiter sofort abziehen und woanders einsetzen. Das ist oft hart für diejenigen, die gut integriert oft Jahre in einem Umfeld gelebt und sogar Familien gegründet haben. Leider bist du noch kein Todesbote. Für dich *würde es das sofortige Ende bedeuten. Die Anonymität ist eines unserer höchsten Güter. Da gibt es keine Ausnahmen."*

„Ich habe alles in die Wege geleitet, damit es keine Probleme mehr gibt. Die Nachforschungen werden aufhören. Niemand wird meine wahre Mission herausfinden."

Sabri widersprach: „Wenn ich ehrlich bin, fehlt mir hierzu inzwischen der Glaube. Du machst keine Fortschritte. Anstatt dein ursächliches Problem ein für alle Mal aus der Welt zu schaffen, hast du zwei weitere dazubekommen."

Sabri löste sich von Harry, ging einige Male mit verschränkten Armen auf und ab, kehrte dann auf seinem Platz zurück und wurde deutlich: „Deine Einstellung lässt zu wünschen übrig, du drohst aufzufliegen und hast es nicht geschafft, Jutta aus dem Weg zu räumen. In den nächsten 24 Stunden läuft die Bewerbungsfrist ab. Bis dahin musst du dich entschieden haben. Ich rate dir als dein Mentor und Freund, beginn nochmal von vorn, bevor die Tür zugeschlagen ist."

42
Mittwoch, 21. September — Bürgermeisteramt

Der Himmel sah schmutzig aus. Alles sah heute Morgen schmutzig aus. Die tiefhängenden Wolken, der nasse Asphalt und selbst die Spaziergänger mit ihren Hunden. Katherina Böhringer blickte auf die Uhr. Es war tatsächlich bereits halb neun. Trotzdem benötigte sie die drei Neonröhren, in ihrem sonst von der Morgensonne verwöhntem Büro. Sogar ihr anthrazitfarbenes Kostüm passte zu der tristen Stimmung.

Sie war verärgert und dementsprechend schlecht gelaunt. Zum einen, weil die Veranstaltung am gestrigen Abend doch erheblich aus dem Ruder lief und zum andern, weil die Tageszeitung zum dritten Mal groß über die mysteriösen Todesfälle berichtete. Der erste Run der Medien hatte nach den Sterbefällen im Seniorenheimheim eingesetzt. Das zweite Mal wurde überregional über den gemeinsamen Freitod der acht Senioren berichtet. Nun war offensichtlich ein Vertreter der Presse unter den Zuhörern und hatten einen bissigen Artikel verfasst, bei dem die Bürgermeisterin nicht besonders gut wegkam. So viel überregionale Aufmerksamkeit hatte der Ort noch nicht erhalten und liebend gern würde sie darauf verzichten.

Darüber hinaus hatte sie bereits Interviewanfragen von zwei Radiosendern und zwei Dutzend Anmeldungen von Bürgern, die am Vormittag in ihre Sprechstunde kommen wollen. Vorher musste sie allerdings zu ihrem Chef, dem Verbandsbürgermeister. Er war gestern spät von einer Geschäftsreise zurückgekommen und hatte sie, schon während des Frühstücks, für neun Uhr zum Rapport gebeten. Er klang nicht sehr amüsiert. Es passte jedoch irgendwie zu diesem schmutzigen Mittwoch.

43
Mittwoch, 21. September — Gasthaus *Zum Elefanten*

Werner konnte diese Nacht kaum schlafen und war schon früh auf den Beinen. Gerhard hatte versucht ihn auf dem Handy zu erreichen, aber er war nicht in der Verfassung, das Gespräch anzunehmen. Von den gestrigen Ereignissen war er hin und her gerissen und musste erst versuchen, das Gehörte für sich einzuordnen. Deshalb überlegte er, zunächst nach Kandel zu fahren, um seine Frau zu besuchen. In ihrem Zustand würde er sie nicht mit seiner Zerrissenheit belasten, obwohl sie die einzige war, der er im Moment wirklich vertraute. Am frühen Vormittag war er zurück und es ging ihm merklich besser. Sabine hatte große Fortschritte gemacht und kann zum Wochenende das Krankenbett verlassen.

Auf der Theke lag noch immer das Handy von Jutta. Er nahm sich vor, ihr das Gerät vorbeizubringen und sie auf den Hinweis von Harry anzusprechen. Es klang noch in seinen Ohren wie Harry sich mit dem Satz verabschiedete: ‚Ich glaube mit Jutta hättest du eine gute Verbündete'. Er nahm das Smartphone in die Hand und wischte eher zufällig über den schwarzen Bildschirm. Sofort zeigte das Display Tag, Uhrzeit und einige Icons an. Werner spielte daran herum und merkte, dass kein PIN zur Sperrung des Gerätes eingestellt war. Er zögerte. Sollte er einfach mal das Hauptmenü öffnen? Unentschlossen legte er es zurück und wartete, als könnte das Gerät ihm die Antwort geben.

Schließlich war die Neugier größer als der Skrupel, in ihre Privatsphäre einzudringen. Das letzte Telefonat hatte sie tatsächlich am Sonntag geführt, bevor sie es verloren hatte. Soweit stimmte die Aussage, die sie ihm und Gerhard am Montag gegeben hatte. Auch die WhatsApp Chats zeigten nichts Außergewöhnliches. Das Icon mit den SMS wollte er gar nicht anklicken. Er dachte nicht, dass heutzutage noch jemand SMS verschickt. Allerdings zeigte ihm das Symbol, dass sich in diesem Ordner noch eine ungelesene Nachricht befand. Er öffnete ihn und musste sich erst einmal setzen. Es war nur eine knappe Nachricht: ‚Jutta, ich rate dir sofort deine Verbindungen zu Harry abzubrechen, ansonsten müsste ich dir wirklich wehtun'. Das erschreckende war jedoch der Absender. Das SMS wurde eindeutig aus dem Account von Gerhard Weiß verschickt, aber Jutta konnte die Nachricht natürlich nicht mehr gelesen haben.

„Dieser Anschluss ist momentan nicht erreichbar", tönte es durch die Hörmuschel. Werner hatte versucht, Jutta über die Festnetzleitung anzurufen.

44

Mittwoch, 21. September — Wohnung von Jutta Kroner

Werner setzte sich ins Auto und fuhr zu ihrem Haus. Als nach mehrmaligem Klingeln niemand öffnete, ging er in Richtung Garten durch den schmalen Durchgang und blickte durch die Luke an der seitlichen Garagentür. Ihren silbernen Golf hatte sie im Inneren abgestellt. Werner überlegte, was er tun sollte und erinnerte sich an den letzten Besuch. Vielleicht war das Küchenfenster immer noch nicht verriegelt. Es lag geschützt im hinteren Bereich neben der Terrasse und war von der Straße so gut wie nicht einsehbar. Tatsächlich hatte er Glück und mit etwas Widerstand ließ sich der Fensterflügel aufstoßen und schob dabei den Vorhang beiseite. Dennoch hatte er mehr Skrupel als bei ihrem Handy. Schließlich würde das wohl unter Einbruch laufen. Ein bisschen mulmig war es ihm obendrein, da er nicht wusste, was ihn in der Wohnung erwartete. Vorsichtig schaute er sich um. Mit den Armen zog er sich am Fenstersims hoch, suchte im Mauerwerk Halt mit seinen Füßen und ließ sich dann seitwärts in die Küche fallen.

Etwas unsanft landete er auf dem Boden und war froh, dass keine Küchenutensilien direkt unter dem Fenster standen. Vorsorglich drückte er den Fensterrahmen wieder zu, um nicht unnötig Neugierige anzulocken. Eine geraume Weile verharrte er in der Küche und lauschte nach Geräuschen. Er überlegte, ihren Namen zu rufen, verwarf diese Idee jedoch rasch und ging behutsam bis zur Tür. Von dort überblickte er den Flur. Durch die offen stehenden Zimmertüren konnte er erkennen, dass die dünnen Übergardinen auf der Gartenseite zugezogen und die Jalousien zur Straße hin herabgelassen waren. Es war schummrig, aber Werner hatte keine Schwierigkeiten sich zu orientieren. Er blickte noch einmal zum Küchenfenster zurück und sah erst jetzt das Flugblatt, welches sie gestern verteilt hatten. Es lag auf der Anrichte neben der Kaffeemaschine. Er überlegte, ob Jutta doch im Bürgerhaus war? Bei der Masse von Menschen wäre es nicht aufgefallen. Aber dann hätte sie sich sicher zu erkennen gegeben. Genauso gut konnte sie die Kopie von einer Bekannten erhalten haben. Werner nahm das Blatt zur Hand und sah den handschriftlichen Hinweis am unteren Rand: ‚Danke, Gruß GW'. Werner musste nicht lange nachdenken, was die Initialen bedeuteten: Gerhard Weiß.

Im Wohnzimmer wie auch im Schlafzimmer fand Werner keinerlei Hinweise, die ihm merkwürdig vorkamen. Immer wieder blieb er stehen und lauschte, ob nicht doch irgendwo ein Geräusch zu hören war. Auch leere Räume schienen ein Leben zu haben, denn schon zweimal glaubte er, ein Knacken oder Husten zu vernehmen. Vielleicht war es eine Überreaktion seiner Sinne, aber er fühlte sich die ganze Zeit über beobachtet. Ihm war nicht wohl in seiner Haut. Was er tat war charakterlos. Er fragte sich, was ablaufen würde, wenn plötzlich die Eingangstür aufginge und Jutta von ihrem morgendlichen Einkauf zurückkehrte? In seinem Körper begann es zu kribbeln. Mit dem Finger tupfte er eine einzelne Schweißperle ab, die ihm neben seinem Auge juckte. Welcher Teufel hatte ihn geritten, hier einzudringen? Er musste so schnell wie möglich wieder raus aus Juttas Wohnung.

Auf dem Weg zurück blickte er noch durch die offene Tür ins Bad und wurde stutzig. Alle Zimmer waren ordentlich aufgeräumt, im Bad lagen hingegen Handtücher, Bademantel und diverse Utensilien auf dem Boden verstreut. Die Handtücher waren noch feucht und der Seifenspender hatte frische Schlieren auf dem Waschbecken hinterlassen. Für Werner sah es nach überhastetem Aufbruch aus. Oder waren es Spuren eines Kampfes?

Wurde Jutta hier im Bad überrascht und überwältigt? ‚Bleib ruhig, deine Fantasie geht wieder mit dir durch', sagte er sich und schlich über den Gang zur Küchentür.

Plötzlich stockte er, weil der Vorhang im Luftzug leicht pendelte. Das Küchenfenster stand halb offen. Er war sich sicher, dass er es fest angedrückt hatte. Außerdem klemmte es und selbst ein Windstoß würde es nicht aufstoßen können. Werner drückte sich dicht an die Wand des Flurs und versuchte irgendeine vage Bewegung im düsteren Licht auszumachen. Die Stille war belastend. Er schlich durch die Küche und rollte dabei seine Füße sorgsam ab, um kein Geräusch auf den Fliesen zu verursachen. Über das Fenstersims hüpfte er in der Hocke auf den weichen Rasen, zog den Fensterflügel zu und war froh, wieder im Freien zu sein.

Als er den schmalen Pfad am Haus entlang zurück zu Straße ging, hörte er das Geräusch eines anfahrenden Autos. Er beeilte sich, die Hausecke zu erreichen und sah gerade noch wie eine schwarze C-Klasse sich entfernte. Nein, nicht schwarz. Gerhard hatte es ihm stolz erklärt: die Farbe seines Mercedes war ‚Obsidian schwarz metallic'. Werner schaute noch eine Zeitlang die Straße hinunter, obwohl das Fahrzeug längst hinter der nächsten Abbiegung entschwunden war. Er ging die wenigen Schritte zu seinem Fahrzeug, welches er direkt vor Juttas Haus geparkt hatte. Beim Einsteigen bemerkte er, dass mit roter Farbe eine Botschaft auf das Seitenfenster geschmiert war. Die Schrift war zwar schlecht zu entziffern, aber deutlich in ihrer Aussage: ‚Du bist der Nächste'!

45
Mittwoch, 21. September — Gasthaus *Zum Elefanten*

Ruhelos ging er in der Gaststube zwischen den Tischen auf und ab. Er war festgefahren, kopflos und zweifelte. Er sah, dass er zur Ruhe kommen musste, aber er fühlte sich schwach und von allen im Stich gelassen. Er musste seine aufkeimende Wut unterdrücken, bevor sie in Hass umschlug. Er hatte Angst, dass sich das Szenario wiederholen könnte. Er war seit Tagen nicht mehr im Frühstücksraum. Sein Anker, Sabine, fehlte.

Werner zögerte es lange hinaus, bis er Gerhard anrief. Als das Freizeichen ertönte, bekam er feuchte Hände und ließ seine Finger über dem roten Auflege-Symbol kreisen. Als sich sein Gegenüber meldete, drückte er von Panik ergriffen das Gespräch weg. „Scheiße, Scheiße, Scheiße!", fluchte er und warf das Handy auf den Tisch. Er presste die Fingerspitzen beider Hände an seine Stirn, spitzte seine Lippen und zwängte die Luft aus seinen Lungen. Danach legte er seine Hände flach auf den Tisch, lehnte sich im Stuhl zurück und als er glaubte sich wieder im Griff zu haben, nahm er einen erneuten Anlauf.

„Entschuldige Gerhard, ich bin wohl auf die falsche Taste gekommen. Du hattest versucht mich heute zu erreichen?"

„Ja, so gegen acht Uhr" antwortete Gerhard, „Wir müssen uns dringend sprechen."

„Kannst du bei mir vorbeikommen? Mir geht es nicht gut." Dafür musste Werner nicht einmal lügen.

„Kein Problem, ich bin in einer viertel Stunde bei dir."

Bevor Werner antworten konnte war das Gespräch unterbrochen.

Zeitdruck war das, was er in seiner Situation am wenigsten brauchte. Sein Plan war noch nicht zu Ende gedacht. Er würde Gerhard etwas in den Drink schütten, damit er das Bewusstsein verliert und dann in den alten seit Jahren nicht genutzten Kellerraum schaffen. Es blieb keine Zeit weitere Vorbereitungen zu treffen und er war schon froh, als er das Fläschchen mit den Tropfen dort fand, wo er es vermutete. Noch könnte er alles abblasen, aber er musste Gewissheit haben. Allein schon wegen Sabine. Bereits nach zehn Minuten klopfte es am Fenster.

Die Tür zum Keller lag genau neben der steilen Holztreppe, die sie am Sonntag zum Abstellraum im ersten Stock benutzt hatten. Genauso steil wie nach oben, ging es auch nach unten. Der Keller bestand noch aus der ursprünglichen Bausubstanz des alten Gebäudeteils. Die Wände waren dick und unverputzt und die Belüftung funktionierte über schmale Schächte, die oberhalb der Erde aus dem Mauerwerk heraustraten und mit einem Gitter gesichert waren. Von den drei 60-Watt Glühbirnen, die den Abgang erhellen sollten, brannte nur noch eine. Bis heute hatte Werner diesem Aspekt keine Aufmerksamkeit geschenkt.

Gerhard war schwerer als erwartet. Der Wirt packte ihn unter den Schultern und zog ihn rückwärtsgehend die wenigen Meter bis zur Kellertür. Die steile, ungenügend ausgeleuchtete Stiege hinabzusteigen, war schon ohne Ballast eine heikle Sache. Schließlich holte er den Teppich aus dem Frühstücksraum, rollte ihn soweit zusammen, dass er problemlos durch den engen Abgang passte und legte Gerhard mit dem Rücken auf die dick gepolsterte Unterlage. Er selbst ging rückwärts einige Stufen hinab und zog den Teppich vorsichtig nach.

Nach jedem Tritt, bei dem Gerhards Kopf etwas unsanft über die Stufen schrammte, stoppte Werner und wartete darauf, dass Gerhard seine Augen öffnen würde. Es war anstrengend. Er musste das gesamte Gewicht seines Kollegen am Abrutschen hindern und gleichzeitig darauf achten, dass er beim Rückwärtsgehen keine Stufe verfehlte. Schon beim dritten Tritt merkte er, dass dieses Unterfangen nie und nimmer funktionieren würde. Zu steil ging es hinunter und Werner hatte Sorge, dass Gerhard ihm entgleiten und ernsthaften Schaden erleiden könnte. Er entschloss sich, ihn die wenigen Stufen zurück in den Gang zu schieben.

Oben angekommen war Werners Hemd bereits nass von Schweiß. Er stemmte seine Arme in die Seite und atmete ein paarmal tief durch. Die Fremdenzimmer kamen für sein Vorhaben nicht in Frage. Sie waren viel zu hellhörig und die Gefahr entdeckt zu werden war groß. Dann fiel ihm eine naheliegende Lösung ein und er wunderte sich, warum er nicht sofort darauf gekommen war. Gegenüber der Treppe, die nach oben in den Abstellraum führte, ging hinter einer einfachen Holztür ein kurzer Gang zu zwei Lagerräumen. Der Flur hatte ein kleines Fenster zum Gästehaus hin, so dass ausreichend Licht vorhanden war. Die linke Vorratskammer war vollgestopft mit altem Wirtshausmöbel und ausrangieren Küchengeräten. Er entschied sich deshalb für den rechten Raum, der früher als Kühlraum genutzt wurde und bis auf ein paar Getränkekisten leer war. Außerdem hatte er eine Stahltür mit Sichtfenster und konnte von außen fest verriegelt werden. Er suchte nach dem Lichtschalter und war zufrieden, dass die Neonröhren im Innern noch intakt waren. Seit Familie Trauth das Anwesen in den 70er Jahren großzügig umgebaut hatte, nutzte Werner diese Kühlkammer nicht mehr für den täglichen Gaststättenbedarf. Die dazu notwendigen Kühlaggregate waren längst abgebaut und verschrottet.

Werner schleifte Gerhard in den kahlen Raum und holte einen stabilen Stuhl von nebenan. Es kostete ihn erneut Kraft und Ausdauer Gerhard auf dem Sitz zu platzieren, da er immer wieder kopfüber nach vorne fiel. Als Bootsbesitzer hatte er eine stattliche Anzahl geflochtener Leine-Polyester Seile und fixierte damit den schlaffen Körper. Erst danach gönnte er sich eine Pause und setzte sich auf eine alte Limonadenkiste. Er hatte keine Ahnung wie lange es dauern würde, bis Gerhard wieder sein Bewusstsein erlangte. Sicher nicht in der nächsten halben Stunde. Er vergewisserte sich, dass sein Opfer noch atmete, verriegelte die Stahltür und ging in den Gastraum. Sorgsam spülte er mehrmals die Gläser aus und stellte sie zurück in den Schrank.

Gerhard blinzelte mit den Augen und schaute nach oben in die Neonröhren. Schwerfällig senkte er seinen Blick und sah sich um. Soweit er seinen Kopf drehen konnte, sah er nur nackte Wände und einen Stapel Getränkekisten neben einer grauen Stahltür. Sein Schädel brummte und sein Rücken schmerzte. Er wollte sich am Kopf kratzen und merkte, dass er seinen Arm nicht bewegen konnte. Erst jetzt wurde ihm gewahr, dass er mit Armen und Beinen an einen Stuhl gefesselt war. Das letzte an was er sich erinnerte, war ein Glas, welches ihm aus der Hand rutschte und die Grimasse von Werner. Seine augenblickliche Situation konnte er sich nicht erklären. Wo war er und vor allem warum war er in diesem Raum? Er betrachtete die strammen Seile an seinen Unterarmen und wusste mit einem Mal, wo er sich befand. Natürlich. Werner hatte ein Faible für blauweiß gestreifte Seile und auch die Art der Knoten waren mehr als ein deutlicher Hinweis. Wo hatte Werner ihn hingebracht und warum? Gerhard zerrte an den Schnüren, brachte mit seinem Körper den Stuhl fast zum Kippen und schrie, so laut es sein Zustand erlaubte, um Hilfe.

Es war mehr als eine Stunde vergangen, bis Werner zurückkehrte und durch das kleine Fenster in der Metalltür ins Innere spähte. Gerhard saß auf dem Stuhl und wiegte seinen Kopf apathisch hin und her. Der Wirt schob den Riegel beiseite und bemerkte, dass die schwere Tür durchaus etwas Öl vertragen könnte.

„Was soll das?", fauchte Gerhard. „Bist du noch bei Sinnen!"

„Es tut mir leid, aber ich habe keine andere Wahl."

Gerhard zerrte an den Seilen und fluchte: „Was ist denn in dich gefahren!"

„Es war doch dein Einfall, Harry zu beobachten, um ihn daran zu hindern, weitere Taten zu begehen.", stellte Werner fest. „Nun ist es mein Gedanke, dich bis morgen in Gewahrsam zu halten und abzuwarten was geschieht."

Gerhard schüttelte ungläubig den Kopf: „Du glaubst

wirklich, ich hätte bei der Todesserie meine Hände im Spiel? Du kennst mich doch lange genug!“

„Ich weiß nicht mehr was ich glaube und wem ich vertrauen kann. Ich brauche Gewissheit. Wenn du nichts damit zu tun hast, brauchst du auch keine Angst haben. Ich will dir nichts ...“

„Binde mich sofort los!“, schnitt Gerhard ihm das Wort ab.

„Ich kann dich nicht losbinden. Du bist mir körperlich weit überlegen.“

„Werner, du bist ein Idiot“, widersprach Gerhard vehement. „Mach' mich los, dann vergesse ich die Sache hier. Wir sind alle überreizt und durch die Ereignisse in unserem Glauben erschüttert.“

Werner spürte wie seine Hände wieder feucht wurden und wechselte das Thema: „Ich habe dir was zu trinken mitgebracht. Mach deinen Mund auf.“ Er war jetzt ganz nahe bei Gerhard und hielt ihm die offene PET Flasche an den Mund. Am liebsten hätte Gerhard das Mineralwasser seinem Peiniger ins Gesicht gespuckt, aber sein Mund war ausgetrocknet und er war froh, etwas Flüssigkeit aufnehmen zu können.

„Wie spät ist es?“, stammelte Gerhard kurzatmig, da er sich verschluckt hatte.

„Es ist gleich elf.“

Werner ging zurück zur Tür und setzte sich auf eine leere Limonadenkiste. Beide musterten sich.

„Was hat sich denn seit gestern verändert? Du warst es doch, der die Bürgermeisterin von unserer These überzeugt hat“, fragte Gerhard.

„Harry ist wieder hier", brummte Werner.

„Das habe ich gestern Abend auch gesehen."

„Er hat mich nach der Veranstaltung noch aufgesucht."

„Hat er dich gegen mich aufgehetzt?"

„Er hat mir Fakten geliefert, die mich an unserer bisherigen Strategie zweifeln lassen."

„Dann sag' mir, was das für Fakten sind?"

„Was hast du mit Jutta gemacht?", fragte Werner übergangslos.

„Ich habe sie seit gestern nicht mehr gesprochen."

„Ich habe heute deinen Mercedes vor ihrem Haus gesehen."

„Die erste Fahrt war heute zu dir", antwortete Gerhard und schob die Frage hinterher: „Was für ein Auto fährt eigentlich Harry?"

„Keine Ahnung, was für ein Auto er fährt. Er parkte immer beim Kindergarten um die Ecke."

„Vielleicht ein schwarzes?"

„So viel Zufall kann es nicht geben", winkte Werner ab. „Du willst mich wieder besänftigen und einfangen, aber ich muss zur Ruhe kommen. Die Situation wächst mir über den Kopf, ich komme damit nicht mehr zurecht. Sieh', was aus mir geworden ist." Er breitete seine Arme weit aus: „Ich bin erschöpft, freudlos und verzweifelt. Ich brauche Klarheit. Ich bring' dir später etwas zu Essen. Ich will beileibe nicht, dass dir was passiert oder du hungern musst. Ich will nur, dass du nicht weg kannst."

„Ich verspreche dir als Freund, dass ich bis Morgen an deiner Seite bleibe, binde mich bitte los."

Werner schüttelte den Kopf: „Es tut mir leid, ich kann niemandem mehr vertrauen, bis ich die Wahrheit kenne."

Nach diesen Worten stand er auf und drehte sich um.

„Werner! Bleib hier! Verdammt, Werner! Hilfe!"

Die jammernden Schreie drangen schmerzhaft in sein Ohr, als er hinausging. Sie wurden schwächer, als er die Stahltür verriegelte und waren nicht mehr zu hören, als er die Holztür zum Gang zuzog.

46
Donnerstag, 22. September — Gasthaus *Zum Elefanten*

Mit einem leichten Summen und Flackern gingen die beiden Neonröhren an. Der Übergang von der völligen Dunkelheit war drastisch und Gerhard schloss reflexartig seine Augen. Bis er sich an das Licht gewöhnt hatte, stand Werner bereits vor ihm.

Gerhard schnellte mit seinem Oberkörper nach vorn und wurde von den Armfesseln schmerzhaft zurückgehalten. Sein Mund war über Nacht ausgetrocknet, so dass nur ein lautes Stöhnen über seine Lippen kam: „Lass' mich sofort wieder frei. In der Firma wird man meine Abwesenheit bereits bemerkt haben und nachforschen."

„Keiner wird dich suchen. Du hast dir doch diese Woche frei genommen."

Gerhard war sichtlich überrascht: „Woher weißt du?"

Anstatt einer Antwort hielt er Gerhard die gefüllte Plastikflasche an den Mund. Dieser schluckte gierig das Wasser hinunter und schnaufte danach ein paar Mal kräftig durch. Werner drehte den Deckel wieder auf die Flasche und stellte sie neben sich auf den Boden. Dabei bemerkte er, dass Gerhard sich eingenässt hatte. Ohne diesen Umstand zu erwähnen wandte er sich an Gerhard: „Es hat gestern keine weiteren Opfer gegeben."

„Und was willst du damit sagen?"

„Ist es nicht seltsam, dass am Dienstag fünf Opfer zu beklagen waren und am Mittwoch kein einziges?"

„Das kann Zufall sein", mutmaßte Gerhard. „Letzten Mittwoch hatten wir auch kein Opfer zu beklagen."

Werner widersprach energisch: „Es kotzt mich an, wenn immer alles mit Zufall abgetan wird!"

Gerhard antwortete ebenso vehement: „Letzten Mittwoch war Harry nicht im Ort. Du hast es mir doch selbst gesagt, dass er sich bis zum Leichenschmaus von Jutta abgemeldet hatte! Vielleicht war Harry gestern auch nicht da?"

„Das glaube ich nicht. Er hatte gestern einen Termin bei Katherina Böhringer."

„Du meinst doch nicht allen Ernstes", zischte Gerhard, „es hätte was mit mir zu tun?"

„Um ehrlich zu sein, ich weiß es nicht. Wenn deine Theorie über Harry stimmt, muss es doch auch in deinem Interesse liegen, die Sache aufzuklären. Du oder Harry?"

„Es geht nicht um mich, du diffamierst den Falschen! Mein Gott, siehst du nicht wie du ungebremst in dein Verderben rast und die Gemeinde mit in den Abgrund reißt? Denkst du dabei nicht wenigstens an deine Frau?"

„Im Gegenteil", bekräftigte Werner, „Sabine ist es, für die ich all das auf mich nehme. Vielleicht hast du ja recht und es war Zufall.“ Er machte eine Pause, bevor er beschloss: „Deshalb muss ich dich noch etwas hierbehalten.“

„Ich bitte dich“, druckste Gerhard, „tue mir das nicht an und befrei' mich von dieser Tortur. Ich muss aufs Klo. Soll ich mir auch noch in die Hose machen?“

„Ich bin kein Unmensch“, lenkte Werner ein, „aber ich bin noch immer hin und her gerissen. Ich mach' dir einen Vorschlag.“

Er legte seine Hand auf Gerhards linken Arm, beugte seinen Oberkörper über den Stuhl und blickte seinem Gast direkt ins Gesicht. Für einen kurzen Augenblick überlegte Gerhard, mit einem schnellen Kopfstoß zu reagieren, hielt sich jedoch zurück und sah Werner auffordernd an. Werner redete leise, fast flüsternd: „Ich löse die beiden Knoten an deinem linken Arm, verlasse den Raum und verriegele die Tür von außen. Es wird zwar etwas dauern, aber du kannst dir dann selbst die Fesseln abnehmen. Immer wenn ich an der Tür klopfe, stellst du dich hinten an die Wand, damit ich dich durch das kleine Fenster sehe. Für Trinken und Essen öffne ich die Tür einen Spalt. Wenn die Tür wieder geschlossen ist, kannst du dir die Mahlzeiten holen. Hältst du dich nicht daran, dann gibt es nichts. Für deine Notdurft bringe ich dir einen Eimer mit Deckel und eine Rolle Klopapier.“

Im Vergleich zu seiner jetzigen Situation war dies ein höchst komfortabler Vorschlag und Gerhard zögerte keinen Augenblick dem zuzustimmen. Während Werner damit begann, die beiden Knoten zu lösen fragte Gerhard: „Hast du mein Handy?“

„Was würde ich darauf finden?“

„Ich hatte es also nicht dabei?“

„Worauf willst du hinaus?“

„Ich vermisse es seit Montag.“

„Wieder so ein Zufall.“

Bevor Werner den Raum verließ, schob er noch die Getränkekisten auf den Gang. Bis auf Gerhard und den Stuhl war der ehemalige Kühlraum nun leer. Ein letzter Blick durch die dicke Glasscheibe zeigte Werner, dass sein Gast noch einige Zeit mit sich beschäftigt sein würde. Er knipste das Licht aus und nach einem Aufschrei von Innen erneut an. Zum ersten Mal seit vielen Tagen, hatte Werner wieder dieses spitzbübische Grinsen im Gesicht. Am Mittwoch gab es kein weiteres Todesopfer. Es bestärkte Werner darin, Gerhard festzuhalten. Zumindest bis zum Wochenende, wenn Sabine heimkommt. Dann wird alles wieder gut.

47

Freitag, 23. September — Gasthaus *Zum Elefanten*

Werner hatte ein Problem. Es war bereits der zweite Tag hintereinander, an dem es keinen weiteren Toten gab. Für die Menschen im Ort war das eine gute Nachricht und man spürte förmlich das kollektive Aufatmen. Der Pfarrer glaubte seine Gebete erhört, die Bürgermeisterin nachträglich an den Erfolg der Veranstaltung. Selbst der Himmel schien es zu bemerken und erstrahlte in makellosem Blau. Nur Werner hatte damit ein Problem. Wie sollte er sich verhalten? Noch einen Tag abwarten? Und was dann? Er konnte Gerhard ja nicht ewig in der ausgedienten Kühlkammer einsperren. Er musste das Problem aus der Welt schaffen. Bevor Sabine morgen aus dem Krankenhaus nach Hause kommt.

Werner hatte kaum geschlafen und war übermüdet. Planlos eilte er zwischen Gastraum und Küche hin und her und konnte keine Ruhe finden. Vorsorglich hatte er sein Lokal bis auf weiteres geschlossen und auch den letzten Logiergast bereits am Mittwochvormittag verabschiedet. Es konnte ihm eigentlich niemand in die Quere kommen. Zunächst hatte er versucht, sich durch verschiedene Aufräumarbeiten abzulenken. Dann überlegte er, einen Spaziergang zu machen. Die Angst, nach draußen zu gehen, hielt ihn davon ab. Die Befürchtung, dass die Menschen ihm seine Unsicherheit und Angst ansehen könnten, war zu groß.

Er hielt einen Mann gefangen.

In der Firma würde ihn bis Montag niemand vermissen. Was, wenn es einen Alarm gäbe und Gerhard nicht auf den Meldeempfänger der Freiwilligen Feuerwehr reagieren könnte? Mit Sicherheit würden seine Kameraden ihren Kommandanten suchen.

Es kam eigentlich nie vor, dass Werner bereits am Morgen einen Drink zu sich nahm. Heute brauchte er einen Rum. Er musste unbedingt von seiner Unruhe herunterkommen. Der Spiegel hinter den Gläsern reflektierte sein Gesicht. Er war unrasiert, hatte geschwollene Augen und fettige Haare. Was war in den letzten 24 Stunden nur aus ihm geworden? Er spürte, dass seine Wut zum Problem werden könnte. Die Spirale in seinem Kopf hatte begonnen, sich wieder zu drehen. Er hasste Harry. Oder war Gerhard der Verursacher des Unheils? Die Flasche Rum gab nur noch wenig her. Werner drehte sie auf den Kopf und ließ die letzten Reste in sein Glas tropfen. Er leerte das Glas in einem Zug und warf die Flasche mit Schwung in Richtung Eingangstür. Sie schlug auf dem Tisch auf, zersprang aber nicht. Er schüttelte den Kopf und schleuderte den Cognacschwenker hinterher, der mit Klirren an der gegenüberliegenden Wand zerschellte. Er raufte sich die Haare, spannte seine Armmuskeln und ballte seine Fäuste. Er musste die aufkeimende Aggression in den Griff bekommen.

Im großen Gastraum, der für die Hausgäste auch als Frühstücksraum diente, nahm er die größte der drei Clownfiguren vom Fensterbrett, ging durch die Küche hinüber in den kurzen Gang und stand vor der Metalltür des Kühlraumes. Werner blickte durch das kleine Fenster, konnte seinen Gast aber nicht sehen. Mit dem Ohr an der Tür versuchte er ein Geräusch auszumachen, aber es war still. Gerade als er dabei war an das Fenster zu klopfen, da knallte Gerhards Handballen mit voller Wucht auf die Innenseite der Glasscheibe. Vor Schreck machte Werner einen Satz nach hinten und hatte Schwierigkeiten einen Sturz zu vermeiden. Der Musikclown entglitt ihm, schlug auf dem nackten Betonboden auf und zerbrach in zwei Teile. Wutentbrannt trat Werner mit seinem Fuß mehrmals an die Tür und schrie: „Du wirst schon seh'n, wohin das führt!“ Er ging zurück, schlug die Holztür zum Gang lautstark zu und drängte hinaus ins Freie, auf die Eingangstreppe des Lokals. Er musste das enge Gefühl um seinen Brustkorb loswerden. Hastig begann er das Hemd aufzuknöpfen und als es ihm zu langsam ging, riss er es mitsamt den letzten Knöpfen auseinander. Er pumpte seine Lungen auf, indem er die frische Morgenluft einsog und atmete lang und schwer wieder aus. Einige Male wiederholte er diesen Vorgang, lehnte sich dann über das Treppengeländer und übergab sich.

Er ging zurück in die kleine Gaststube, schloss die Eingangstür ab und setzte sich an einen Tisch. Den Kopf legte er auf seine verschränkten Arme und begann zu weinen.

Werner wusste nicht wie lange er am Tisch eingenickt war. Als er auf die Uhr sah, stellte er fest, dass fast zwei Stunden vergangen waren. Der Schlaf hatte ihm gutgetan. Er trank ein Glas Wasser und beschloss, sich in seiner Wohnung im ersten Stock zu duschen und sich zu rasieren. Als er sich danach im Spiegel betrachtete, war er erstaunt wie gepflegtes Aussehen eine seelische Verfassung übertünchen konnte. Sein Problem war immer noch da. Keine zehn Meter entfernt. Werner fühlte sich bereit, erneut mit Gerhard zusammenzutreffen.

Gerhard lag zusammengekauert in der rechten Ecke. Werner klopfte an das Fenster. Es dauerte eine Weile, bis Gerhard reagierte. Langsam erhob er sich, stellte sich aber nicht an die Wand, sondern schritt schnurstracks auf die Tür zu und starrte Werner durch die Scheibe ins Gesicht. Dieser hatte den Riegel schon halb geöffnet, schloss ihn sofort wieder, als er Gerhard auf sich zukommen sah. Die Schläge auf die Tür hämmerten dumpf. Das Husten war kaum vernehmlich. Gerhard war nur schwach zu verstehen als er höhnte: „Dir geht es nicht gut. Nicht wahr?“

„Seit du hier drinnen bist, gab es keine weiteren Opfer.“

„Was? Mach' die Tür auf, ich kann dich kaum verstehen!“

Werner wiederholte sich mit erhobener Stimme: „Seit zwei Tagen gibt es keine neuen Opfer! Verstehst du?“

„Lass mich frei! Es liegt doch nicht an mir!“, forderte Gerhard mit Nachdruck.

„Passt deine eigene Theorie plötzlich nicht mehr? Wenn man das Böse in Schach hält, kann es keinen Schaden anrichten!“

„Was hast du mit mir vor? Willst du mich hier drin verrotten lassen?“

Genau das war es, was Werner Angst machte. Er musste festlegen was geschieht. Die wichtigen Entscheidungen hatte bisher immer Sabine getroffen.

Es war mühsam, durch die geschlossene Tür zu kommunizieren. Werner deutete an, dass sich Gerhard hinten an der Wand auf den Stuhl setzen sollte. Er tat dies und Werner öffnete die schwere Tür einen Spalt. Mit seinem halben Körper stand er nun im Raum.

„Traust du dich nicht herein?“, grinste Gerhard.

„Ich traue dir nicht.“, erwiderte Werner und ergänzte, „Nicht mehr!“

„Wie soll ich denn die ganzen Opfer umgebracht haben?“

„Wie sollte Harry sie beseitigt haben?“

„Das wissen wir beide nicht.“

„Warum hast du solchen Ehrgeiz entwickelt, Harry zu überführen?"

„Ich glaube immer noch, dass die Spur richtig ist."

„Würde Jutta dir oder Harry glauben?"

„Sie war doch ein Teil unseres Teams", erinnerte Gerhard.

„Du hast ihr panische Angst eingejagt, als du sie allein in der Abstellkammer zurückgelassen hast. Sie war ganz aufgelöst, als ich sie gefunden habe."

„Jutta war es doch, die sich mit Harry treffen wollte, um ihn in Schach zu halten", rechtfertigte sich Gerhard.

„Vielleicht hat sie dies aus anderen Gründen vorgeschoben. Erinnerst du dich wie befremdlich sie war, als wir sie auf der Gemeindeverwaltung angerufen haben?"

„Komm', lass' uns das Ganze beenden", schlug Gerhard vor und erhob sich.

„Bleib' sitzen!"

Gerhard hob seine Hände über den Kopf und kam langsam näher.

„Bleib' sitzen, verdammt!"

„Ich tue dir nichts", wollte Gerhard beschwichtigen.

„Geh zurück!"

Dies waren genau die Situationen, mit denen Werner nicht umgehen konnte. Er spürte es sofort wieder an seinen feucht werdenden Händen. Er trat einen Schritt zur Seite und schlug die Tür zu, bevor ihn Gerhard erreichen konnte. Das Trommeln an der Tür vernahm er nur unterbewusst. Er bückte sich nach den beiden Teilen des Clowns, hielt sie zusammen und merkte, dass offensichtlich ein weiteres Stück fehlte. Er suchte den Fußboden ab, wurde jedoch nicht fündig. Diese Figur war seit seiner Jugend sein Talisman und genoss immer einen Ehrenplatz in seiner skurrilen Sammlung. Er glaubte fest daran, dass dieser Clown ihn seit Jahrzehnten davor bewahrte, dass Verbitterung und Hass bei ihm die Oberhand gewannen. Nun ging er zu Bruch. Wegen Gerhard. Für Werner war dies ein eindeutiges Zeichen.

Nachdem sich auch bis zum späten Freitagnachmittag kein weiterer Todesfall herumgesprochen hatte, wurde es für Werner immer mehr zur Gewissheit. Er war gezwungen aktiv zu werden. Er fühlte sich berufen zu handeln. Für Sabine, für sich und die Menschen in Jockgrim. Aus der Kühlkammer musste sein Gast bis spätestens morgen früh verschwinden. Sobald Sabine nach Hause kam, war dieser Platz nicht mehr sicher.

Selbst wenn er ihn über Nacht an irgendeinen anderen Ort bringen könnte, wie sollte er ihn Bewegungsunfähig machen? Gerhard würde kein zweites Mal auf einen präparierten Drink hereinfallen. Werner hatte noch nie jemandem etwas angetan. Er hatte keine Schusswaffe und konnte sich auch nicht vorstellen, auf einen Menschen zu schießen. Er verfügte über eine umfangreiche Messersammlung in der Küche und über genügend Seile in seinem Bootsschuppen. Er könnte Gerhard niemals Auge in Auge gegenüberstehen und ihm etwas antun. Körperlich war Gerhard ihm weit überlegen, so dass es selbst mit einem Messer nicht leicht sein würde. Es machte ihn zusehends nervös, dass er keinen Ausweg fand. Die Zeit spielte gegen ihn. Er hatte kurze Augenblicke, in denen er daran dachte, alles hinzuschmeißen und Gerhard frei zu lassen. Egal, ob es weitere Opfer geben würde oder nicht. Es war nicht seine Verantwortung.

Er schenkte sich einen Schnaps ein. Einen von der Sorte, den er seinen Gästen servierte, wenn er einen ausgab. Vor wenigen Tagen war er noch die Frohnatur in Person, hatte Spaß an seiner Arbeit und führte ein erfülltes Eheleben mit Sabine an seiner Seite. Sollte dieses, sich in Jahren entwickelte Glück nun in wenigen Tagen wie Staub zerfallen? All seine Träume und Hoffnungen? Bei diesen Gedanken wurde er schwermütig und wütend über seine eigene Machtlosigkeit. Sein Hassgefühl galt jedem, der ihn in diese Situation gebracht hatte. Sein Leben hatte sich verändert. Und es würde nie mehr so sein wie es war.

Werner suchte sich ein weiches Tuch, säuberte die Bruchstellen des Clowns sorgfältig mit Reinigungsbenzin und trug dann den Kleber auf. Er presste die beiden Clownteile fest zusammen und stellte ihn vor sich auf die Theke. Hinten am Kopf fehlte ein großes Stück. Sie passten zusammen, der Clown und er. Zwei schwer angeschlagene Kreaturen. Als er die Utensilien wieder in die Schublade räumte kam ihm die Idee. Es könnte die Lösung sein. Liebevoll gab er dem Clown einen Kuss auf die Nase und ging in den Schuppen, wo er sein Boot untergestellt hatte.

48

Freitag, 22. September — Gasthaus *Zum Elefanten*

Die Idee von Werner war simpel. Dabei war er sich durchaus nicht sicher, ob das Ergebnis so eintreffen würde wie er sich es vorstellte. Trotzdem war er zufrieden. Er hatte einen Plan. Aus einer Weinkiste, hinter dem Tresen, nahm er eine leere Flasche und überquerte den Hof durch die hintere Außentür, hinüber zum Bootsschuppen. Dort nahm er den Benzinkanister aus dem Regal und begann die Flasche zu füllen. Erst jetzt bemerkte er, dass ihm eigentlich der passende Trichter fehlte und eine ruhige Hand. Er wollte nicht nochmal zurück in die Küche und nahm in Kauf, dass ein Teil über seine Finger, an der Flasche herunter, auf den Boden lief. Darum könnte er sich später kümmern. Um die Dämpfe nicht einzuatmen, hielt er die Luft an, ließ noch etwas Benzin über einen Lappen laufen und drehte den Schraubverschluss der Weinflasche zu. Riesling halbtrocken stand auf dem Etikett, aber seine Hände rochen penetrant nach Kraftstoff. Er wollte Gerhard nicht in den Flammen umkommen lassen. Da der Raum gut abgedichtet war, würde das Feuer, seiner Meinung nach, dem Raum schnell den Sauerstoff entziehen. Wenn den Flammen die Nahrung fehlte, würde sie auch Gerhard fehlen. Soweit seine Theorie.

Werner schlich sich geräuschlos bis zur Tür und spitzelte durch das dicke Fenster. Gerhard saß auf dem Stuhl und hatte seinen Kopf auf die Arme gestützt. Er sah nicht zur Tür. Werner hielt den Lappen, den er wohlweislich nur an einer Ecke getränkt hatte und das Feuerzeug in der linken Hand. In der rechten hielt er die Flasche. Er wusste, nun musste es schnell gehen. Mit dem Ellbogen drückte er den Hebel nach unten, stieß die Tür einen Fußbreit auf und warf die Flasche unmittelbar hinter der Tür auf den Boden. Er hörte das Splittern von Glas und hatte den Lappen bereits in der rechten Hand. Mit seinem linken Daumen betätigte er das Feuererzeug.

„Verdammt!" Es zündete nicht. „Ich hätte es probieren sollen!" Es zündete auch beim zweiten Versuch nicht.

„Werner, spinnst du!" Gerhard hatte das Benzin gerochen.

„Komm' schon!"

„Werner, Stopp!" Gerhard war aufgesprungen.

Endlich zündete die Flamme. Ohne auf Gerhard zu achten warf er den brennenden Lappen in den Raum und schloss die Tür. Ein dumpfes Wumm und gelbes Flackern im Guckfenster war alles was Werner mitbekam. Er stürzte den Gang hinaus, schloss die Holztür und schlug mit den Fäusten an die Wand.

„Werner, was treibst du da?", erschrak Jutta, die in der offenen Tür zum Hof stand.

„Gerhard ist es, der die Opfer auf dem Gewissen hat."

„Was redest du für Unsinn!", widersprach sie vehement.

„Es hat aufgehört."

„Aber nicht wegen Gerhard! Wo ist Gerhard", drängelte Jutta, „ich war bei ihm, er ist nicht zu Hause."

„Wo hast du gesteckt? Ich habe dich gesucht."

Jutta atmete tief durch: „Was riecht hier so nach Benzin? Werner! Was geht hier vor?"

Werner versperrte Jutta den Weg und hielt sie fest.

„Lass' mich sofort durch, was sind das für Geräusche aus dem Gang?“, protestiert sie, um sich schlagend.

„Gerhard.“

„Ist etwas mit ihm?“

„Er wird seine gerechte Strafe bekommen.“

„Du Idiot, es war Harry. Gerhard hatte Recht. Lass' mich vorbei!“

„Harry?“

„Ja, Harry! Was hast du mit Gerhard gemacht?“

„Er ist in der Kammer.“

„Was brennt da?“

„Benzin.“

„Mein Gott, bist du wahnsinnig. Hol' sofort einen Feuerlöscher!“

„Ist Gerhard da drin? Ich kann ihn nicht sehen!“

„Wenn du die Tür aufmachst gibt es einen Sauerstoffwirbel. Das kann gefährlich sein.“

„Hol' endlich den Löscher! Wir müssen Gerhard da 'rausholen!“, schnaubte Jutta und gab Werner einen Stoß mit der Hand.

Jutta drückte den Riegel und duckte sich hinter die Stahltür. Durch die Wärme entstand sofort ein Luftzug, der die Flammen hochschnellen ließ.

„Gerhard!“ schrie Jutta, ohne dass sie etwas erkennen konnte.

„Jutta!“ kam die Antwort aus der Kammer.

„Gott sei Dank!“

In diesem Moment war Werner mit dem Feuerlöscher zurück und versprühte das Löschmittel gleichmäßig über die Flammen, bis das Feuer erstickte. Es hatte spektakulärer ausgesehen als es war. Die Brandfläche war nicht allzu groß und Gerhard hatte sich ganz ins hintere Eck verzogen. Hustend kam er auf Werner zu und schlug ihm die Faust ins Gesicht. Werner sackte zusammen, ohne einen Ton von sich zu geben. Gerhard strauchelte und hatte Schwierigkeiten, sich auf den Beinen zu halten. Jutta stützte ihn, bis sie den kleinen Wirtsraum erreichten und sich dort am ersten Tisch niederließen.

„Du stinkst", lächelte Jutta.

„Ich hatte mein ‚Eau de Toilette' nicht dabei."

Beide fielen sich in die Arme und Gerhard hielt seine Tränen nicht zurück.

„Danke", schluchzte er und heulte dabei wie ein kleines Kind. Er hatte seine Augen zusammengekniffen und seine Lippen fest zusammengepresst. Sein Kehlkopf hüpfte vor und zurück.

„Ich habe dir zu danken. Du hattest recht mit Harry", flüsterte Jutta ihm ins Ohr.

49

Freitag, 22. September — Gasthaus *Zum Elefanten*

Sie saßen stumm ineinander verschlungen, bis Werner ebenfalls in die Gaststube kam. Zwei Rinnsale Blut liefen aus seiner Nase, über seine geschwollenen Lippen und tropften über das Kinn auf sein Hemd. Gerhard hatte schon wieder seine Faust geballt und wollte aufspringen. Jutta hielt ihn zurück: „Lass' gut sein, Gerhard. Wir sind alle Opfer von Harry. Er hat uns manipuliert und ausgespielt."

Werner machte sich ein nasses Handtuch und wischte das Blut aus seinem Gesicht. Er setzte sich zu den Beiden, hatte den Kopf in den Nacken gezogen und ein zusammengerolltes Tuch unter seine Nasenöffnungen gepresst.

„Ist es wirklich vorbei?", zweifelte Werner.

„Seit Mittwoch", erwiderte Jutta, „ich glaube, mir zuliebe."

„Wo hast du die letzten Tage gesteckt?", wollte Gerhard wissen.

„Ich war bei meiner Mutter in Freiburg. Mit dem Zug. Ich fühlte mich mental nicht in der Lage, mit dem Golf zu fahren. Mir sind die Klamotten ausgegangen und außerdem wollte ich mein Auto holen. Deswegen bin ich hier. Natürlich auch, um euch bei dieser Gelegenheit zu treffen. Die nächsten vierzehn Tage bleibe ich in meiner Heimat. Ich brauche Abstand."

„Hast du Harry nochmals gesehen?", fragte Gerhard interessiert weiter.

„Ja, er ist mir nach Freiburg nachgefahren. Eigentlich hatte er einen Termin bei unserer Bürgermeisterin. Er hat sich dann wohl für mich entschieden."

„Weist du, was für ein Auto er hatte?", stichelte Gerhard mit Blick auf Werner.

„Ich glaube, einen schwarzen Mercedes. Warum?"

Werner ließ nicht locker: „Was macht dich so sicher, dass Harry die Ursache für die Todesfälle der letzten Tage war?"

„Ich habe seine Botschaft verstanden, ohne dass er es direkt ausgesprochen hat."

„Und du glaubst ihm?", fragte der Wirt nach und tupfte sich das Blut von der Oberlippe.

„Ich vertraue ihm."

Werner schien immer noch nicht überzeugt: „Und warum hat er all dieses Leid über uns gebracht?"

„Er ist vom Grunde her kein schlechter Mensch." Sie machte eine Pause: „Angenommen, er ist ein Mensch."

Gerhard schaute sie verwundert an: „Wie meinst du das?"

„Ich glaube, er ist nicht von unserer Welt."

Nun schaute auch Werner ungläubig: „Er lebte doch ganz normal mit uns."

„Waren wir nicht auch der Meinung, es müssen höhere Mächte im Spiel sein? Nie gab es Beweise, dass auch nur bei einem einzigen Opfer Fremdeinwirkung vorlag", stellte Jutta fest.

„Du weist mehr", drängelte Gerhard.

„Ich darf nicht mehr preisgeben. Es gibt Dinge zwischen Himmel und Erde, die können wir mit unseren menschlichen Denkmustern nicht ermessen. Bei Harry ist allerdings irgendetwas aus dem Ruder gelaufen. Er hat uns damit an unsere Grenzen und darüber hinaus geführt."

Gerhard schluckte: „Diese Grenzen hätten uns um ein Haar das Leben gekostet."

„Auch er hat Grenzen überschritten, als er beispielsweise deine Sabine vor dem Tod bewahrte", erwiderte Sie und blickte Werner an.

„Du sprichst in Rätseln", gestand Werner.

„Er war genauso von Zweifeln geplagt wie wir. Für ihn waren wir Bedrohung und Freund zugleich", erklärte Jutta.

Werner zischte erbost: „Er hat Schuld und Verzweiflung in mir geweckt und mich mit falschen Informationen manipuliert. Den Rest habe ich selbst erledigt!"

„Lass' gut sein, Werner. Ich bin froh, dass Jutta den Schlüssel zu ihm gefunden hat", lenkte Gerhard ein, nahm Juttas Hand und lächelte sie an, „du hast viel auf's Spiel gesetzt. Danke."

„Bei einer Sache haben wir uns allerdings gewaltig geirrt", gab Jutta zu bedenken, „er kann nicht festgehalten werden."

„Ganz im Gegensatz zu mir", bemerkte Gerhard und drohte Werner mit dem Zeigefinger.

Jutta erläuterte: „Er konnte ungesehen aus dem Gästehaus entschwinden, er konnte ungehindert Wohnungen betreten und unbemerkt Dinge entwenden oder manipulieren. Wir hätten ihn niemals dingfest machen können."

„Wir waren also auf der richtigen Spur", stellte Gerhard nicht ohne Stolz in seiner Stimme fest.

„Das waren wir, aber niemand kann ihn stoppen. Außer er sich selbst", gab Jutta den Beiden zu verstehen.

„Dann soll es auch unser Geheimnis bleiben. Diese Geschichte würde uns im Ort und anderswo sowieso niemand glauben", kommentierte Gerhard die letzte Aussage von Jutta.

Werner nickte zustimmend: „Du hast recht. Es wäre

wahrscheinlich der Freibrief für die Klapsmühle. Hauptsache der Horror ist zu Ende."

„Wirst du Harry nochmals treffen?", interessierte sich Gerhard und Werner ergänzte: „Weißt du wo Harry jetzt ist?"

Jutta klang fast ein wenig wehmütig, als sie die Beiden abwechselnd ansah: „Keine Ahnung. Ich glaube, Harry wusste selbst nicht, wohin ihn sein Weg führt. Vielleicht sehe ich ihn heute noch. Vielleicht auch nie wieder. Zum Abschied murmelte er nur ‚19 Tage oder die Ewigkeit'. Was immer er damit meinte."

Epilog

Ein leise summendes Geräusch hatte Harry aufgeweckt. Dazu ein sanftes, rhythmisches Pusten, als ob jemand sein Schlauchboot mit einem Blasebalg aufblasen würde. Nur gleichmäßiger. Ab und zu vernahm er einen kurzen Piep. Es war dunkel. Nein es war tiefschwarz um ihn herum, er konnte nicht mal die Wimpern vor seinen Augen ausmachen. Seine Beine waren bleiern, ohne Gefühl, unfähig auch nur eine Ferse leicht anzuheben. Die Finger konnte er zur Faust ballen, aber die Arme nicht bewegen. War er nur fixiert oder gelähmt? Er merkte wie sein Kopf nach einer leichten Drehbewegung anstieß. Ihn überkam Panik. Lag er in einem Sarg, eingegraben unter der Erde? Er spürte die Beklemmung und begann nach Luft zu lechzen. Doch dann achtete er wieder auf das kaum wahrnehmbare Brummen. Er konzentrierte sich darauf, ob zusammen mit dem schwachen Pfeifton nicht doch irgendwo eine Leuchtdiode ein optisches Signal aussendete. Über den kleinsten Schein hätte er sich gefreut. Er hasste diese Dunkelheit. Und die Stille. Und die Leere.

Wo war er? Was war geschehen? Er begann laut zu schreien und erschrak im selben Augenblick über das schmerzhaft übersteuerte Hämmern seiner Wortfetzen. Jeder Ausruf durchschlug sein Trommelfell und bohrte sich mitten in sein Hirn. Der Schmerz war zu spüren, also lebte er. Unerwartet hörte er eine Stimme, konnte die Wortfetzen jedoch nicht verstehen. Es gelang ihm nicht zu bestimmen, ob sie von weit entfernt kamen oder ganz nah bei ihm waren.

Die Gelegenheit wollte er sich nicht entgehen lassen und rief: „Sabri, bist du es?“ Der Schmerz fuhr ihm wieder in den Kopf.

„Wer ist Sabri?“ hörte er jemanden fragen.

Das Sprechen tat weh, trotzdem entgegnete er schwerfällig: „Ich kenne doch deine Stimme.“

Es war die gleiche sanfte Stimme die ihm antwortete: „Es gibt hier keinen Sabri.“

„Wer bin ich?“

„Ihr Name ist Harry Sander. Sie hatten einen schweren Unfall.“

Sollte er alles nur geträumt haben? Die Ausbildung zum Todesboten, den *Elefanten* in Jockgrim, die Sympathien für Jutta? Die vielen unschuldigen Opfer seines erbärmlichen Strebens? War alles nur eine verdammt schreckliche Illusion und er lebte noch? Ja, es klang plötzlich ganz plausibel und logisch. Er war aufgewacht und erkannte, dass alles nur ein böser Albtraum war. So musste es sein. Schwerfällig versuchte er sich zu entsinnen. Doch die Erinnerungen waren brüchig. Er glaubte in Ludwigshafen zu wohnen, in einer schicken Zweizimmerwohnung unweit des Rheinufers. Angestrengt bemühte er sich, die Gedanken zu fokussieren. Auf die Farbe seines Bettbezuges, die Marke seines Aftershaves, die Anzahl der Bedienungsknöpfe am Kaffeeautomat. Es war anstrengend, zahlreiche Details zu seinem Auto aus der Erinnerung abzurufen. Der Lack, die Ausstattung, die Kilometerleistung. Wohin wollte er an jenem nebligen Tag?

Er hielt inne. Hatte er in seinem Traum nicht versucht, sich auf die gleichen Dinge zu konzentrieren? Zunehmend wurde es schwerer, die Worte mit seinen Lippen zu formulieren: „Wo bin ich, was ist mit mir geschehen?“

Die Stimme war nun fast flüsternd und nahe bei ihm. Er konnte den zarten Hauch seines Atems spüren: „Sie brauchen absolute Ruhe.“

Er fragte nochmals nach, bekam aber keine Antwort mehr. Das monotone Summen drängte sich wieder in den Vordergrund. In der Stille dominierte selbst der leiseste Ton die Szenerie.

Das Schwarz um ihn herum verfärbte sich in ein Grau und das Grau wurde schließlich zum Weiß. Er trudelte wie eine Daunenfeder in der Leere eines weißen Nichts. Ein gutes Gefühl.

Irgendwann erblickte Harry einen sandkorngroßen Punkt. Aus diesem heraus entwickelte sich der Hauch eines länglichen Pinselstriches, bis sich schließlich eine menschliche Silhouette schemenhaft in der Ferne abzeichnete. Harry begann zu spurten und war erstaunt, dass es keinerlei körperliche Anstrengung bedurfte, dem unbekannten Wesen zu folgen.